为一个百年讲述
为一条江河吟唱
为一个民族立传

——题记

王鸿鹏 著

独龙悠歌

DULONG YOUGE

人民出版社

独龙江乡民族特色小镇，在绿水青山的环抱中，如梦如幻。罗金合／摄

独龙江畔如彩虹般的跨河大桥。王鸿鹏／摄

2019 年 4 月，"老县长"高德荣在巴坡村向群众宣讲习近平总书记来信。潘锦秀 / 摄

独龙族群众聆听了习近平总书记来信，激动万分，大家情不自禁地跳起独龙舞。

潘锦秀 / 摄

"更好的日子还在后头"。在竹篾房里的火塘边，"老县长"高德荣兴致勃勃地向年轻人讲述独龙江的美好未来。潘锦秀／摄

热爱祖国心向党，已成为独龙族人永恒的信念。独龙乡小学举行升国旗仪式。王鸿鹏／摄

独龙江乡草果喜获丰收，特色产业成为独龙族脱贫致富的"绿色银行"。余金成／摄

新建的独龙旅游吊桥，取代了古老的溜索，成为独龙江的一道壮丽景观。王鸿鹏／摄

幸福的新一代独龙族青年。潘锦秀／摄

独龙江的"神田"五彩缤纷，四季变幻，永远展示着大自然的美妙与神奇。潘锦秀／摄

从苦难中走来的文面女被称为独龙族历史的"活化石",如今她们用灿烂的笑容展现着幸福的模样。潘锦秀／摄

被誉为"月在江心水在天"的"哈滂"瀑布,位于中缅边界的独龙江之上,气势磅礴,从天而降。王鸿鹏／摄

目　录

一条路，连接着一个民族的历史和未来。

一支国营马帮在一条人马驿道上奔走了数十年，演绎了一幕幕气壮山河的"人马"传奇，成为独龙江一个时代最深刻的记忆。

从砍刀开路、溜索过江、人背马驮到汽车开进独龙江，被独龙人称为"第二次解放"。独龙族开启了追赶现代文明的新时代。

一条隧道将遥远的梦想压缩在"一跨千年"的时空里。

下　篇　一跃千年 195

云南省创新"整乡推进、整族帮扶"独龙江精准扶贫模式，向贫困发起最后的决战。

"决不能让困难地区和困难群众掉队。""全面实现小康，一个民族都不能少。"领袖的亲切会见和殷切嘱托，让云岭各族儿女倍感温暖，激人奋进。

独龙族率先实现小康，一跃千年！

喜讯又一次飞向北京。总书记回信：脱贫只是第一步，更好的日子还在后头……

上　篇　一夜千年

独龙悠歌

独龙江流淌着古老的传说，繁衍着一个勤劳善良的民族。

千年"门竹"唱不完一江的苦难。独龙人一次次奋起抗争，却难以摆脱受欺压受剥削的悲惨命运。

一封春天的来信带来希望。共产党领导的人民解放军，翻越高黎贡山，进入独龙江，送来盐巴、粮食和裹身的棉衣，从岩洞里接出最后一家受苦人。共产党人的模样让第一个读书的独龙人记了一辈子。

周总理定名"独龙族"；毛主席接见独龙族代表。独龙族人民在党的领导下，由原始社会末期向社会主义直接过渡。

独龙族一夜千年！

第一章　历史的回响

东方传奇

在祖国广袤无垠的大西南，山川奇美，江河神奥。亿万年前，亚欧大陆板块与印度洋板块的一场"深情热恋"，在这里上演了大起大伏的剧情，并落下波澜壮阔的帷幕。

由青藏高原顺势而下的一座座山脉与一条条江河特立独行，南北布展，生成了一幅世界上绝无仅有的地理奇观——横断山脉、滇西纵谷。

怒江傈僳族自治州区域有着"三江并流"与"三山并行"之势。它们以"川"字摆开，由东至西依次是澜沧江、碧罗雪山、怒江、高黎贡山、独龙江、担当力卡山。这些山脉与江河在云岭高原延绵逶迤，宛如兄弟姐妹，彼此相依，牵手而行，激情澎湃地走向远方。

这里山高谷深、层峦叠嶂、雪峰竞雄，并不适宜人类居住，但华夏先民们不断进取的脚步依然踏进这片荒蛮与神奇，并在此开垦守望、繁衍生息。那一条条江河犹如一条条血脉滋养着山川大地，也孕育着这里的每一个生命。

如今，在怒江州这片布满褶皱的大地上，生活着傈僳族、独龙族、怒族、普米族、白族、藏族等二十二个民族的五十多万儿女。他们携手奋进，用勤劳与智慧营造美丽家园，并把怒江州打造成集"自然地貌博物馆、民族文化大观园、生物物种基因库和爱国主义陈列馆"为一体的"世界遗产"级旅游胜地。

其中，有六千多名独龙族同胞生活在中缅边界被称为"人间最后秘境"的独龙江河谷，创造了整族脱贫、率先实现小康的奇迹。

之所以称为"奇迹"，是因为边远和大山的隔阻，独龙江长期被遮挡在文明薪火的阴影里，直到新中国成立时，独龙族仍处在原始社会末期，保持着以父系家族公社为特征的生存方式。解放之初，他们是面临"直过"的民族；改革开放之初，独龙江是最封闭的边疆河谷；脱贫攻坚时，这里又是最贫困的地区之一。独龙族的命运经历了疾如旋踵的变奏——从"一夜千年"到"一跨千年"，再到"一跃千年"。

这样的奇迹发生了，发生在东方古老的土地上，发生在中国共产党领导的社会主义新中国，发生在中华民族实现伟大复兴的征途中。

独龙江历史悠久，人类开发较早。二十世纪八十年代，文物历史学家在独龙江内先后发现了新石器时代的石手斧、石针、石斧、石锛等器物，这是距今至少两千年前的文化遗存。毫无疑问，独龙族是独龙江流域最早的先民。

关于独龙族的文字记载最早见于七百年前的《大元一统志》，被称为"撬"。在清代以后的历史文献中曾被称为"俅人"或"曲人"。独龙族自称"独龙阿昌"。人类史学家考证，他们如同云岭高原上的许多民族兄弟一样，属于从西北高原南迁的古代氐羌系统。

独龙江也流传着独龙人的祖先"来自东方"的民间传说，这与人类学家的结论殊途同归，并不相悖。

如今，在独龙江乡卡雀哇文化广场旁边的一座传统的木垒房里，住着一位年近八旬的老人。尽管他有自己的安居房，但他仍然保持着传统的生活习俗，他叫马致荣，是独龙江解放后的第一代"老邮政"。

"我们民族虽然没有文字，却有一部口耳相传的历史。小时候常听老人讲，我们的祖先是从'太阳升起的方向'迁来的。"他讲述了一个流传很广的传说。

很久以前，在太阳升起的地方有两位怀揣梦想的兄弟，哥哥叫路金，弟弟叫路益。他们越过碧罗雪山，来到怒江边，打算翻越高黎贡山，到"俅江"寻找传说中最美丽的仙境。

一天傍晚，兄弟两人乘溜索过江。弟弟刚溜到怒江西岸，天空乌云翻滚，一阵狂风暴雨袭来，将藤索吹断，哥哥无法过江。兄弟二人隔江相望，大哭了一场。哥哥对弟弟说：你先去吧，我在这里等你！弟弟只得独自西行，继续追寻他们的梦想。

弟弟路益越过高黎贡山来到"俅江"，终于找到了最美丽的地方，他的后代就成为独龙人。哥哥路金留在了怒江，后代成为怒族人。路益对他的孩子们说，东方有我们的亲人，你们要去东方寻找亲人；路金也对他的孩子们说，西方有我们的亲人，你们要去给亲人送盐。

马致荣老人说，过去，独龙江穷得很。但是，只要见了从怒江那边过来做生意或者逃难的人，都会让他们在家里吃住，还会对他们说："以前我们是兄弟，我们没有盐吃，你们过来时多带些盐来。"独龙人吃的盐大多都是从怒江运来的。

李金明是从独龙江走出来的第一个大学生，现任云南省社会科学院研究员。他说："独龙人是从'太阳升起的方向'迁徙来的这一说法，有据可考。"他在研究专著中从不同方面佐证了这一观点。

独龙族不仅"来自东方"，而且他们沿着独龙江的流向不断迁移，成为后来的跨境民族。

如今，大约十万独龙族人居住在我国境外的缅甸北部。他们自称是从"出太阳的地方"（即中国）迁去的。其体型、语言、传说，包括原始信仰和生活方式，都与我国独龙族完全相同。

独龙族在繁衍生息中不断向独龙江下游渗透迁移，最终演化为独立的民族。独龙族在缅甸地区被称为"日旺族"。"日旺"即有"太阳升起"之意。

胞波情长

中缅之间，有两千多公里的边境线，两千多年的交往史。从秦汉时期南方丝绸之路上的互通有无，到骠国王子出使盛唐交流歌舞艺术；从二十世纪双方携手反抗殖民主义、帝国主义，到新中国成立后缅甸在不同社会制度国家中率先承认新中国……中缅山水相连、心意相通、休戚与共。

"十多年前，我到独龙江下游的葡萄县（缅甸称为'坎底'）为母亲庆祝八十大寿，那里的兄弟带我看过一块残缺不全的石碑，上面还能看出古代留下的汉字字刻。"怒江傈僳族自治州人大常委会原副主任高德荣是独龙族人，他说，"这是两国之间历史渊源的见证"。

2019年11月，正是独龙江草果"满江红"的收获季节，几位缅甸木克嘎村的客人来到独龙江乡，商谈引进草果种植事宜。木克嘎村是缅甸葡萄县距独龙江乡最近的一个村寨，保长松旺说，独龙江的变化让他们非常羡慕，他们希望通过边贸交流加入独龙江的草果产业发展中，增加当地百姓收入。

他们的愿望得到独龙江乡政府的积极回应。乡长孔玉才当场表示，愿意为缅甸同胞无偿提供草果苗，并帮助他们掌握种植技术。

几位缅甸同胞又在独龙江乡"移动互联网＋项目办公室"主任马春海的陪同下来到高德荣家里。大家围坐在温暖的火塘边，一边喝着漆油茶，一边聊起中缅之间的历史渊源。

　　缅甸木克嘎村村民小组长阿友说，中缅两国的独龙族是一条血脉一条江，亲情相依，血肉相连。他讲了一个在缅甸家喻户晓的传说：很久以前，龙王宫的一位公主与太阳神王子相恋，生下了三枚龙蛋。一枚龙蛋从河里漂到中国，一位美女从中脱壳而出，后来成为中国皇后；一枚龙蛋触地而裂，变成无数宝石，缅甸便成为宝石之国；还有一枚龙蛋被缅甸骠族老人打水时取回，孵化出一个男孩，后来创建了缅甸古蒲甘王朝。这位蒲甘王朝的始祖特授中国皇后之子为其外甥，即"乌底巴"，意为"一母同胞"。所以，他们的后代互称"胞波"兄弟。

　　阿友还说，在缅甸许多人家里都会珍藏一部史籍《琉璃宫史》，其中就有类似记载。

　　中缅山水相连，世代比邻而居，两国人民自古相亲相融，"胞波"是缅甸人民和中国人民之间的亲切称呼，并约定俗成为中缅两国间、两国人民间的专属称谓。

　　几位缅甸的朋友还说，虽然缅北地区的独龙族自称颇不统一，名称繁多，但大都遵循在什么地方居住就以什么地方命名的传统习俗。而且，相互之间大多亲情相依、血脉相连。松旺望着高德荣说："我称他表哥，就是因为我们与他的母亲在葡萄县那边的家族有关系。"

　　他们到中国来，多以氏族名称或家族谱系名称相互通报，如果系同族关系，就称"陪切"（即"同族"之意）；见到中国的其他民族，则自称"日旺族"。他们分布在江心坡、坎底及坎底西北部的广大地区，与当地的傣族、汉族、傈僳族、景颇族、纳西族等各民族杂居。两国边民常来常往，关系密切。

　　其实，在人类发展的历史长河里，民族的流动、交融从来就没有停止过，而且也不可能停止。

　　温馨的竹篾房里，茶香芬芳，火塘融融。"我们独龙族已经整体脱贫跨进了小康，为什么说这是个奇迹？要从今昔对比中找答案。"高德荣朝火塘里添了些干柴,又说,"国家有界,人心无界。我们要积极响应、贯彻习近平总书记关于'建立人类命运共同体'的理念,加强与缅甸方面的合作发展,推动我国'一带一路'倡议在中缅边境落地,让缅甸同胞搭乘我国发展的快车,尽快富起来,过上好日子!"

2020年1月17—18日,中国国家主席习近平出访缅甸,开启了中缅全面战略合作伙伴关系新篇章,开辟了中缅命运共同体的新时代。

血脉渊源深,情谊江河长。历经风雨、历久弥坚的中缅胞波情谊,在新时代不断发扬赓续。

现在,让我们穿越时空隧道,回到历史的深处,翻阅一部一个跨境民族的命运史——独龙族如何历经百年风云,从昨天走来,走进今天?他们又将以怎样的姿态走向更好的日子?

第二章　一条江的苦难

联合起义

在世人的眼里，今天的独龙江是人间最美的江峡，而在黑暗的旧时代，独龙江河谷却是一条苦难的深渊。

1840 年，西方列强以大炮打开了闭关自守的中国封建社会的大门。从此，中国逐渐沦为半殖民地半封建社会，中华民族陷入内忧外患的痛苦深渊。

独龙江地区位于我国西南边陲，由于地理环境的限制，成为文明薪火难以抵达的角落。生活在这里的独龙人内受封建统治者的压迫，外遭帝国主义的入侵蹂躏。他们同样有着中华各民族不屈不挠、救亡图存的伟大精神。在强大的敌人面前，独龙人进行了英勇的斗争，谱写了一曲反帝反封建的慷慨悲歌。

据史书记载，元、明、清时期，独龙人居住的地区归属丽江木氏土司和丽江路军民总管府管辖。元代的丽江路包括今丽江市、怒江傈僳族自治州和迪庆藏族自治州南部，其西北与今西藏自治区相接。

新中国成立前，独龙人居住地区的河流被称为"俅江"，包括现在云南贡山县西部的独龙江上游。俅江发源于今西藏自治区察隅县东部，向东南流至今天的独龙族乡，现称为"独龙江"。独龙江经独龙江乡马库村后又折向西南流去，并汇聚众多溪流小河，进入缅甸境内，被称为"恩梅开江"。

清雍正年间，独龙江建立了土司统治，并于雍正八年（1730 年）纳入丽江土知府所属维西厅的康普土千总禾氏的管理范围。康普土千总开始管理"怒俅夷"（即怒江、独龙江、恩梅开江沿岸）一带，派人到独龙江征收贡税，同时设置村寨伙头。

从此，独龙人每年按例向土司府进贡。康普千总府收到贡物后，会偿一头牛、一只羊让伙头领回，分给百姓，以示安抚。那时交通梗阻，路途极其险恶，往返一趟需要一个多月。老百姓吃盐也要到维西去背，有不少人在途中遇险罹难。至今，独龙江仍然流传着一种说法："背盐去了"，意为"人死了"。

清嘉庆元年（1796 年），康普千总府发生一次意外事件，使独龙江的统属关系发生变化，并导致独龙人历史上的第一次起义。

是年，康普千总府执政禾娘（女千总）的独子染上重症，请来西藏喇嘛寺的扁布喇嘛为其子念佛祈祷。然而，多日念佛无效，其子最终病亡。本来已失去丈夫的禾娘把全部的希望寄予在唯一的儿子身上，想不到儿子竟在扁布喇嘛手上一命呜呼。绝望的禾娘悲愤交加，指责扁布喇嘛图财害命，是个骗子，并将他扣押。

西藏喇嘛寺活佛闻讯，即派大批武装前往康普，欲攻打千总府，营救扁布。康普千总府哪是西藏喇嘛寺的对手？惧于活佛武力强大，只得释放扁布求和。

后经双方谈判商定，西藏喇嘛寺继续为禾娘已经去世的丈夫和病亡的儿子诵经"超度"，而禾娘则无奈地将康普千总府管辖的丙中洛、捧当区域及独龙江地区"赠送"给西藏喇嘛寺。

从此，独龙江落入西藏封建统治者的势力范围。

西藏统治势力深入贡山后，米空的僧侣贵族就把丙中洛一带和独龙江当作他们的远方猎场，经常带上护卫兵丁，前往两地山林中打猎作乐，并以收取"超度费"为名，向当地群众征收"打猎口粮"。

边远闭塞的独龙江、丙中洛生产落后、山地薄瘠，当地百姓本就过着饥寒交迫的生活，难于应付西藏贵族们打猎不断增加的苛索。

后来，西藏统治者不仅加收各种税赋，还向当地百姓派工派料，在西藏察瓦龙米空地区大兴土木，建造大型喇嘛寺。许多村民因交不上各种税赋而受到西藏土司兵的辱骂、鞭打，甚至沦为奴隶，家破人亡。

独龙江流淌着苦难，也燃烧着反抗的怒火。

独龙族人民不堪忍受剥削阶级种种苛捐杂税的盘剥和凌辱，被迫掀起了反封建土司压迫，反民族奴役，争取生存和自由的起义斗争。

这一年，独龙江与丙中洛一带的百姓再也无法忍受土司的欺压，他们以苦引苦、互相串联，决定揭竿起义。

在贡山县档案馆仅存的独龙族资料中，可以查阅到这样的记载：

独龙江村寨头人学弄·达把、肯顶·达把、朵欧·顶真三人首先来到丙中洛，与怒族村寨头人皮久堂·吗、甲生·甲耐格、贡卡·贡米若聚会。他们商议决定，联合组织农民武装起义，攻占察瓦龙，捣毁米空喇嘛寺，推翻喇嘛寺贵族统治。

他们采用"结绳记事"的原始方式，约定了会师的时间、地点。双方各执一根结绳，过一天解一个绳结，绳结解完这天就是到米空会师联合起义的日子。

在学弄·达把等几位村寨头人的鼓动下，独龙江拉起五百多人的起义队伍。他们携带刀子、弩弓、棍棒等武器，每人还带上一捆青藤条，按约定日期到达了米空。

结果，丙中洛怒族的起义首领把会师的绳结少解了一个结，怒族起义队伍当天没有到达。为不贻误战机，独龙人起义队伍决定单独采取行动。他们高举棍棒，吼声冲天，射出一支支利箭，扑向米空喇嘛寺。喇嘛寺大小僧侣见力不敌众，弃寺而逃。

独龙人起义队伍遂将青藤条结起长长的藤索，围着喇嘛寺绕起来。

"呀！呀！嗨——"

在首领学弄·达把的指挥下，随着一声怒吼，众人用力一拉，刚刚建起来的米空喇嘛寺轰然倒塌，起义大获成功。

第二天，丙中洛数百名怒族起义队伍也浩浩荡荡开到米空。当他们发现已错过会师日期后，感到过意不去，又不愿白跑一趟，旋即率领队伍向当地另一座喇嘛寺——阿日喇嘛寺进攻，并将其彻底捣毁。

随后，两支起义队伍在米空会合，杀猪宰羊，饮酒高歌，欢庆胜利。

这次联合大起义，沉重打击了西藏米空地区的贵族统治势力。此后很长一段时期，西藏喇嘛寺不敢再派人到独龙江和丙中洛一带掠夺骚扰。

这一次起义的胜利为独龙人赢得了休养生息的发展机会。岁月静好的日子大约持续了五十年，之后他们又再次陷入西藏土司的奴役之下。

十九世纪下半叶，随着清王朝的衰败和外国帝国主义的侵略，以及宗教势力对我国西南边境的渗透，反动统治者不断纠集武力，把黑手伸向独龙江。独龙人被西藏奴隶主、强人势力掠走后沦为家奴，或被贩卖到外地，惨遭蹂躏和宰割，不少村寨被夷为平地。

在那苦难的岁月里，独龙人栖栖遑遑、朝不保夕，随时都要提防外国侵略者及豪强势力的袭击。他们白天都要结伙成群地下地劳动或进山打猎，不敢轻易单独行动；在田间劳动时，也要分派专人在路边地头巡视放哨，一旦发现情况便立即发出警报，通知人们迅速躲逃。太阳落山后，独龙人不得不躲藏到密林深处，甚至连岩洞都不敢居住，只能攀到大树上栖息，唯恐夜间遭袭。

独龙人实在无法忍受这种非人的生活，为了争取生存的权利，他们又一次开展起反抗斗争。

大约在十九世纪七十年代。一天，由外地蓄奴主纠集在一起的封建残余势力从拉打阁窜入独龙江东岸抢劫人口。水旺当村头人木当·者利榜发现后，采取麻痹敌人的战术，将其中七人诱入独龙江西岸扑热村的一个木垒房里。木当·者利榜一面用酒肉予以"盛情款待"，与其周旋；一面按照预先的约定，暗中派人向各村传送木刻，聚众起义。

独龙族虽然是一个处于原始社会末期落后的民族，但并不乏斗争的智慧。他们为生存不仅敢于斗争，而且善于斗争。

就在这伙蓄奴主大吃大喝之际，各村寨闻令前来的起义农民把木垒房团团围住。他们一拥而入，一阵激烈的厮杀，将其中六人砍死，仅有一人侥幸逃脱。

独龙人对外地蓄奴主的狠狠教训与反击，令外地封建残余势力和西藏土司大为震惊。他们扬言要以牙还牙，血洗独龙江，但却始终不敢轻举妄动。他们发现，独龙人一旦组织起来也是不好对付的。

此时，已是清咸丰年间，原来负责管辖独龙江的康普土千总禾娘去世，藏族喃珠接任土千总管带，重新恢复了对"怒俅夷"的管理。

为了巩固抗暴斗争的成果，防止奴隶主、强人势力对独龙江的欺压掠夺，独龙江村寨的几位伙头代表民意，前往维西叶枝土千总府控诉外族强人对独龙人的欺凌，寻求保护，渴望获得归属感。

他们希望千总府能够采取措施，制止西藏土司和豪强势力对独龙人的掠杀暴行，然而，英法挑起第二次鸦片战争，大清王朝日渐衰微，叶枝土千总自顾不暇，哪有心思和能力为独龙江的百姓提供保护？

况且，他们是封建没落阶级的代表，也不可能给独龙人带来任何福音。他们对独龙人遭受的苦难无动于衷，也无能为力。

独龙人不仅没有摆脱封建统治者的歧视和压迫，甚至还不断遭受外国侵略者的掠扰。直到清朝末年，黑暗中的独龙江才照进一丝清官良政的亮光。

红笔师爷

在独龙江的历史长河里，至今流传着"夏师爷"夏瑚的故事。

二十世纪初叶的中华大地，已是山雨欲来风满楼，迎来"数千年未有之大变局"。

清光绪三十一年（1905年），为抵制外国侵略势力的渗透，滇西多地爆发反洋教、驱逐洋教士的斗争。在这场斗争的影响下，农历七月十九，贡山的怒、藏、独龙等民族兄弟联合起来，聚集在丙中洛，包围并火烧了"白汉洛"洋教堂。这就是怒江历史上著名的"白汉洛教案"。

白汉洛是贡山县北部的一个村寨。"白汉洛教案"是由法帝国主义传教士的不法犯罪活动引起的，是当地怒、藏、独龙、傈僳等族人民发动的一次轰轰烈烈的反帝爱国斗争。

次年，夏瑚受清朝丽江知府委派，以"丽江知府阿墩子弹压委员兼管怒俅两江事宜"的身份前往怒江处理"白汉洛教案"事件。

尽管清王朝风雨飘摇，这位颇有匡扶正义、悲悯天下情怀的"夏师爷"仍不辞山高路险和长途跋涉，于光绪三十二年至三十四年间（1906—1908年）三次奉命巡视怒、俅两江。自古以来，他是以中央政府官员身份巡视这一带的第一人。

夏瑚处置"白汉洛教案"一事后，从阿敦子（今云南德钦县）出发，带领随员、向导、背夫共一百余人前往独龙江。为慰问独龙江的百姓，夏瑚还置备了米粮、糌粑各五十背，并购买了盐、布和针线等各种物品若干背。沿途先发"木刻"，以示公文通知。

夏瑚的足迹遍及现怒江、独龙江的大部分地区。他"每到一处，开诚布公，剀切劝谕，老少妇孺，咸给赏需，遴派火头甲长，给以印谕，赏以银牌小帽、衣裤、盐、布等项"。

独龙族研究员李金明出生在独龙江迪政当村。他说，小时候常听老人讲，夏瑚曾在迪政当一带住了二十多天。他访贫问苦、体恤民情，独龙人称他为"夏师爷"。至今，一些老人还会讲起他的故事。

清光绪三十四年（1908年），夏瑚第三次巡视怒、俅两江，除了沿途散发盐、布、针线等慰问当地群众，还召集怒管、俅管和委任甲头、伙头，宣布停止向西藏土司缴纳贡赋，并采取禁止到俅江流域掠夺人口等保护措施。其后两年，西藏土司和强人势力都没再敢来收缴贡税和掠夺人口。

独龙江村寨的头人们把夏瑚所发的委任状卷放在竹筒中，以便于长期保存。后来英国侵略者染指独龙江，头人们拿出委任状，声称自己是清朝人，迫使英国侵略者退了回去。

夏瑚在巡视了独龙江的下江之后，兵分两路：派随员马吉义率一路人马巡视江尾；他则亲率一路大队人马翻越担当力卡山西行，历经重重艰险，在崎岖的山路上和急流间跋涉十余天后，终于到达葡萄县。

在这里，夏瑚会见了当地官员赵百宰。赵百宰是傈族人，自称木王，为当地民族领袖。会见仪式极为隆重。木王接到通知，组织起数百人的欢迎队伍，并派人牵一头大象出寨迎接。夏瑚入寨之前换上朝服，见面时赠木王朝服一套、马褂一件、朝珠一串、九子枪一支。木王赠夏瑚象牙一对，并自称"山东"赵百宰，言语中表达出对中华大地极为倾心之意。他边舞边唱：我祖来自东方，我盐来自东方，我兄即在东方，我心向着东方……

夏瑚由木王派向导陪伴巡视了葡萄县上下各地，之后东折返回内地。

经过几年的巡边后，夏瑚遂将各处要隘以及风土人情写成《怒俅边隘详情》一文，上书云贵总督及云南巡抚，文中提出了"十条建议"及一系列筹边之策。

夏瑚在其中写道："开化夷民，重在启迪民智，必须以教育为主。而教育之推进，要以培养师资为基础，加强国民教育、普及社会教育，多习汉语即为入学之门径。边疆情况特殊，需循循善诱，不足以资开化"。

有鉴于此，夏瑚禀请清政府在怒、俅两江"设官、兴学"，以"借民房，充公寺"的方式，于宣统二年（1910 年）在贡山的茨开及菖蒲桶喇嘛寺开设了两所汉语学堂。这两所学堂的创办，结束了贡山县没有学校的历史。夏瑚兼任劝学员，亲自管理汉语学堂，深受百姓爱戴。从此，现代文明的薪火照进了贡山。

夏瑚还视察了喜马拉雅山南麓藏南地区僜人部落，宣示中国主权。其经世致用、开疆拓土，表现出维护国家主权的爱国精神。

夏瑚作为清朝末年的一位行政长官，对开发怒江、独龙江提出了包括政治、国事、财政、经济、文化、交通等极富政治远见的十条建议，对促进怒江社会及整个独龙江地区的发展及与外界的交流，都产生了重要作用；对巩固西南边疆，维护国家领土完整，防止帝国主义侵略，也有着积极意义。

遗憾的是，夏瑚勤政抚民、尽职尽责，竟受到当地土豪劣绅的诬控与陷害，遭到撤职查办。尽管他的济世良方因其被革职而未能实现，但他为怒江、独龙江地区做了力所能及之事，惠及了百姓。更重要的是，他以"国家"的名义向西南边境地区的百姓传达了温暖和希望，为保卫边疆、建设边疆作出了贡献。

夏瑚，这位"红笔师爷"在当地为政时留下"固边爱国"的红色一笔，至今仍在民间传颂。

弩弓射向侵略者

二十世纪初，清朝已成"政治僵尸"，遭到英、美、日、法等八国联军肆意侵略，国内反帝反封建的革命如火如荼。

辛亥革命成功后，接替夏瑚职务的段继昌响应革命，宣布反正。至此，贡山地区进入了"中华民国时期"。民国初期，国家面临着严重的内忧外患，新旧斗争和民族矛盾也非常复杂，独龙人在这一复杂尖锐的斗争中，与各族同胞团结一道，紧跟进步，爱国力量进行了可歌可泣的斗争，以其坚强的意志和不屈不挠的反抗精神耀然青史。

民国初期，新旧政权交替。云南成立了以蔡锷为都督的云南军都督府。蔡锷任命李根源为云南陆军第二师师长兼国民军总统，总理云南西部地区一切事务。

李根源出生在滇西腾越（今云南梁河九保乡），是一位国民党爱国人士，他对于西南边疆危机深感忧虑。为阻止英军对滇西北怒江、独龙江地区的进一步侵犯，巩固边防，李根源上书蔡锷组建殖边队，进驻怒江和独龙江流域，经略滇西北边疆。

1912 年 2 月，在得到蔡锷及中央政府的支持后，李根源组织"殖边队"，分三路进驻怒江和独龙江流域，在贡山设"菖蒲桶殖边委员公署"，由兰坪营盘"殖边总局"管辖，加强边疆建设与管控，防止外国势力的渗透。

其中，何志远一路殖边队进驻怒、俅地区后，积极修葺道路，组织发展实业，宣传云南军都督府的政策，歼除寇盗，整顿西方的传教行动，在抚民固边方面深得人心，颇有建树。

1947 年，中共怒江州工委曾在一份调查报告中，对何志远在独龙江的管理开发有过描述："何氏带兵进住俅江（恩梅开江）阔劳铺区附近，另行发给头目执照，该地人民极表欢迎、爱戴。"

在贡山县档案馆里，仍能看到一份独龙江爱国宗教人士伊里亚的口述记录：1913年的一天，英国侵略军一行十多人，带着翻译和十多个背夫，从缅甸侵入独龙江地区，准备到西藏从事间谍活动。这伙侵略军当中有军官二人，一个是红毛红脸，又高又胖；另一个是白肤色，不胖不瘦的中等个。据说，那个红毛红脸是名上尉，名叫布理查。布理查一伙一进入独龙江地区就凶相毕露、无恶不作，竟把几名不愿意给他们当背夫的青年杀害。他们在当色寨住宿时抢了一户独龙人仓库里的粮食，伙头出面劝阻，布理查竟将他捆绑在一棵树上，欲将其杀害。伊里亚的父亲等独龙老人多方求情，还送去一头猪，伙头才被放回来。之后，布理查一伙前往西藏察瓦龙地区，走到莫切旺时，因山高路陡，携带的物品、枪械掉入独龙江。察瓦龙土司得知这一情况后，派人袭击布理查等人，但未得逞。独龙江西岸群众见此情景纷纷逃走。布理查一伙打算到江东岸抢抓背夫。东岸的族长布旺勃罗早已被布理查杀害独龙青年的残暴行径所激怒，他怀着强烈的复仇之心，藏于溜索处，趁布理查乘溜索过江之机，举起弩弓，瞄准了布理查。只听"嗖"的一声，利箭飞出，布理查惨叫一声，中箭落入江中。另几名英国侵略者见状惊恐不已，逃回缅甸。

1915年，李根源奉命率部抗击侵占片马的英军，但遭遇失利。英军随即控制了片马、坎底（葡萄县）等广大地区。1927年，英军又先后占领古浪和岗房，同时吞并了江心坡。这也是在日本入侵东三省之前，中国被侵占的最大面积的领土。直至1948年缅甸脱离英国独立，英方仍霸占江心坡地区不放，使之与中国内地被完全隔断。

因内战频起，西南边疆藩篱尽撤。英帝国主义乘虚而入，更加肆无忌惮地将侵略魔爪伸向独龙江地区。英军屡次派遣特务探查独龙江边境情况，收集资料，绘制地图，并掠夺仓粮，奸淫妇女，引起独龙人的强烈愤恨。

据史书记载：迄于民国七八年间，已被英人占去十分之九。所有俅境之木王坎、狄之江、狄不来江、狄瞒江、托洛江、拉达阁等地，完全失陷。民国十六年（1927 年），英人竟越过空贤，上至孟底（距空贤两日路程）征收粮钱。民国十七年（1928 年），仍越过空贤，上至独都（距空贤一日路程）征收粮钱。

新中国成立之初，云南省曾派出一批干部进入独龙江进行民族调查。保存在贡山县档案馆里的一份调查报告中有这样的记载：英帝侵占我国领土片马后，擅自派缅方地方官员进入独龙江征派钱粮。大约在 1928 年，有两个英国人潜入巴坡一带。他们到处拍照，用望远镜瞭望，探查从独龙江通往西藏察瓦隆地区的交通，收集当地资料和各种矿植物标本，掠夺百姓仓粮，奸淫妇女，欺压百姓，引起独龙族人民的愤恨。

1929 年，国民政府云南交涉署曾向英国驻滇总领事提出抗议照会，但侵略成性的英军置若罔闻。

1931 年 4 月，俅江甲长孔当·金等人来到贡山，向新任设治局局长陈应昌反映英军入侵独龙江、残害百姓的罪行，请求国民政府给予保护。

陈应昌是玉溪市北城镇陈大场人，曾于 1931—1935 年任菖蒲桶第十任行政委员。他在任期间，修路、办学堂，在当地做了不少善事，被群众称为一任"良官善政"。

陈应昌到任后，深感边事日蹙，英军"侵略不已，若再无设法保护，孟顶全境必至沦陷"。为了保卫独龙江边防，阻止独龙江下游缅甸的英军侵犯，经他呈请省政府批准后，于 1932 年 6 月在独龙江地区正式成立了"菖蒲桶俅江公安局"，委任杨绍宗为局长。但公安局并没有起到应有的作用，第二年因无经费支撑而撤销。

而此时，独龙江上游的西藏统治势力对独龙江的掠夺也变本加厉了。为了减轻群众负担，陈应昌向土司发出通告，严禁他们继续向贡山人民征收纳贡和"放盐账"。察瓦龙土司不听劝谕，恣意征收。后来，察瓦龙土司又大兴土木，建造楼房大院，不断向独龙江百姓摊工派料。这年的冬天，察瓦龙土司强迫独龙人运送建筑材料，途中遭遇雪崩，几十人全部遇难。

英军的袭掠，察瓦龙土司的欺压与盘剥，使独龙人口锐减。有资料显示，二十世纪二十年代，独龙人口一度减少到不足两千人。独龙人在黑暗中苦苦挣扎，几乎濒临民族灭绝的境地。

日夜奔流的独龙江仿佛是一首唱不完的悲歌、淌不完的苦水。

松旺出生

面对残酷的生存环境，独龙人顽强的生命依然像独龙江山崖上的杜鹃花，在岩缝中生生不息。

在一座四面透风的木垒房里，随着女人竭力的呻吟，一个男孩"哇"的一声降临人间。

这是孔当·金与肖旺当·江婚后生下的第一个男孩。那天正是独龙江"降雪月"的第一天，迎接这个小男孩的是一场铺天盖地的大雪。

男孩的啼哭犹如一声声悲愤的呐喊，穿越纷扬的雪花，在独龙江的河谷里回响。

对于生活在原始社会末期的独龙人来说，岁月的年轮从没有时间刻度。母亲肖旺当·江用"结绳记事"的方式记下了分娩的日子。

十多年之后，这个男孩推算出自己的生日：1917 年 10 月 12 日。

按照当地独龙人的习俗，要在孩子出生第六天太阳出来之前给孩子取名。

肖旺当·江请来一位巫师。巫师是被独龙人认为有文化的人，尽管独龙人没有自己的文字。

肖旺当·江告诉巫师，头天晚上，她做了一个梦，梦中有人对她说："你儿子应该取名'松旺'为好。"她问巫师如何给孩子取名。巫师说："就按你梦中的名字来取吧。"

于是，这个男孩取名"孔当·松旺"。"孔当"是他的出生地，也是他的姓；"松旺"是他的名字。这是独龙人的习俗。

松旺在后来的回忆录中写道："'松旺'这个名字也没有特别的含意，按独龙族的说法，是植物和庄稼长得很茂盛的意思。"

但这个名字似乎蕴藏了他一生的密码。他在改变自己民族命运中注定成为一个历史性的代表人物。

松旺出生的时候，独龙人依旧沿用着刀耕火种、石器助播的原始农耕方式，一年四季大多数日子要靠进山采集野生植物充饥。独龙人身上裹着一片野麻纺织的毯子，白天当衣服，晚上当被子。对于独龙人来说，过日子就是熬命。

孔当·松旺不到十岁就跟着父母上山种植、采集。随着家中人口增多，种植的苞谷无法填饱一家人的肚子，家里的男人们不得不常常进山采集或猎狩。对他们来说，最稀罕的是盐巴，能吃到盐巴就像过卡雀哇节一样。

当时，有从怒江来的外族人背着盐巴翻过高黎贡山到独龙江来换山货，也有藏族人带着铁器从独龙江上游下来向独龙人换药材。松旺的父亲孔当·金很快从外族人那里学会了做生意。

于是，松旺帮着父亲把从村民那里收来的各种山货和药材背到山外，再从外族人那里换来衣物、盐巴和铁器等，这样来来回回没几年，他们积攒起殷实的家业，盖起了独龙江第一居木垒房院落。

孔当·金成为独龙江一带有名望的人，被村民们推举为村寨头人。

远行求学

1932年春，孔当·金十三岁的女儿孔当·娜长成了大姑娘，按照独龙人的传统习俗，她和另外一个姑娘一起文了面。想不到，独龙江公安局局长杨绍宗得知后，趁机勒索，说孔当·金让女儿"纹面"犯了法，要惩罚孔当·金二十两银子。

孔当·金不服，质问："犯了哪个'王法'？"杨绍宗拿出一纸"通告"摆在他面前："你自己看吧。"

孔当·金目不识丁，更不懂汉文。他怔怔地看着那张所谓的"通告"，气恼地说："你，你这是欺负人！"

"这上面写得清清楚楚，你看不懂怪谁？"杨绍宗冷冷一笑，盛气凌人的口气里满是嘲弄。

对于孔当·金来说，尽管他是贡山设治局委任的乡长，但这笔罚款无异于一场倾家荡产的灾难。孔当·金不服，但又无处说理。那年月不可能有老百姓说理的地方，孔当·金只得认罚。

孔当·金觉得太冤枉。他思来想去，终于想明白了：独龙人受欺负是因为没有文化，这样下去，他们永远没有好日子过。他对妻子肖旺当·江说："我们要送儿子出去读书，要他成为有文化的人！"

孔当·金是一位交游很广的商人，会讲流利的傈僳语，在外地有不少朋友。他听说，菖蒲桶行政委员陈应昌在贡山永拉嘎村创办了一所小学，决定把儿子送到那里读书。

1932年夏，孔当·金委托贡山永拉嘎村的商人袁怀智把儿子孔当·松旺带到贡山去读书。就这样，孔当·松旺成为第一个读书的独龙人。

十五岁的孔当·松旺跟着袁怀智翻越高黎贡山、穿过原始森林，走了七八天来到贡山。这是他第一次离开独龙江走向外面的世界。

等待他的会是什么？

独龙人奋起反抗

1932年，由共产党领导的土地革命风起云涌，怒江两岸各族人民反抗封建反动统治阶级的斗争随之兴起，独龙人与西藏封建土司的斗争也持续不断。

这年秋天，一位怒族农民到独龙江地区挖贝母，察瓦龙土司的管家看到后，竟将他吊起来，用皮鞭抽打得惨不忍睹。有几位独龙人上前劝阻，也遭到一顿无理毒打。

此事传开，群情激奋，独龙人纷纷赶来支援怒族兄弟，他们愤怒地把土司管家吊在树上狠狠地教训了一顿。可是管家被放走之后，向土司告状说独龙人和怒族要联合起来造反。于是，土司发出加重税收的命令，以示惩罚，不仅鸡、犬、猪、牛全部上税，连人的耳朵、鼻子也要上税。

加税的木刻令所到之处，激起广大独龙人的极大愤慨，立刻点燃了独龙人压抑已久的反抗怒火。走投无路的独龙百姓除了团结起来抗争，别无他路。

独龙江最北部布哇尔村寨的头人布哇尔·布老木松首先发出反抗这种无理要求的呼声，随即得到了乡长孔当·金的支持及献九当村家族长献九·肯和献九·此丙兄弟的响应。他们向各村发出了起义的木刻号令，各村族长组织起起义队伍。

就在强行征税的土司兵进入独龙江最北部的村寨时，起义队伍在孔当·金、献九·肯和献九·此丙等人率领下，群起而攻，一阵刀光剑影，把土司兵打得落荒而逃。起义队伍一直追击到迪色鲁河，并砍断迪斯柔渡口溜索，切断了察瓦龙通向独龙江的唯一通道。

为了防止察瓦龙土司的反扑，把起义斗争进行到底，起义队伍在渡口安营扎寨，筑起石垒，卡口设防，由各村头人带领青壮年三十余人轮流把守，严阵以待，随时准备抗击察瓦龙土司的武装侵袭。

冬季大雪封山，防守撤回；春天雪化山开，再继续把守。独龙人如此坚守三年，察瓦龙土司兵未能渡过独龙江一步。西藏封建统治阶级终于感到：独龙人不好惹了。

寒窗苦读冷与暖

孔当·松旺跟着商人袁怀智来到贡山求学。袁怀智把他送到贡山永拉嘎小学，向学校的汉族老师杨瑞宗介绍："这个孩子是独龙人，是他父亲托我带出来念书的。请杨老师好好教他！"

杨瑞宗表示："只要来我们学校里念书的，不管什么民族我们都会平等对待。你就放心吧。"

杨瑞宗对孔当·松旺很关心，询问他家里的情况、叫什么名字。松旺回答："我是独龙江孔当村人，叫孔当·松旺。"

"你上学了，就应该有个学名。"杨老师想了想说，"你就叫'孔志清'吧。"

从此，孔当·松旺就有了"孔志清"这个名字。他很喜欢杨老师给他取的这个名字。就这样，孔志清开启了一个独龙孩子的学生时代——这也是一个民族梦想进入现代文明的启蒙时代。

初到学校，孔志清听不懂汉语和傈僳语。面对学习的困难和压力，他牢记父亲的话："我们的民族没有文化知识，别人才对我们压迫、欺负。你要好好学文化，给独龙人争气。"他刻苦努力，每天把老师所讲的一字一句反复背诵，熟稔于心，慢慢地适应了学习生活。

后来，班里又来了一位名叫和桂芳的同学，和他一块坐在教室的后排。和桂芳主动帮孔志清学习傈僳语，使他的成绩不断提高。

但到了第二年，袁怀智对孔志清变得冷漠起来。这天，袁怀智对他说："你父亲一点费用都没有寄来。这年头，我们家也不好过，管不起你饭吃了。""那，我……"孔志清嗫嚅着说。袁怀智说："你走吧，我们也没办法。"

孔当·金既然把儿子送到贡山求学，为什么没有提供给养？

这是因为当时的独龙人面临着一次生存危机，身为乡长的孔当·金正带领独龙群众进行一场反抗西藏土司强行征税的起义。他不曾料到远在贡山、举目无亲的儿子陷入了无家可归的境地。

孔志清凄然泪下，只得向阿松叔叔诉说自己的不幸。

孔志清来到袁怀智家后，认识了长工阿松叔叔。阿松叔叔也是独龙人，家在雄当村。孔志清称他为叔叔，他也把孔志清看作亲人。

孔志清和阿松叔叔想不出更好的办法，便向袁家提出，为袁家干活，卖工读书。袁怀智也觉得把孔志清赶出家门，于理不通，以后和他父亲见面不好说话了，便同意了孔志清的请求。于是，孔志清给袁家放一天羊，到学校里读一天书，开始了"勤工俭学"的生活。

但是，学校的管理很严，要求孔志清必须跟上课程。两天的课要一天学会，否则还要挨老师严酷的体罚，甚至打骂。孔志清实在忍受不下去了，就会产生逃跑的念头。每当这时，父亲的嘱咐就在他耳边响起："要好好读书，做一个有文化的人，为独龙人争气。"他便咬牙坚持，加倍努力。同学和桂芳知道了他的情况，非常同情，经常帮助他，才使他学习的课程始终没有落下。

后来，袁怀智家发生的一件事，不仅让一个"家奴"的命运彻底改变，也让孔志清的艰难处境有了转机。

"奴隶"阿松

1933 年冬，袁怀智家的生意越来越难做了，生活境况大不如以前。袁家人商议把家奴阿松卖掉，却被阿松无意中听到了。此时，阿松才明白，原来自己是一个"奴隶"。

阿松十岁那年，藏族察瓦龙土司兵上门逼税，因家里交不起税贡，土司兵要把他一家人抓走。父亲奋起反抗，被当场打死。他和母亲还有哥哥、妹妹被土司掠走沦为奴隶。

几年前，袁怀智到西藏做生意，从察瓦龙的一个土司家里把他带来，说是做长工，可袁家从来不给他一分工钱。他并不知道自己是被当作奴隶卖到袁家的。袁家虽不给工钱，却管吃住。作为一个孤苦伶仃的独龙人，他没有任何选择的权利，只能起早贪黑、默默劳动，却没想到袁家要卖掉他。

阿松焦急万分，与孔志清商量对策。

孔志清毕竟读了书，他给阿松叔叔出主意："到设治局去告他，讨个说法。"

于是，阿松来到设治局喊冤。

设治局的人觉得此事荒唐。奴隶制早已废除了，怎么还有人养奴隶，甚至买卖？

中华民族与西方社会发展历程有着根本区别，其中最为鲜明的一点，就是中华民族跨越了西方的那种奴隶制社会，而由原始社会直接创造出了封建社会文明。

在西方的奴隶社会中，奴隶被视为奴隶主的私人财产，奴隶只有不计报酬地为奴隶主劳作的份，根本没有人身自由。

史料显示，在我国个别少数民族地区曾残存过极少的"蓄奴"现象，所谓"奴隶"与"蓄奴主"有着一定的人身依附关系，但他们拥有着独立的人格。如果他们的生命安全受到了侵犯，那么，侵犯者也是要受到法律制裁的。

在我国，只有西藏解放前实行着黑暗、野蛮的奴隶制社会制度。这些奴隶多半来自破产的贫苦农民。他们既无生产资料又无人身权利，完全被农奴主占有，用于家内劳役。1959 年，西藏的奴隶制在民主改革运动中被彻底废除。

国民政府贡山设治局对阿松的控告进行了判决：袁家立即放弃对阿松的人身权益侵害关系，恢复阿松的平民身份，并把袁家的财产分割给阿松一部分，让他另立门户。

阿松分到了房屋和土地，离开袁家独立生活。孔志清就和阿松叔叔住在了一起。一向面无表情、沉默寡言的阿松叔叔变得快活起来，话也多起来了。孔志清可以天天到学校里读书，再也不用给袁家卖工了。一有空闲，孔志清就帮阿松叔叔劳动，两人如同父子。就这样，孔志清在永拉嘎小学读书一直坚持下来。

1936 年，孔志清小学毕业，恰逢贡山县茨开村的省立茨开完小建成招生，便去报名。

省立茨开完小首任校长胡安民是维西人，看到孔志清的成绩优秀，同意他入学。他与同学和桂芳一起进入省立小学上学。

入学这天，胡安民热情地鼓励孔志清说："你是独龙人里唯一的学生，要好好学习，将来一定会有前途。"并嘱咐他，"课堂上好好听讲，不懂的地方多问老师"。孔志清很感动也很受鼓舞。他每天除听课、完成老师布置的学习任务外，还不断给自己加码，经常阅读和背诵课外书，学习大有长进。

父亲的期望一直成为孔志清心中的信念，他在省立小学的各门功课都属优良。第三年即将毕业的时候，孔志清更加努力。

随着知识的增长，孔志清常常问自己：我的民族为什么贫穷落后？为什么总是受剥削受压迫？他不知道答案在哪里，但他改变命运的愿望越来越强烈。

就在这时，一位科学家的到来把他心中的迷茫点亮了。

1938年5月，孔志清即将毕业了。这天，从北平来了一位采花委员到独龙江考察植物，需要一名向导兼翻译。贡山设治局没有找到合适的人选，听说省立小学有一名来自独龙江的学生，便找到了孔志清。

这位采花委员是北平市植物研究所的研究员俞德浚。他和蔡希陶等四位科学工作者从鹤庆翻越碧罗雪山进入怒江峡谷，到贡山考察采集植物标本。植物考察团到达贡山后分为两个组：一组由俞德浚带人前往独龙江考察采集；另一组由蔡希陶带人前往碧罗雪山一带考察采集。

孔志清作为俞德浚的向导，带领一组植物考察队进入了独龙江。

家遭劫难

1938年夏，孔志清为俞德浚带领的植物考察队作向导，奔波在独龙江下游。借考察队休整之际，孔志清回家看望父母，意外撞上了一场灾难。

独龙人在迪色鲁河迪斯柔渡口轮流设防，抵抗西藏土司强行征税的斗争，持续了几年，使得土司兵不能进入独龙江，为独龙百姓赢来相对平静的岁月。但是，残暴的察瓦龙土司对失去在独龙江的利益并不甘心，正在预谋对独龙江的武装袭击和报复。

八月的一天，察瓦龙土司抓住两个当地人，强迫他们修复了溜索，全副武装的土司兵终于强渡过河，向把守渡口的独龙起义民众突然发起袭击。失去天然屏障的独龙人是抵挡不住的。独龙人只有两千多人口，使用的都是砍刀、弩弓等原始武器，而察瓦龙土司仅兵员一项就超过独龙人口，用的都是钢枪、火枪。大队土司兵突破防线后，直逼孔当村，准备对乡长孔当·金一家进行报复。

孔当·金不仅是抗税起义的主要组织者，而且察瓦龙土司曾两次派人前来谈判，企图瓦解起义队伍，均遭到了以孔当·金为谈判代表的独龙人的坚决拒绝，其阴谋始终未能得逞。察瓦龙土司对孔当·金一直怀恨在心。当天夜里，土司兵包围了孔当·金的房子，准备杀害孔当·金。

恰巧，孔当·金带着儿子孔志清到马毕村与马氏家族一名叫阿英的姑娘举行定亲仪式，并在那里按照传统习俗祭祀山神。当晚没有返回，有幸躲过一劫。

面对土司兵的暴行，孔当·金的妻子儿女们奋起反抗，在与土司兵的搏斗中，孔当·金的一个儿子惨遭杀害，小妻被砍成重伤，其余十五口男女老幼全部被捆绑扣押起来。

土司兵在村中鸣枪示威，四处抢夺。"'达布'来了，快跑啊！"村民们一边喊叫，一边四处躲藏。

孔当·金从马毕村回来的途中，得到土司兵突破迪色鲁河防线的消息，非常气愤。他想到自己的儿子已经读书了，成为独龙江有文化的人，顿时有了底气。他立即向各村寨发出木刻，组织起各村民众队伍。孔志清也拿起砍刀跟随着父亲加入了起义队伍。

就在孔当·金带领起义队伍向孔当村进发，到达斯拉旺时，却接到了村寨头人当木·嘎达为保全村民性命，在武力威逼下已向土司妥协的消息。一时军心大乱，各寨头人也失去了信心。

孔当·金见此情景，已经无法继续带领起义人员发动进攻了，只得解散队伍，各自离去。

没有抓到孔当·金，藏族土司兵在村里杀猪宰牛，大吃大喝，奸淫妇女，横行一夜。临走时还把孔当村的粮食、牲畜掠劫一空。

孔当·金回到家里看到全家老少非死即伤，一片惨状，痛心疾首。他突然拔刀冲出家门，找到村寨头人当木·嘎达算账。他拎住当木·嘎达的脖子，咆哮道："你为什么与土司兵讲和？是你害了我全家，我要拿你偿命！"

"兄弟，你还有所不知。"当木·嘎达委屈地说，"土司兵人多势众，都是钢枪、火枪，我们打不过他们。我担心，他们对你全家人下毒手。孔当·曲当得私下告诉我，土司兵不仅要杀害你，还打算把几个村寨的头人都杀了"。

在众人的劝说中，孔当·金放开当木·嘎达，悲愤地对天吼道："我的山神啊！为什么不惩罚那些恶人啊！"

孔志清无奈地看着这一切，欲哭无泪，父亲想让他通过学习文化完成命运的逆袭，但却看不到希望。他在心中发出痛苦的追问："我们祭奉的山神在哪里？独龙人的生路在哪里？"

孔当·金气急攻心，腹痛难忍，一下倒在地上。

贡山设治局得知乡长孔当·金遭受西藏土司的报复后，不仅不同情，反倒指责孔当·金招惹了西藏土司，发一文通告应付了事。孔当·金悲愤过度，一病不起。

独龙人民持续了三年的抗税斗争成果惨遭扼杀，察瓦龙土司的魔掌继续伸向独龙江上游地段，独龙人再次陷入至暗时刻。

经过这次斗争，贪婪残暴的察瓦龙土司也有所收敛，被迫取消了强加在独龙人身上的鸡、猪、狗、牛税和人的耳朵、鼻子税。

但独龙人一直没有摆脱反动统治者的欺压，始终生活在水深火热之中。

独龙人的历史是一部苦难史，也是一部争取民族权利、尊严、平等和自由的斗争史。

《道光云南通志》卷一八五曰："俅人与怒人接埌，畏之不敢越界。"《永昌府文征》卷十三说："俅夷……性怯懦，昔颇受藏属察瓦龙及江尾强的骚扰，近年俅江沿岸属我范围者，仍受察蛮苛收钱粮及强卖沙盐重利盘剥之苦，大有难以聊生之概。查球民之于察蛮，有畏若虎狼、敬静祖宗，而察蛮之视球民直奴隶犬马耳。"

这种长期多重的盘剥，使独龙人产生了对异族反动统治者又怕又恨的心理。学者普遍认为，独龙妇女"纹面"习俗和居住地的选择都与躲避欺压有关。

直到解放后的很长一段时间，独龙妇女哄孩子时还在说"'达布'来了"，孩子就不敢哭出声音。"达布"指的就是藏族土司兵。反动统治者在独龙人民心灵上留下的创伤和阴影历久难消。

虽然，独龙人的多次起义在不同程度上冲击了黑暗的社会制度，并对英国侵略者的掠扰给予了打击，但在那种社会制度下，独龙人民没有也不可能赢得民族的尊严、平等和自由，也不可能改变遭受剥削和欺压的悲惨命运。

独龙人民一直在苦难的深渊中苦苦挣扎。每当夜幕降临，人们就会听到从独龙江畔传来凄婉而悲伤的歌谣：

> 乌云遮住了太阳，
>
> 冰雪覆盖了山岗；
>
> 阿爹留下的茅草哟，

独龙悠歌

挡不住豺狼的侵犯；
阿妈留下的麻布片哟，
挡不住冰雪的严寒；
……

第三章　科学家播下"国家"的种子

采花委员来了

1938 年的"花开月"，一队人马浩浩荡荡，向高黎贡山密林深处进发。

他们是进入独龙江的植物考察采集队，队长就是来自北平的采花委员——北平市植物研究所研究员俞德浚，大家都称他俞先生。孔志清被设治局选为向导，与阿松叔叔一起，带领植物考察队从贡山出发前往独龙江。

俞德浚，园艺学家、植物分类学家、植物园专家。曾任中国科学院植物研究所研究员、北京植物园首任主任。他长期从事植物学考察、采集及分类研究。编著出版了《中国果树分类学》，为果树种质资源的开发利用及引种栽培奠定了基础；主编出版了《中国植物志》三十六、三十七、三十八卷，记载了已发现的中国全部蔷薇科植物。他参与了北京植物园的创建，参加了国内十多个植物园的建园规划设计，为我国植物园事业做出了重大贡献。

俞先生还有两位助手，一位邱先生，一位杨先生。设治局局长任嗣康从丙中洛境内动员了五十多名民工为植物考察队运送物资，并为考察队配备了两支"汉阳造"步枪。

作为一个来自内地的汉族学者，俞德浚在独龙江考察中所遇到的困难，可以说是常人难以想象的。采集队刚出发不久，就发生了民工坠崖身亡的悲剧。

当时，俞德浚已是有名的植物学家。植物考察队出发前，设治局局长任嗣康担心孔志清一人胜任不了通司（翻译）和向导双重任务，又增派一个名叫长风的藏族（丙中洛）人当通司和向导，说是长风会讲汉、藏、怒、独龙族等多种民族语言，又熟悉去独龙江的大小路径。

按长风带领的路线，采集队从设治局所在地达拉出发，经念哇洛箐沟翻越高黎贡山进入独龙江。这是一条进出独龙江的北路，因偏僻很少有人行走。

孔志清第一次走这条路，路况陌生。长风自称走过多次，大家只好跟着他走。结果，因走错路线，加上一场大雨过后塌方较多，队伍行至泥达初湖泊时，六个民工不幸坠落深涧，当场遇难，他们所背的行李包括那两支"汉阳造"也都坠入深谷。

俞德浚等人边走边采集标本，落在了队伍后面。当他们赶上来时，方知道发生了事故。当晚，大家的心情都十分沉痛，在山洞里围着火塘坐了一夜。议论起发生事故的原因，都认为长风有不可推卸的责任。这条路山高路险，少有人走。起程时，长风既没说当天的路程有多远，也没有交代途中该注意的事项。俞德浚决定解雇长风，让他回去。

经商量，采集队决定给每个遇难者的家属一百元大洋抚恤金。因这笔钱不好请人捎带，只有等到独龙江地区植物考察结束回来后，再支付给遇难者家属。

有些人不明白俞德浚为什么大老远来到这里只为采花，心里动摇起来，要求回去。俞德浚告诉大家，这是国家要做的事情，不能半途而废，必须做下去。在孔志清和阿松的劝说下，大家的情绪逐渐稳定下来。俞德浚的话也让大家懂得了"国家"的分量。

第二天，一场大雨再次袭来。俞德浚决定由孔志清带队，虽然他没走过这条路，但阿松比较熟悉。他们商定了行程方案和注意事项，冒着风雨又上路了。途中，尽管路旁各种各样的植物绽放着姹紫嫣红的花蕾，芳香四溢，俞德浚再也没有心情采集了，他跟随大队人马一道默默地走入独龙江。

第四天，到达独龙江的绣切村后，孔志清和阿松带着几位村民原路返回，去寻找坠落到高黎贡山东麓的行李等物品。直到第六天，他们才把失落的物品背回来。打开一看，行军锅、行军床和采集工具等物品都受潮并发霉生锈了。俞德浚带着大家一一展开，在太阳下晒干，两支步枪整理好后，被重新收拾起来。

在绣切村休息了三天，采集队让丙中洛的民工返回，在当地雇请了二十多位独龙人，以便在周围的山上开始采集。这其中年龄最小的是来自孟顶村的青年巴吉。

满山遍野都是宝

横断山区，山高谷深，气候变化莫测，冰雹暴雨，随时威胁着考察队员的安全。但科学家俞德浚先生不畏艰险、吃苦耐劳、对工作一丝不苟的精神给孔志清留下了极为深刻的印象。

每天，俞德浚跟民工一起上山采集标本、做记号，晚上回到宿营地，大家休息了，他还要做翻晒标本，登记产地、来源、形态，压模等复杂细致而繁重的工作。每当这时，孔志清总要帮他把当天采集到的标本处理完，有时熬到很晚才休息。第二天，俞德浚还要把标本翻出来换纸。他对孔志清说："独龙江雨水多，一旦标本发霉就报废了，岂不枉费了一番辛苦！"他总是小心翼翼、耐心地操作，待标本干透了，他再打点包装好，让孔志清帮他寄存在老百姓家里，妥善保管起来。

这天，俞德浚打开地图，指着上面对孔志清说："告诉大家做好准备，我们要去独龙江北段滇藏交界的四格山考察和采集植物标本。"

四格山是中、印、缅三国交界的三角地带，靠近缅北野人山地区，因此也是"三不管"地带。那里地形复杂、谷峰奇险，被称为"绿魔之地"。据说常有人一去无归，原因不明，所以当地很少有人去四格山。

有人担心地问，为什么要去那么危险的地方采花？俞德浚告诉大家："这是国家交给的任务。这里满山遍野都是宝，到四格山能采到更为稀有的花木，它们是国家的宝贵财富，有的植物是'国宝'啊！我来这里就是要把它们带回去，好好地保存起来、保护起来，让它们在我国内地开花结果，让我们国家到处都能长出独龙江的花草、结出独龙江的果子来。"

大家听了都高兴起来，异口同声地说："好！咱们上四格山。"

去四格山的路，很少有人走过。阿松被掠到西藏土司家里做奴隶时，曾被逼着到四格山采药，对那一带相对熟悉。第二天一早，采集队在阿松的带领下向四格山进发。

四格山上植物品种十分丰富。时值盛夏，峰峦叠翠，满山遍野盛开的鲜花，姹紫嫣红。俞德浚爱不释手，忙碌其间，采集了许多花草。当他望着那些悬崖上的奇花异草倍感惋惜时，孔志清总会千方百计采摘下来。而十五六岁的巴吉也丝毫不比大人们逊色，竟像猴子一般扯着葛藤攀到峭崖上，把俞德浚想要的植物采集回来。再险的绝壁也挡不住独龙人的脚步，这令俞德浚赞叹不已、欣喜万分。

但是，有些稀有的植物，却无法采集到成熟的果实，大家四处寻找也未能如愿，俞德浚只好在那些花木上挂牌或刻上标记。直到秋天那些花卉植物的种子成熟时，俞德浚不辞山高路险，带着孔志清等人又一次来到四格山，终于把那些花卉结出的果实和种子全部采集回来。

这天，在担当力卡山深处，一片美丽的花海吸引了俞德浚。他只顾采集标本，忘了时间，返回时夜幕降临，走到半途，天已完全黑下来。下山的路非常陡险，加之天黑难行，大家都为俞德浚的安全担心。孔志清要阿松叔叔带他从另一条路绕道下山，俞德浚说什么也不肯，坚持和大家一块走。途中，被掀动的石块不时噼噼啪啪从头上或脚下滚落下去，十分危险。孔志清和阿松叔叔一前一后，保护着俞先生。大家提心吊胆地，好不容易从一个悬崖峭壁间的夹缝中慢慢溜下来。

"俞先生……俞先生……"这时，留在宿营地看守行李物品的人们，见他们还未返回，便提着马灯、打着火把，一起呼喊着，从山下迎上来。

他们的一声声呼唤在群山间此起彼伏地响成一片。俞德浚被独龙人的友善与真诚深深感动，泪花点点地返回到宿营地。

播下"国家"的种子

一天，俞德浚带着考察队前往黑铺山采集，途中遇到几个背枪的英国人带着二十多名缅甸背夫进入独龙江。

"你们是干什么的？"俞德浚用英语发问。

对方说是到独龙江来调查动物资源和采集动物标本的。而几位独龙人一听说他们要到独龙江，便哇哇地叫起来，对俞德浚说："他们是不会干好事的！"

"这是中国领土。"俞德浚向对方发出警告。

这伙英国人原本打算去独龙江上游，没想到被俞德浚和他身边的独龙人用两支"汉阳造"拦住了去路。英国人见状不得不改变路线，带着背夫朝缅甸方向离去。

孔志清告诉俞德浚，多年来，英国人经常进入独龙江拍照、绘图，并烧杀掳掠、奸淫妇女、残害百姓。老百姓对英国人既怕又恨。

俞德浚说，英国军队占领片马、入侵班洪地区后，一直想侵占独龙江地区，他们还从独龙江采走了不少植物。在英国爱丁堡皇家植物园和英国皇家植物园里，英国人收集了世界各国植物五万种以上。其中，很多种类来自中国西南部，包括独龙江一带的杜鹃、百合、樱草以及众多的花卉、灌木。

俞德浚对孔志清说："你们独龙人生活在这里很了不起。这里的一山一水、一草一木，都需要有人来守护。守护独龙江就是守护'国家'。"他嘱咐孔志清，"要好好学习。有了文化才能更好地为独龙人服务、为国家效力"。

孔志清不怕吃苦、不畏艰险、勤奋耐劳的精神深得俞德浚的赞赏。俞德浚不仅教给孔志清植物标本采集制作的技术，还教他学习汉语和汉字。

这天，考察队路过冷木当附近的一个小村寨，阿松放下行李，查看了一下周边，突然蹲在一棵大松树下黯然伤神，流起了眼泪。俞德浚不知道发生了什么，孔志清对他说："这里就是阿松叔叔原来的家。"

阿松重返故土，触景生情，想起了二十多年前那个噩梦般的夜晚：

"'达布'来啦！'达布'来啦！"村里传来呼喊，接着是"砰砰"两声枪响。

阿松的父亲带着全家正要躲避，突然闯进来几个土司兵，索要税债。阿松家四壁空空，哪有缴税的东西？土司兵拿出绳索要把他们一家人捆绑起来带走。

父亲怒不可遏，抢起砍刀，与土司兵搏斗起来。只听一声枪响，父亲倒在血泊里。阿松和母亲、哥哥、妹妹被土司兵掠走沦为藏族土司的奴隶。阿松不止一次地被买卖，他也始终不知道母亲、哥哥、妹妹的下落。

如今，村里荒凉清冷，许多村民流落到独龙江下游或去了缅甸，留下的大都是老人和纹面的女人。阿松的老家已被荒草覆盖，难寻踪影，只有那棵沧桑高大的云松成为阿松记忆里唯一的存在。阿松悲伤地说："我没有一个亲人了。"

俞德浚了解到阿松的遭遇，十分同情，大家也都过来安慰阿松。这时，从独龙江畔传来凄婉而悲伤的歌声。

遁声望去，只见一位白发垂肩、身裹麻布片的老人，手拄拐杖，蹒跚在江边，边走边唱着千年的独龙"门竹"（歌谣），如泣如诉。

> 江水流不尽苦难哟，
> 门竹唱不完忧伤；
> 哪年哪月哟，
> 春风才能吹到独龙江畔？
> 何世何代呀，
> 阳光才能温暖独龙人的心房？
> ……

这唱不尽的门竹是独龙人民对吃人的黑暗社会的悲愤控诉。

大家聚拢在俞德浚身边，知道他是从内地来的有文化的人，都用期待的目光望着他，仿佛在问：独龙人的苦日子何时才有尽头？

俞德浚脸色凝重，沉默良久。日本侵略者的铁蹄已经踏进了半个中国，抗日的烽火燃遍中华大地；英国侵略者侵占缅甸后，一直觊觎中国的领土，不断骚扰边境地区。他望着苍茫的山野，不禁想起杜甫的诗句："国破山河在，城春草木深。"

　　俞德浚从背包里拿出一张中国地图展开。"这就是我们的国家。我们的国家是一个有许多像你们一样的民族组成的大家庭。每个民族就是这个大家庭里的孩子。"他心情沉重地告诉独龙人民,"世界上还有许多国家。可是,我们的国家正遭受外国强盗的侵略,有些地方被侵略者霸占了,所以,我们国家的许多民族像你们一样也在遭受苦难"。

　　"这样的苦难还有尽头吗?""我们的国家还有救吗?"大家急切地问。

　　"有!"俞德浚坚定地说,"在内地,有许多人已经组织起来,正在英勇作战,总有一天会把侵略者赶出去,西藏土司也会被推翻。到那时,老百姓成为国家的主人,我们多灾多难的国家,就会成为一个真正的'国家'。这样的日子总有一天会到来!"

　　大家听了,似懂非懂地点点头,只有孔志清似乎听懂了,他捧起那张地图凝视了许久,自语道:"这是我们的国家……"

　　俞德浚为孔志清打开了一个广阔的世界,"国家"的种子在他心中悄悄生发。

心系独龙人

　　冬季来临,高黎贡山的南磨王山峰一夜之间白雪皑皑,像一位头顶白发的长者如期而约,提醒人们独龙江被大雪封闭的日子即将到来。植物考察的采集工作进入尾声。

　　俞德浚在独龙江流域考察了六个多月,历尽艰险,走遍了高黎贡山、担当力卡山及西部一带的整个山脉,采集了几十包共两万余份植物标本,为国内研究西南地区的植物、丰富国家植物基因库获得了大量珍贵的材料。

考察队来到孔当村，乡长孔当·金的盛情款待让俞德浚非常感动。孔当·金为俞德浚一行腾出最温暖的木垒房住宿，拿出家中的腊肉、山野味和自制的漆油茶等最好的饭菜招待来自北平的客人。几个月前，孔当·金因土司兵对他家的伤害而悲愤至极，腹部气肿，曾一病不起，虽有好转，但身体状况大不如以前，家境也日显困顿。

俞德浚向孔当·金一家表示慰问，并深为独龙人民的纯真、善良与真诚所感动，也感受到一个弱小民族仍然生存在原始社会末期的艰辛与不易，非常同情独龙人深受剥削与欺凌的处境。

俞德浚一行离开独龙江时，孔当·金为了表示对这位远道而来的植物学家的敬意，把一只小肥猪送给他，让他补补身子。俞德浚表示感谢，回赠了五件棉布和一些洋铁碗留作纪念。

俞德浚是一位有着民族正义感的爱国学者，在独龙江六个月的实地调查中，他对边远贫困落后的独龙人艰辛的生存状况有着切身的感受，也对孔志清这个独龙青年产生了同情心。他一再向孔当·金表示："有机会，一定会让孔志清到内地去求学读书。"孔当·金对此感恩不尽。

临走时，俞德浚又掏出五十块大洋交给孔志清，说是向导的工钱。孔志清不肯收，他参加植物考察队以来，得到俞德浚无微不至的照顾，除每月发给他十块大洋的生活开销钱，每两个月还发给他一套衣服，平时也与俞德浚同吃一锅饭，从没付过一分钱。俞德浚说："这是国家给你的，一定要收下。"他只好接过来，内心充满了感激和知遇之情。

俞德浚一遍又一遍地叮嘱孔志清："一定要好好读书，为自己的民族服务。"

俞德浚依依不舍地告别了独龙江的乡亲们，返回贡山。他所采集的三十多背植物标本，由阿松、巴吉等十几个身强力壮的民工打成背包背上，沿着独龙人常走的双拉箐小路，翻越高黎贡山。

他们到达贡山设治局所在地打拉村后，俞德浚先生即把六名遇难民工的抚恤金如数交由设治局转交遇难者亲属，并一再交代，需转告遇难者家属："他们是为国家牺牲的，要表示慰问。"

俞德浚还特地把一套衣服和两双胶鞋送给阿松，表示感谢。阿松说什么也不肯收，他说："我们独龙人是不能随便要人东西的。我一个孤老汉，也没什么礼物送你。你的东西我不能要的。"俞德浚笑着说："这不是我给你的，这是国家奖给你的。"在大家的劝说下，阿松收下了，他开心地念叨着："这是'国家'奖给我的……"

此时，从维西前来接应考察队的一群马帮也赶到了打拉村。俞德浚一行于1938年冬返回昆明。他在独龙江采走了美丽的花朵，也在这片边陲江峡播下了"国家"的种子。

俞德浚对独龙人的深情与关切并没有就此为止，而是一直延续着。

情如江水传佳话

1939年5月，孔志清意外地收到了中央政治学校大理分校（后改名为国立大理师范学校）的入学通知。他欣喜万分，终于又可以读书了。不久，他还收到了俞德浚寄来的路费。

后来孔志清得知，俞德浚走后一直惦念着他这个独龙人。途经大理时，俞德浚得知大理正在筹办中央政治学校大理分校，为了帮助孔志清继续深造，学到更多的文化知识，他专门拜访了校长汪懋祖，介绍了孔志清的情况，并保荐孔志清入校学习，为孔志清办理了入学手续。俞德浚担心孔志清家里困难，又特别寄来了路费。

在那种情况下，一个生活在社会最底层的独龙人，能得到这种学习深造的机会，应该是一个幸运儿。孔志清清楚，这一切都是俞德浚关照过的结果。

孔志清在大理读书期间，俞德浚仍然没有忘记这个独龙青年，经常给他寄来学费，并在信中嘱咐他珍惜机会、好好学习，将来为本民族争光、服务。我们现在已经很难判知他将孔志清"渡"出独龙江怀抱的是怎样的一种心结，但可以肯定，他对一个弱小民族的深切同情，对一个独处世外的"土著"孩子抱有大义，并相信知识可以影响一个族群的命运。他对独龙人的悲悯情怀一定是有着希冀与信念的，那就是他要让"国家"的种子在孔志清身上生长。

俞德浚成为孔志清人生道路上的引路人、点灯人，也为独龙江畔那个仍处于原始社会末期的民族点燃了一支文明的烛光。

然而，孔志清在校学习期间，差点因一念之差而演绎成另一种人生。

那是孔志清在大理读书的第二年。一个周末，大理下关街上国民党部队正在大量招兵，街道上排满了报名参军的人。孔志清好奇地走上前，稀里糊涂地报了名。报名很简单，只要登记一下名字就行了，然后通知他第二天集合出发。

第二天，带兵的人把他们新兵集合起来，用几辆军用大卡车拉走了。要拉到哪里，带兵的人也不说，他们谁也不知道。

他们在大卡车里颠簸了一天一夜，终于在第二天晚上到达一座破庙里住下来。许多人挤在一起席地而睡，不大会鼾声四起。孔志清睡在了大门口，迷迷糊糊进入了梦乡。

"松旺，松旺，你要好好上学，成为有文化的人，我们独龙人就不受欺负了。"父亲来了，在他面前一遍遍呼唤……

"志清，你一定要珍惜机会、好好学习，成为有文化的人，为你们族人争气，为国家服务。"俞先生来了，对他一遍遍嘱咐……

孔志清从梦中惊醒。自己怎么会在这里？他仔细地回想了一下，突然回过神来，自己本来在学校里读书，却稀里糊涂报名当了兵，又稀里糊涂来到这里。怎么能擅自离开学校去当兵呢？

父亲当初对他的嘱咐，俞德浚一次次对他的鼓励和寄予厚望，那些话语在他耳边一遍遍地回响。

他立刻清醒过来，懊悔不已，意识到自己不辞而别，对不起父亲和俞德浚，也对不起学校和老师。说不定老师正在到处找他呢。想到这些，他决定立即返回学校。

正值半夜，周围的人都在酣睡。他趁机从大门口悄悄溜出来，借着淡淡的月光，凭着白天的记忆，不顾一切地沿着来时的路飞快地往回跑。一路上，他边打听边赶路，走了三四天，终于回到了学校。

孔志清很害怕回到学校后老师会骂他，甚至处分他、开除他。好在老师看到他平安地回来了什么也没说。后来，每当想起这段经历，他总觉得有些荒唐。

孔志清对俞德浚一直心存感激。没有俞先生的相帮和资助，他不可能在政治学校完成四年的学业，成为独龙族历史上到内地读书、接受汉语教育的第一人。

孔志清晚年在他的回忆录里这样写道："临近毕业时，因父亲病故，我才被迫放弃学习，回到独龙江家中，挑起照顾母亲和弟弟的重担。我从而成为一个有文化知识的人，使我终身受益。因此我对俞先生感恩不尽，也知道了汉族和其他民族中也有真诚同情和帮助我们弱小民族的好人。"

新中国成立后，孔志清成长为少数民族干部，并被选为独龙族人民代表，但他一直牵挂着恩重如山的著名植物学家俞德浚先生。

1964 年 12 月，作为全国人大代表的孔志清，在北京出席第三届全国人民代表大会。会间休息时，孔志清与俞德浚不期而遇。俞德浚是作为湖南省全国人大代表参加会议的。他们久别重逢，又相会在首都北京，两人格外激动，紧紧地拥抱在一起。

俞德浚还关切地询问独龙江乡亲们如今的生活情况。孔志清告诉他，独龙江解放后，群众的生活有很大改善；由国家投资的、从贡山县城到独龙江的人马驿道即将修通。俞德浚高兴地告诉孔志清，他们从独龙江采回来的许多名贵花草等植物，已在北京植物园、紫竹院落地生根，开花结果，并在内地十多座城市园林里开始繁育。

此后，孔志清每次去北京出席会议，总要带上一些家乡的土特产，赠送给俞德浚。俞德浚也会买一些北京的点心让孔志清带给家人。

1986 年 7 月 14 日，俞德浚病逝，享年七十八岁。噩耗传来，孔志清为失去一位导师和益友而万分悲痛，他含泪发出唁电，表示深切哀悼。

一位科学家与一位独龙族知识分子的深厚情谊延续了近半个世纪。俞德浚为独龙江带来了文明之光，并在独龙人心中播下了"国家"的种子，对孔志清一生产生了积极的影响，表现出一名科学家热爱祖国、热爱人民的诚挚感情，也成为一段民族团结的佳话。

越狱逃命

1943 年，孔志清在大理政治学校学习临近毕业时，因父亲病故，不得不提前离校，回家照顾母亲和弟弟妹妹们。

这年冬天，孔志清按照父亲生前的愿望，与独龙江马毕村的阿英姑娘按照独龙人古老的传统方式结了婚。

婚后第二年，他们有了第一个儿子。一个男孩的到来，对一个仍保持着以父系家族公社为特征的民族来说，当然是最高兴的事儿。年轻力壮的孔志清好像有使不完的力气，他早出晚归，带着一家人开垦山地、轮番耕作。每年的收获让这个几年前曾被西藏土司兵洗劫一空的家族渐渐宽裕了许多。不久，孔志清的母亲也因病去世。孔志清作为家族的长子责无旁贷地挑起了一个家族的全部责任。

1945年9月，第二次世界大战结束，中国赢得抗日战争胜利，这对中华民族来说是一次改变命运的历史性机遇。但是，国民党政府在美国的支持下，倒行逆施，发动了全面内战。全国人民向往和平美好生活的愿望，又一次被战火湮没了。

对于备遭蹂躏的独龙人来说，生活不仅没有好转，反而更加艰难，设治局收缴的门牌费又加重了。

这年秋末，设治局通知独龙江各家上缴门牌费，孔志清和各保长一起来到贡山。父亲孔当·金病逝后，设治局委任的代理乡长对群众的苛刻和贪财遭到独龙人的反对，被轰出了独龙江，乡长一职一直空缺。

孔志清缴清门牌费之后，设治局局长李绍杭让各保长推荐乡长。各保长都认为："现在孔志清读书回来了，他有文化，叫他来负责。他是我们独龙人，他当乡长我们放心。"

但是，孔志清并无此念，他想有机会再出去读书。他从政治学校回来时，校长汪懋祖知道俞德浚一直关心他，建议他毕业后可以申请到昆明的更高学府深造。

孔志清当场表态说："我才读书回来，没有经验，担任不了。"

"既然各保长都要求你来负责，你为什么不同意？我看乡长就是你了。"李绍杭口气生硬，不容置辩。

孔志清心里明白，担任乡长除了每年能少交一定的门牌费之外，设治局一分钱的薪资也不给，还要承担风险。但李绍杭很霸道，在他的威逼下，孔志清只得硬着头皮接受下来。

孔志清反过来又一想：父亲送我学文化就是要我争气，不受欺压；俞德浚先生帮助我，也嘱咐我好好学习，将来为本民族服务。也许当乡长是个机会。

孔志清担任独龙江乡长后，总想着为老百姓做点好事。他每年两次到各保长那里了解情况，谁家有困难他也尽量去帮助解决。为了减轻农民负担，孔志清采取了"精兵简政"的改革方式，解除了原来雇佣的两名乡丁。其中一个叫孔当·曲当得，是本村的，因被解雇曾找孔志清无理取闹，虽经族人劝阻，却对孔志清心怀怨恨。

孔志清还动员各村寨家族长，劝导父母不再给女孩子纹面。同时，他还宣传教育群众，严禁外国传教士到独龙江传教，抵制外国侵略势力的渗透。孔志清的做法和举动自然引起了一些反动势力的不满。

不久，由美国传教士莫尔士一手导演的冤案，让孔志清险些丧命。

二战期间，为保证亚洲战场上对日作战的军备物资，中国和盟军跨越横断山脉开辟了一条空中运输通道，被称为"驼峰航线"。这条航线恰好通过高黎贡山、独龙江上空，为打击日本法西斯作出了重要贡献。

国民党政府在美国的支持下，不顾中国共产党和全国人民强烈要求和平的愿望，公然发动内战。"驼峰航线"并未消停，仍有美蒋飞机往返其上，但已失去了原来的正义性。

1946年夏，群众发现一架运输机坠落在独龙江乡莫切旺村山头，国籍不明。孔志清听到这个消息便派人向设治局报告。设治局立即来人，指使几十名群众到飞机坠落处搜寻，把飞机上所有的物资全部找到后，共分三次运回贡山。

后来又有一架飞机坠落。接到群众报告后，设治局很快派人来到飞机坠落现场。这次除了飞机残骸，并没有发现什么。

西藏土司听到独龙江境内坠落飞机的消息，便不顾大雪封山，派兵到独龙江寻找飞机上的物品，同样一无所获。但他们认为被当地群众藏起来了，就逼着群众交出来。

孔志清意识到，贡山设治局和西藏土司都想占有飞机上的物资，其实这架飞机上没有任何东西。他担心西藏土司兵对群众下毒手，一边提醒村民不要和他们轻易接触，一边考虑应对的办法。

第二天，三个土司兵来到孔志清家中，要他去见他们的土司。孔志清知道来者不善，凶多吉少，表面上热情地接待他们，答应去见土司，还给他们准备了一些食物，让他们先走，他随后就到。

三个土司兵不肯，非要带他一块走。孔志清借故推托，土司兵竟然拔出刀来威胁他。

孔志清见此情景，感到已无退路。心想，是福不是祸，是祸躲不过。世世代代独龙人备受西藏封建统治者欺压，几年前他一家惨遭土司兵伤害的情景恍若眼前，家族仇、民族恨犹如独龙江的急流巨浪一起涌上心头，一向温和的孔志清突然像一头暴怒的雄狮，大吼一声："老子和你们拼了！"

只见孔志清猛地飞起一脚把持刀土司兵踢翻在地，上去夺过尖刀，与他们搏斗起来。

懦弱，不是独龙人与生俱来的天性，为生存而斗争才是独龙人写下的真正历史。

家里人都上山采集去了，孔志清孤身搏斗。三名土司兵在膀大身高的孔志清面前竟然不堪一击。混战中，一个土司兵被他刺死，另一个见状夺路而逃，还有一个被他擒住用绳索捆绑起来。

孔志清把抓到的一个土司兵交给本村的孔当·曲当得暂时看守，回到家里准备将土司兵的尸体移至江边掩埋。看着眼前的血腥场面，他竟不敢相信自己大开杀戒。长期受压抑的民族心理，形成了孔志清沉默寡言、懦弱畏缩的性格。一个堂堂七尺男儿，总有一种说不出的怯惧感。

此刻，他突然觉得自己成为了一个无所畏惧的男人，成为了一个真正的独龙汉子。他面朝奔腾咆哮的独龙江和高山峡谷，放声大吼："呀嗬嗬——苍天有眼！"

这怒吼唤醒了江河，也唤醒了他自己。

　　孔志清本打算把那名俘虏的土司兵送交贡山设治局处理。不料,这名土司兵当夜跑掉了。原来,这名土司兵与孔当·曲当得曾有过交往,俩人熟悉。曲当得经不住这名土司兵甜言蜜语的诱骗,再加上对孔志清解雇他的乡丁一职心怀不满,竟把这名土司兵放走了。

　　这次,西藏土司派兵到独龙江寻找飞机上的物资,不光没有找到,还搭进去一条性命,哪甘罢休?但他们又不敢对孔志清直接下手,贡山设治局对他们提出过警告。西藏土司便派人到贡山设治局告状,说是杀人偿命,要求贡山设治局把孔志清抓起来判处死刑。

　　"你们不能跟孔志清乱闹,现在的独龙人不好惹了。"设治局局长李绍杭对土司说,"孔志清是独龙人推举的乡长,有文化,如果你们伤害他,独龙人饶不过你们。你们就惹了大祸"。土司听后,暂时放弃了加害于孔志清的念头。

　　孔志清也来到贡山,向李绍杭报告了西藏土司兵到独龙江为非作歹的经过。李绍杭又对孔志清说:"你也不能与土司乱闹事。你在独龙江与贡山离得远,万一人家真的害你怎么办?"

　　孔志清毫不含糊地说:"怕什么?!如果他们再来独龙江捣乱,我就发动群众反抗到底。政府应该支持我。"孔志清要设治局借给他一支枪。李绍杭也担心孔志清的安全,只好将一支"汉阳造"步枪给了他。

　　后来,土司兵又来找孔志清报复闹事。孔志清放了几枪,村民听到枪声带着弩弓、棍棒聚集起来,准备与土司兵战斗。土司兵看到这般情景,悄悄溜走了。

　　从此,土司兵再也没敢到独龙江捣乱。孔志清和乡亲们约定,把三声枪响作为紧急集合的信号。

　　不久,一个叫莫尔士的美国传教士和他的两个儿子约休和约比从碧江来到贡山。莫尔士父子指使贡山设治局派人到独龙江再次寻找飞机遗落的物品。设治局又派出一批人马来到独龙江,还有一人自称是上面政府派来的委员。

他们在飞机失事地点莫切旺什么也没找到，就谎称独龙人杀了飞机上的人，还把飞机上的物资藏起来。他们威胁说，如果不把物资交出来，就挨家挨户搜查。孔志清严词正告："我们独龙人从不撒谎，什么也没藏。如果你们不相信，就搜查吧。"

这伙人十分嚣张，他们挨家挨户搜查，仍然没找到，便无理抓人打人。然后，他们强行把孔志清和发现飞机的莫切旺村民莫切旺·色松、莫切旺·丁松、莫切旺·丁木等六人从独龙江带到贡山设治局。

设治局的人不问青红皂白将他们关押起来，并交美国传教士莫尔士父子一伙进行审问。莫尔士父子拍着桌子对他们大发淫威，逼迫他们承认拿了美国飞机上的东西，还说他们杀害了飞机上的一个美国女人。

"你们已经搜查过了，我们什么也没拿。你们美国人不要造谣。"孔志清据理力争，毫不怯懦，对莫尔士父子的无端诬蔑和陷害进行了严词驳斥。

不知莫尔士父子有什么来头，站在一旁的设治局局长李绍杭不仅不为中国同胞主持正义，反而讨好美国人，甚至阻止孔志清争辩，为莫尔士父子帮腔。莫尔士父子气急败坏，又指使人对莫切旺·色松、莫切旺·丁松等人吊打逼供。

莫尔士是美国的基督教传教士，二十年前就来到了中国，早期在藏区巴塘传教。因诬蔑当地宗教，他被群起而攻，1924 年逃到贡山，又遭到当地群众的驱赶，之后，他经独龙江逃到坎底。

1926 年，莫尔士转回维西县，以修建宗教场所的名义，掠夺百姓财产，遭到当地群众的反抗。后来，他与两个儿子又从碧江窜到贡山，与设治局勾结在一起，以传教名义愚弄欺压百姓，干着搜刮民财的活动。他们得知有一架运输机在独龙江上空坠毁的消息，认为一定有许多物资，遂起贪占之心。

"你让他们两个招了吧。"李绍杭悄声劝说孔志清，"美国人，我们惹不起"。

"美国人不能不讲理！没有就是没有！打死我们独龙人也不会说假话。"孔志清怒不可遏，又指着莫尔士父子大声说，"放开他们！你们既然是传教士，就应该传经送福，与人为善。如此霸道，上帝不会饶恕你们！"

莫尔士父子没想到竟然有人诅咒他们，一时瞠目结舌，无言以对。莫尔士问李绍杭："这人是谁？"李绍杭对莫尔士耳语了几句，他们停止了用刑。

但是，他们没有达到目的，就把孔志清等人关进了设治局监狱。他们关押审讯了一个多月，没有证据，也不放人。

孔志清等人被抓走后，一个多月未回，也无消息。孔志清一家和乡亲们焦急万分。孔志清的妻子便让三弟孔志明到贡山寻找他们。

孔志明先找到阿松。阿松到茨开打听，得知孔志清和几名乡亲们一直被关押在设治局监狱。于是阿松来到设治局探望，他悄悄告诉孔志清，一些外国传教士来到贡山横行霸道，不干好事，提醒他们多加小心，想办法尽快逃出去。

这天晚上，孔志清与同伴们商量，不能在监狱等死，要找机会逃走；逃跑不成功，就同他们拼命。

阿松利用送饭的时机悄悄为孔志清带进去一把小尖刀，以备越狱之用，并约定由阿松和孔志明在外面接应，以知更鸟的叫声作为信号。

夜晚，一阵风雨过后，怒江平静下来。半夜时分，只听几声知更鸟叫从屋后山林里传来，这是阿松发出的接应信号。

孔志清见值班的看守已经睡熟，便用尖刀撬开屋门，逃出了设治局监狱。他们在阿松的掩护下，与接应他们的孔志明一起顺利返回独龙江。

事后得知，原来藏族土司为陷害孔志清收买了曾经放走过土司兵的村民孔当·曲当得，要他向设治局及莫尔士父子诬告孔志清等人藏匿了飞机上的物资。孔志清等人才无故遭受了这场劫难。

几位无故受难的村民回到独龙江准备去找孔当·曲当得讨说法，孔当·曲当得自知难辞其咎，早已人去屋空。有人说他去了西藏，也有人说他去了密支那。

经此，孔志清看透了设治局搜刮民脂民膏、剥削百姓的本性，对国民党政府产生了强烈不满。尽管后来设治局又换了一位名叫陆双积的局长，但孔志清对这些官员已经失去了信心和希望。他把自己封闭在独龙江，拒绝出来参加贡山设治局的任何公事。

这天，雨过云开，几缕阳光从云缝里钻出来洒在江峡，为阴雨连绵多日的独龙江平添了几许亮色与温馨。孔志清坐在门前的石崖上，手捧俞德浚送给他的那幅"国家地图"凝视良久，耳边再次传来白发老人凄婉哀怨的千年门竹。

江水滚滚，悲歌悠长。

第四章　共产党人的模样

东方欲晓

1949 年春天，人民解放军"百万雄师过大江"的捷报呼唤着新中国的诞生，也宣告了国民党腐朽政权的彻底覆灭。

中国人民解放军以排山倒海之势，向全国进军。8 月初，担负解放大西南任务的解放军某部又一次挺进横断山脉。

不同的是，历史已经发生了戏剧性的反转——十五年前遭受国民党围追堵截、被迫长征的红军，如今已是胜利之师——由当年的"战略转移"转换为今天的"横扫千军如卷席"。

滇西北中国人民解放军滇桂黔边区纵队所属第七支队，于 1949 年 4 月 2 日在剑川成功起义，进入怒江地区。

其中，第七支队维西四大队在教导员和耕、副队长钱如嵩等人的率领下，跨过澜沧江，翻越哈巴雪山，向怒江大峡谷上游进发，完成上级赋予的清剿国民党残余势力、建立滇西北革命政权的历史重任。

黎明时分，维西四大队到达位于怒江东岸的知子罗后，与碧江党组织负责人张旭、王荣才、和文龙等人领导的当地武装力量会合，研究具体行动方案。

"上级指示我们，要卡住敌人退路，防止向西藏或境外逃窜。"张旭在一张石桌上展开地图说。

"贡山位于怒江大峡谷的上游，是滇西北的咽喉要道。"和耕指着地图说，"从这里往北经丙中洛可通往西藏；向西翻越高黎贡山，可由独龙江进入缅甸。只要解放了贡山，怒江沿线包括福贡一带的国民党反动势力就无路可逃了"。

"那好，我们先打贡山，来个瓮中捉鳖！"张旭伸出一只拳头压在地图上。张旭是白族人，参加革命后，于1938年8月前往延安，毕业于延安军政大学青训班。1948年初被派回家乡剑川参加滇西工委领导的武装斗争，是剑川"四二起义"的主要领导者。

他笑着对和耕说："知情莫如故乡人啊！贡山就交给你了。"

同时研究决定，王荣才同志负责碧江工作；李世荣同志带一路前往福贡接收政权；张旭自带一路武装队员向怒江下游泸水挺进。

晨色初露，群山苍茫。在云雾缭绕中时隐时现的老姆登教堂传来沉闷飘忽的钟声，似乎向空旷的山野发出某种隐秘的幽唤，令人琢磨不定。而远处的高黎贡山"皇冠"之巅高高地伸出云端，更显神奇壮美。

各路武装出发前，和耕提醒大家："怒江地区历史上各种势力复杂，群众还不了解我们。我们要发动群众，紧紧依靠群众，尽快建立新政权。"

8月8日，和耕率领小分队进入贡山（驻茨开）接收了贡山设治局的武装。国民党政府最后一任设治局局长陆双积逃往察瓦龙。和耕去信规劝陆双积回归投诚，保证其生命安全。通过统战宣传工作，8月16日陆双积等设治局当事人回到茨开，交出了全部武装和印鉴。国民党政权在此的统治就此结束。

8月25日，云南最西北的一座县城——贡山和平解放，中共贡山县工作委员会成立。根据边纵第七支队的任命，和耕任县常备自卫队指导员，和卫臣任队长，和文龙任贡山人民政府办事处主任。

在茨开镇的街头，人们发现设治局的老爷们不见了，来了许多戴着红五星、红领章的军人，不知发生了什么。一些人议论纷纷，甚至惊恐地四处躲闪。

战士们贴标语、发告示，动员群众，宣传政策。和耕把群众召集起来，高声宣布："乡亲们！我们是共产党领导的解放军，到这里来，就是打倒那些欺压百姓的坏人，让老百姓过上好日子。从今天开始，贡山解放了！"

"共产党来了！贡山解放了！"人们高兴地奔走相告。

不久，和耕接到前往维西执行任务的指示。离开贡山时，他提醒大家，要提高警惕，多加小心，防止不甘心失败的敌特分子暗中捣乱。

"国民党大势已去，贡山已经稳定。不会有什么问题。"和文龙充满信心，"指导员，一路多保重！"

"多保重！"和耕紧紧握着和文龙的手。谁知这次握别竟成永别……

贡山解放的消息传到独龙江。独龙江乡乡长孔志清心存疑虑：难道那些骑在老百姓头上作福作威的统治者真的被推翻了？

孔志清并不了解共产党。当他得知贡山的国民党设治局已经被推翻的消息时，只觉心里痛快。自从他和几个患难乡亲们从贡山设治局逃出来，他再也没有去过贡山。老百姓早就恨透了设治局。

但是，孔志清担心共产党会不会拿他跟那些人一样对待，当剥削阶级镇压？他听说过，共产党最恨那些欺压老百姓的人，而他毕竟是设治局委任的独龙江乡乡长，尽管没欺负过任何人。

这天，几个身份不明的人窜入独龙江的村寨，大声嚷着："大家赶快逃命吧，贡山来了共产党，杀了很多人。"孔志清见状，喝住那人问道："你们是从哪里来的？你们是听说的，还是看到的？"

那人说是从贡山逃过来的，还说："共产党来了，杀人抢粮，连乡长保长都要杀掉。"其中一人神秘兮兮地说："共产党共产共妻；一个村里只让用一把刀，连饭都吃不上；还不许信教，连教堂也要捣毁……"

"那你们说说，他们当官的是什么人？杀了哪些人？叫什么名字？"孔志清一再追问。

"不信？你等着瞧吧。"说完，那几个人头也不回地匆匆离去。

正当孔志清内心挣扎、焦虑不安的时候，接到了贡山人民政府办事处主任和文龙的一封来信。信中说，共产党已来到贡山。共产党不同于国民党，不歧视不压迫少数民族；请他不要害怕，做好独龙江群众的思想工作，不要逃向境外；希望他能来县里商量工作。

孔志清对和文龙并不熟悉，但从信中得知，和文龙是中共贡山县工作委员会的领导成员。他思虑再三，决定接受和文龙的邀请，前往贡山，看看共产党人究竟是什么模样。

正当孔志清准备起程之际，突然传来土司反动势力偷袭贡山的坏消息。和文龙、和卫臣等共产党干部英勇牺牲，贡山局势一时陷入混乱。

血色黎明

1949年10月1日，首都北京三十万军民在天安门广场隆重举行开国大典。毛泽东主席向全世界庄严宣告中华人民共和国中央人民政府成立。

此时，我国大西南一部分地区还没有解放。

1949年12月，刘伯承、邓小平率领的第二野战军向大西南挺进，展开解放全中国的最后决战。

二野第四兵团司令员陈赓再次踏上云南的土地。十五年前，一个雨雾蒙蒙的黑夜,长征干部团在团长陈赓的率领下一举袭占了位于禄劝县的皎平渡,为中央红军渡过金沙江、摆脱国民党军队的围追堵截打开了一条生命通道。

此刻,陈赓抚今追昔,几多感慨,几多豪迈,情不自禁地吟诵起毛泽东的《清平乐·六盘山》词句:"六盘山上高峰,红旗漫卷西风。今日长缨在手,何时缚住苍龙?"他激情满怀地对身边人员说:"我们可以向毛主席复命了。今日缚住苍龙!"

陈赓司令员以卓越的军事才能指挥二野第四兵团在祖国西南大地上进行了最后的追歼战——滇南战役,取得大捷,实现了中央军委和毛泽东主席关于西南作战的战略部署。

1950年2月20日,陈赓、宋任穷、周保中等率领的二野第四兵团与滇桂黔边区纵队及西南服务团一部进入昆明市区,受到十多万群众的夹道欢迎。

2月22日,昆明各界十万余人在拓东体育场召开了盛大的迎军大会。3月10日,经中央人民政府批准,成立了以陈赓为主席的云南省人民政府。陈赓正式宣布:"云南解放了!"

但是,不甘心失败的国民党派遣大量特务潜入西南地区,纠集大量的旧军官、土匪和地方反动势力,建立反动武装组织,疯狂地进行欺骗宣传和破坏活动,企图负隅顽抗。这些反动残余断绝交通、抢劫物资、袭击人民政府、伏击人民解放军、杀害地方工作人员和人民群众,一时猖獗。云南多地出现了企图推翻新生的人民政权的武装暴乱。"匪祸所及,商旅裹足,市场萧条,居民夜不枕席,一夕数惊。"严重扰乱了社会秩序。

剿灭土匪,成为西南地区的迫切任务。

反动势力的猖獗同样波及贡山县。贡山和平解放后,反动土司武装纠集起来,于1949年10月9日向贡山人民政府办事处发动突然袭击。由于新政权刚建立，兵力不足，在反击中，贡山办事处主任和文龙与自卫队长和卫臣等六人英勇牺牲。贡山又落入反动土司势力的魔掌。

此时，当地的一些反动头人及国民党残余也趁机作乱。他们盘踞在贡山，烧杀抢劫、奸淫妇女、散布谣言，甚至恢复了国民党贡山县设治局，重新任命了伪设治局局长。贡山一时黑云压城，到处弥漫着恐怖戾气。

孔志清听到这个消息顿感失落，不仅不敢去贡山，而且还担心土司兵随时会到独龙江来骚扰。而且，山外还不断传来一些恐怖的风声，一时间独龙村寨的群众人心惶惶，不少人准备逃往下游，到缅甸去避难。

1950 年 2 月，剿匪工作会议在昆明召开，陈赓对大规模开展剿匪斗争进行了动员部署。根据会议精神，中共怒江特区工委和福贡县工委联合组成清剿指挥部，对贡山的反动叛乱势力进行坚决清剿。

正在维西执行任务的和耕闻讯后，带领三十八名维西县民兵火速赶到福贡，按照联合指挥部的部署，迅速调集碧、福、贡三县武装力量千余人，组成一支人民自卫队，对贡山反动土司武装发起总攻。经过浴血奋战，自卫队终于平息了反动势力的暴乱，俘获匪徒百余人，重新夺回了政权，稳定了社会秩序。

1951 年底，云南省境内的各种土匪已基本肃清，结束了云南历史上长期有边无防的状况，为边疆地区的生产建设和社会改革创造了和平安定的环境。

西南地区剿匪斗争的胜利，粉碎了国民党妄图在西南建立游击根据地、配合台湾国民党军反攻大陆的梦想；保证了西南地区反霸、减租、退押和土地改革斗争及各项建设事业的顺利进行，也有力地支援了抗美援朝战争，受到了毛泽东主席的通令嘉奖。

春天的来信

贡山的反动势力被彻底清剿后，在中共怒江特区工委的组织下，和耕主持成立了贡山县临时政务委员会。贡山彻底解放了。

红旗映红了怒江大峡谷，美丽的杜鹃花开满山岗，怒江终于绽放出笑容……

1950 年 4 月 26 日至 30 日，贡山首届各族各界人民代表大会召开，贡山县人民政府成立，归丽江专署领导，任命和耕为县长。县政府所在地迁至茨开镇丹当。

和耕，原名和桂芳，傈僳族，1923 年 5 月 11 日出生于贡山县茨开镇丹珠村的一个耕读世家。和耕十六岁从茨开小学毕业后，来到鹤庆师范高中部求学。在中共地下党员老师的引导下，和耕接受了革命进步思想，走上了革命道路，并于 1949 年 2 月加入了中国共产党。

和耕毕业后，参加了滇西纵队。由于地下革命工作的需要，他由"和桂芳"改名为"和耕"，先后担任第七支队维西四大队教导员和边纵七支队三十三团三营教导员。和耕带领部队多次参加滇西中共地下党组织指挥的武装斗争，并在打土匪、清剿反动残余势力、和平解放碧江和贡山中作出了重要贡献。

贡山县新的人民政权成立后，在和耕的主持下，宣布废除了国民党保甲制度，将全县划分为四个区，辖十九个行政村。县政府陆续选派了区长，各区成立了区政府。

而此时，仍有一些残存的反动势力和以传教为幌子的外国敌特分子潜入独龙江区，不断散布一些蛊惑人心的谣言，在独龙江群众心里蒙上了一层阴影，使他们产生了恐惧感，不少人准备逃往缅甸。

和耕了解到这一情况后，亲自给孔志清写信，委托阿松送往独龙江乡。

阿松知道这封信的分量不一般，便独自上路，急步穿行在高黎贡山的原始密林里……

共产党的队伍与反动土司在贡山发生激战的消息已传到了独龙江。孔志清心中惴惴不安。不少人纷纷离开村寨，汇聚到江边，开始往缅甸方向逃离。

这天，几个村寨的保长、头人来到孔志清家。大家围在火塘边议论山外传来的各种消息，但都难辨真假，是走是留，不知如何是好。大家期待的目光盯着孔志清，希望他给大家拿主意。

孔志清对大家说："贡山的情况，我们都没有亲眼看到。没有看到的事像云雾一样，琢磨不定，不能相信。大家先沉住气，等等再说。我们也要做好最坏的打算，随时对付意外情况。"

于是，各村寨的群众纷纷准备弩弓、刀械和食物，准备随时对付敌人袭扰。

孟顶村的巴吉和马库村的保长马巴恰开又一次来到孔志清家。孔志清的妻子热情地给他们端上漆油茶。他们家族之间都有亲戚关系，来往密切，而且家族的不少成员都在缅甸。他们坐在木楞房前商量前往缅甸避难的事宜。

"各种说法都有，乡亲们不知怎么办。是不是到缅甸躲一躲？"马巴恰开对孔志清说，"你一家十几口人，还是到缅甸安全"。马巴恰开一再劝说孔志清带着家人，跟他们一起到缅甸去。

"走不走，我们都听你的。"巴吉望着犹豫不决的孔志清表示，"要走一起走，要留一起留"。

天空阴云低沉，沥沥淅淅下起了小雨。孔志清眉头紧锁，遥望着波涛汹涌的独龙江，沉默无语。他心里清楚，只要自己带着家人离去，独龙江的百姓就会跟着走，这里的家园就会变成荒原。不走，一家人的性命可能随时会受到威胁。思虑再三，他决定带全家投奔在缅甸的叔叔孔贤金，暂避一时。

当夜，整个独龙江江峡在月色朦胧中如梦如幻。孔志清和全家人正在收拾行李，忽听江边传来独龙门竹的悠长吟唱。循声望去，还是那位白发垂肩、身裹麻布片的老人，但歌谣的内容好像不一样了：

> 江水流不尽哟，
> 总有源头；
> 门竹唱不完哟，
> 唱一支新曲；
> 寒冬过去哟，
> 春风吹到独龙江畔；
> 云开日出哟，
> 阳光照亮独龙人心房。
> ……

第二天，正当孔志清准备带着家人出发时，阿松突然出现在门外。只见阿松蓬头垢面，一头长发沾满了雨水，两腿裸露，鲜血淋淋，全身都是泥巴。

"阿松叔叔，你这是……"孔志清赶紧把阿松叔叔扶进屋里。

阿松瘫软地坐在火塘边，一时说不上话来。孔志清的妻子端来一碗漆油茶，阿松叔叔喝了一口，气喘吁吁地说："我是从贡山赶来的。路上遇到了几个被解放军打散的土匪，抢了我的干粮，用枪逼我带路，去缅甸……爬南磨王垭口时，我从崖上跳下来，才把他们甩开……"他从怀里掏出一封信递给孔志清，"这是共产党的干部写给你的信"。他又说，"写信人叫和耕，是你的小学同学"。

"和耕？"

"他原来的名字叫和桂芳。"阿松说。

孔志清想起来了，在茨开上小学时，他俩都是班里的高个头，坐在教室里后排。和桂芳比他小六岁，还教他学傈僳语。后来，孔志清跟随俞德浚前往独龙江采集植物标本，分开后他俩再没见过面。想不到，十二年后，他竟然收到了老同学的亲笔来信，令他喜出望外。

孔志清立刻打开信，和耕在信中向他问候，并告诉他："共产党领导下的人民自卫军已把反动势力全部打垮了，贡山恢复了正常秩序，彻底解放了。共产党是为各族人民谋利益的。共产党拉起队伍干革命，就是为了让老百姓过上好日子。我真诚邀请你到贡山来，共同商议独龙江区解放事宜。希望你能参加新中国的建设事业……"

孔志清看了老同学和耕的来信，高兴地对阿松说："太好了，我要把这个好消息赶快告诉乡亲们！"

只见他奔到江边的一处高坡上，端起枪，举向空中"砰砰砰"连放三枪。枪声在江峡里久久回荡，传到远方。

乡亲们知道，这是紧急情况下孔志清发出的信号。人们迅速聚拢过来，那些逃难的群众也都停下了脚步。

"哎——，乡亲们！"孔志清把手中的信高高地举起来，朝乡亲们大声呼喊："贡山解放了，共产党把坏人彻底打倒了……"

夜晚，云开雾散，风清月明。

"别看那些土司兵对咱老百姓凶得很，打了不到半个时辰，就听军号一响，他们就像断了根的冬瓜树似的，全都趴在地上，向解放军举手投降了。"村民们围坐在孔志清家的火塘边，听着阿松绘声绘色地讲述共产党部队消灭反动土司武装的经过。

"阿松叔叔，你都看见了？"孔志明问。

"那当然了。土司兵把我抓去给他们做饭。天刚亮，解放军就打上来。一阵枪响，他们就喊'冲啊！'那些土司兵四处躲藏。"

"阿松叔叔，你在哪儿呢？"又有人问。

"我躲在石磨子底下，都看得清清楚楚。"

"后来呢？"

"后来，共产党带来了粮食、棉布和盐巴，分给大家。"

"天下还有这样的好人？"

"有！"

孔志清对大家说："现在贡山解放了，共产党政策好，共产党不剥削、不压迫穷苦人民。大家不要有顾虑，也不要听信谣言。共产党邀请我到贡山去，等我回来，就更清楚了。"乡亲们消除了原来的疑虑和恐惧，情绪稳定下来。

大家都觉得以前的火塘从来没这么火红，从来没这么温暖，直到东方黎明才恋恋不舍地离去。

正当孔志清准备前往贡山时，一场大雪袭来，高黎贡山白雪皑皑，独龙江被大雪封闭在江峡深处。

共产党人的模样

1950 年 5 月，中国人民解放军进驻贡山。解放军发扬革命军队优良传统，把少数民族当作自己的兄弟姐妹，尊重当地民族的风俗习惯，帮助群众做家务、搞生产，治疗疾病，救助贫困，积极宣传中国共产党的民主政策，调解民族纠纷，促进民族团结，得到贡山各族人民的拥护。

7 月 16 日，雪融山开。孔志清又接到贡山县临时政务委员会的通知，请他到贡山县城参加会议，商议独龙江解放事宜。

孔志清和三弟孔志明、巴吉、马巴恰开，还有前来送信的阿松一起前往贡山。他们穿过原始森林，踏着尚未化尽的冰雪翻越高黎贡山，步行七天，来到贡山县城茨开镇。

孔志清不曾想到，这次到贡山成为他一生难以忘却的记忆，也坚定了他一生的信念与追求，尽管他在后来经受了难以想象的磨难和委屈，他都丝毫没有怀疑和动摇过自己的信仰。

孔志清等人到达贡山后，接待他们的是解放军进藏部队一二六团团长高建勋。当身着绿色军装的高团长向他们走来时，另一位解放军同志向他介绍："这是我们的首长。"

孔志清是通汉文的，他知道"首长"的含义有别于"长官"，但他对握手礼是陌生的。他刚想举手敬礼时，高建勋却紧紧握住他的手："欢迎欢迎！你们辛苦了。"

那一刻，孔志清那忐忑不安的心情和种种顾虑一下子烟消云散了。他发现，解放军"首长"完全不像那些国民党当官的那样盛气凌人，连一点架子都没有。

高建勋热情地把他们带到一处打扫得干干净净的房间里，给他们安排食宿，关切地说："你们从独龙江出来要走好几天吧？路上一定很辛苦。来，先烫烫脚。"

高建勋让几名战士把大盆热水端到他们几人的脚下。面对这种情景，他们相互看看，不知如何是好。

"你们不要客气，到这儿就是到家了嘛。"高建勋说着，还把战士们拿来的擦脚巾放在他们身旁。

孔志清把脚伸进那热腾腾的水盆里，只觉得从未有过的一股温暖涌遍全身。

营房里开饭了，解放军战士又把热饭、米汤和"坨坨肉"端到他们面前。眼前的一切让他们不知所措。

高建勋又一次走过来，亲切地说："饭菜简单，你们要吃饱。"

这时，孔志清转脸瞥见，那些军人吃的却是稀饭和苞谷苴子，下饭的仅有山椒，不由得愣了一下。把好吃的东西留给他人，这就是共产党人？

在他的记忆里，那些国民党设治局的人从来不把他们当人待。他心里一热，两眼湿润了。

更让他没想到的是，高建勋又给他们端来了一碗盐巴。孔志清盯着那碗盐巴足足看了半晌。要知道，这么多的盐巴在独龙江是没有人见过的。孔志清端着碗，嗓子却哽噎地咽不下饭去，忍不住两行热泪滴在碗里。

孔志清发现，贡山县城真的变了，过去对边疆少数民族作威作福的那些国民党官老爷和盛气凌人的美国洋教士、洋大姐都不见了。解放军同志和县工委工作人员待人都是那么亲切、和气。他感到，怒江的空气变得温暖起来，怒江的江水也变得欢乐起来。

这次经历深深地镌刻在孔志清一生的记忆里。多年之后，孔志清回想起来，依然动情地说："那时，我才知道共产党人是啥模样。"

共产党人的模样成为孔志清一生的记忆；中国共产党成为他一生的追随。

第二天晚上，到福贡开会赶回来的和耕来到孔志清的住处。老同学久别重逢，格外高兴，他们回忆起在茨开小学一起读书的情景。

"那时，我们俩都坐在后排。你学习最好，还教我傈僳语。"

"知道你是独龙江第一个走出来学文化的，觉得你很不容易，也很不简单。"和耕给孔志清倒了一杯水，又说，"后来，你为了交学费，给人打工，不能正常上课，我们都很关心你"。

"多亏阿松叔叔，不然我就失学了。"说到这儿，孔志清叹了口气，

"唉！那年月，我们老百姓太不容易了"。

"现在好了，我们老百姓翻身解放了，建立了自己的新政权，再也不会受剥削、受欺负了。日子会慢慢好起来。"和耕向孔志清介绍了革命形势。和耕告诉他："云南解放后，和平建设时期已经到来。军管会在接管旧政权的同时，着手筹建各级人民政权。3月10日，经中央人民政府批准，成立了以陈赓为主席的云南省人民政府。我们要在党的领导下，结合建立人民政权，宣传群众，组织群众，积极开展土地改革、减租退押、镇反清霸等工作，尽快建立起革命秩序。我们还要组织群众积极发展生产，支援解放西藏。"

和耕还说："我们身处边疆，责任重大。现在，公开的敌人武装已经被歼灭，但是隐藏的反动势力依然存在。他们与流窜到境外的国民党残部相勾结，进行捣乱。据我们得到的情报，美国一名传教士又从境外潜入怒江，从事特务活动。贡山的反动暴动就与这个美国人有关。"

"这个人肯定是莫尔士。"孔志清说。

"你认识？"

"打过交道。这个美国人以传教为名，搜刮民财，横行霸道，心狠手辣。"

"我们要提高警惕，尽快建立人民的政权组织和'人民武装自卫队'。在党的领导下，配合军队，同边沿地区的土匪和特务进行坚决斗争并夺取最后胜利！"

和耕又对孔志清说："你现在参加政府的工作了，今后独龙江的工作要由你来负责。"

"我这种身份，能参加政府工作？"孔志清心有余悸地问。

"怎么不能？你的情况我们了解。"

孔志清虽说做过几年国民党设治局委任的独龙江乡长，但也是麻布单子作衣、树根野菜充饥，和独龙江群众一样饱受苦难。

而且，孔志清机智勇敢、不畏强霸，带领群众积极开展反抗西藏土司的苛税盘剥和反动统治阶级的斗争，赢得了群众的信任和拥护。

"我这次到碧江开会，上级领导同志传达了省委的指示。省委提出，要以统一战线工作为中心，团结起义的军政人员和公教人员，以及各界爱国人士。"和耕对孔志清说，"司令员陈赓还亲自向包括卢汉等人在内的起义军官作专题报告，帮助他们提高认识、加强团结，打消他们的思想顾虑"。

和耕还给孔志清讲了在部队流传的一个故事。

解放军入城后，由于一些官兵对国民党军队有深仇大恨，常有个别战士与卢汉部手下的官兵发生摩擦。一天，几个年轻的士兵又与卢汉部下闹起了别扭。陈赓听说后，立即赶过去，严肃地对那几个战士说："要善待人家起义的战士。现在是一家人了，要注意搞好团结。"

有一名战士不以为然地说："可他们为蒋介石卖过命。"

"卖过命又怎么啦？我陈赓也为蒋介石干过，还是蒋介石的救命恩人呢。"陈赓拍拍这位战士的肩膀，语重心长地说，"同志啊！爱憎分明是要的，但我们不能感情用事。我当年救老蒋，是为了革命；现在打老蒋，也是为了革命。现在人家起义了，我们就是一家人了嘛！革命不分先后，要同等对待，互相学习、互相尊重。这才是我们共产党人应有的胸怀"。

陈赓同志以身示范，教育、带动部属，对团结云南各界人士、凝聚统一战线力量，起到了重要作用。

和耕对孔志清说："团结一切可以团结的力量，共同建设新中国，这是党的统一战线。所以，你要放下包袱、消除顾虑，积极参加贡山的建设。独龙江的工作就委托你了……"

当晚相见，他们谈了很久。和耕给孔志清讲了共产党的许多革命理念，还给孔志清带来一套崭新的中山装制服。

晚上，孔志清躺在床上翻来覆去睡不着，起身拿出和耕发给他的中山装制服，穿在身上，看了又看，思前想后，心潮起伏，往日的苦难涌上心头……独龙族祖祖辈辈受欺压、受剥削，被称为"俅子""曲扒"，没人瞧得起。

他想起了西藏封建土司的残忍，想起了英国侵略者的恶劣行径，也想起了国民党设治局的霸道，还有美国传教士的蛮横……

新中国成立了，共产党来了——这就是俞德浚所说的真正的"国家"？

> 乌云遮不住太阳，
> 雪山迎来了阳光；
> 阿爹留下的茅草房哟，
> 燃起了添旺的火塘；
> 阿妈留下的麻布片哟，
> 换成了温暖的衣裳；
> ……

孔志清隐隐约约听见夜空里又传来独龙门竹的吟唱……

> 江水流走了千年苦难，
> 门竹唱出了黎明的一天；
> 春风吹过来，
> 花开独龙江畔；
> 太阳升起来，
> 照亮高黎贡山。
> ……

朦胧中，那位白发垂肩、身裹麻布片的老人飘然而去，他那如泣如诉的歌声在东方已亮的天空悠悠飘荡、久久萦绕……

第五章　共和国的新生儿

"苦难谣"变成"幸福歌"

孔志清接受和耕邀请来到贡山，成为受尊重的客人。想想几年前他与几个同胞逃离设治局的情景，像做梦一般。

在贡山的几天里，和耕和孔志清不仅畅叙旧情，还多次谈心，深入交流。和耕向孔志清介绍了中国共产党关于民族团结平等的政策，讲解了民族上层人士在新中国建设中应尽的义务和可以发挥的重要作用以及将来的前途。孔志清心中的种种疑虑彻底化解。

解放军进藏部队一二六团团长高建勋专门为他们召开了一个座谈会，向他们介绍了新中国成立后的大好形势，希望独龙江的群众积极配合、支持共产党和政府开展各项工作，一起建设新中国、建设新边疆。

在孔志清等人返回独龙江时，中共贡山县工作委员会特地为他们举行了欢送宴会。在宴会上，高建勋赠送给他们一些茶叶、盐巴、饼干和一头黄牛，孔志清则将带来的独龙江土特产作为回赠品表达敬意。

高建勋还把一本《中国人民政治协商会议共同纲领》的小册子送给孔志清，亲切地对他说："共产党的奋斗目标，就是让老百姓过上好日子。新中国成立了，人民当家作主了，各族群众要团结一致，为建设新中国的边疆共同努力。"

离开贡山时，和耕对孔志清说："你是独龙人中有威望的知名人士，回到独龙江要向群众宣传好《共同纲领》，把群众组织起来，开展好生产、建设好边疆。"

这次亲历亲见，孔志清确信世道真的变了。他见证了共产党究竟是啥模样，感慨道："共产党来了，受苦受难的独龙人终于有了救星！"

从此，孔志清对中国共产党领导的新中国深信不疑，并看到了独龙人美好的未来。

孔志清等人带着贡山县党组织的重托满心欢喜地回到独龙江。他从江头跑到江尾，跑遍了独龙江的村村寨寨，召开群众大会，向同胞们详细讲述了贡山解放的消息和在贡山的所见所闻，宣传了共产党的解放政策，也宣讲了《共同纲领》的精神。

乡亲们听了很高兴，都说共产党这么好，点着火把也找不着。大家明白了，跟着共产党走，今后独龙人就不会再受欺负了！

1950年10月1日，贡山县人民政府成立，并隆重召开了成立大会。第一任中共贡山县工委会书记和耕当选县长。

孔志清应邀参加了县政府成立大会。会上，孔志清被推选为独龙江区区长，黎明义为区干事。黎明义是独龙人中仅有的在大理师范学校读过书的人。从此，独龙人民正式跨入了平等、团结、友爱的中华民族大家庭。

会后，孔志清和黎明义要回独龙江为建立新政权开展筹备工作。临行前，和耕将一面崭新的国旗郑重地交给他，语重心长地说："要让共和国的国旗永远飘扬在独龙江。"

和耕还把二十匹棉布交给他们，让他们带回区里开展工作，并给他们每人配发了一支手枪，向他们交代："最近，公安部门发现，怒江一带有敌特电台与境外反动势力频繁联络，还有一些外国传教士，打着传教的名义，煽风点火，搞地下活动。我们一定提高警惕，积极组织群众、发动群众，按照党的政策做好边疆的稳定工作，积极开展生产建设。"

10月30日，独龙江召开了全区各族各界代表大会，孔志清特意穿上了和耕发给他的那件中山装。他把鲜红的国旗高高举起，大声宣布："乡亲们！我们独龙人解放了。共产党是我们的大救星，我们当家作主了！"

他在大会上宣讲了党的民族团结政策，宣布独龙江区区工所正式成立。会上以投票选举的方式选出了四个村的村长。

孔志清当场把从贡山带回来的棉布按人户撕成小块，每家分送一块。虽然人多布少，每家只分到一两尺棉布，但乡亲们都说："从古到今只有百姓向官家上供纳税，从未见过官家给百姓发一寸布的。共产党领导的人民政府成立了，我们独龙人的苦日子终于熬到头了。"

穷苦人懂得，他们翻身解放了！再也不用给土司纳贡了！再也不受反动政府欺压了！

他们热泪盈眶，一遍遍地高呼："共产党万岁！毛主席万岁！"

独龙人纷纷走出森林，聚集到江边，有的弹起口弦，有的吹起叶笛，还有的敲着芒锣，乡亲们踏着美妙的旋律跳起传统的民族舞蹈。乡亲们手挽着手一起欢呼着、歌唱着：

> 阿爹留下的茅草棚哟，
> 升起温暖的炊烟；
> 阿妈留下的麻布片哟，
> 变成了七彩衣毯；
> 百年的杜鹃开了花哟，

千年的云杉挺起腰杆；

门竹献给共产党哟，

幸福的歌儿唱不完。

……

昔日的苦难谣变成了今日的幸福歌。

第一面鲜艳的五星红旗在独龙江上空高高飘扬、迎风招展。温暖的春风融化了高黎贡山上的千年冰雪，世代挣扎在水深火热中的独龙人，真正成为这片山水的主人。

从这一天开始，独龙人结束了一个旧时代，开启了历史新纪元。共和国的一个民族获得了新生！

周总理定名"独龙族"

1951年，又是独龙人"花开月"的日子。

孔志清从独龙江来到县城汇报独龙江的情况。县长和耕听了很满意。他对孔志清说："上级党组织很关心你的进步，准备送你到云南民族学院学习。"并征求孔志清的意见。孔志清非常感激，表示一定好好学习。

正当孔志清准备出发前往昆明学习的时候，发生了意想不到的事情，险些打断了孔志清前去学习的行程。

从独龙江传来噩耗，说是孔志清离开独龙江后，土匪把他的妻子孩子都杀害了。

孔志清与妻子结婚十六年来，他们已经有了三个孩子。妻子心灵手巧、聪明能干、好善乐施，全力支持丈夫的工作，无怨无悔。这个噩耗犹如晴空霹雳。孔志清不相信这是真的，但情况不明，又让他痛苦不堪，无所适从。

和耕得知后，立即派阿松前往独龙江了解情况。阿松途中遇到了前来贡山卖山货的巴吉。巴吉来之前曾到孔当村去收山货，见到孔志清一家安然无恙，并没受到任何伤害。

巴吉到贡山见到孔志清，告诉他家里的情况，让他放心。大家这才知道，那些谣言是别有用心的人在故意制造混乱。

这件事虽然是对着孔志清来的，实则指向新生的人民政权和边疆的稳定建设。据公安部门得到的情报，美国牧师莫尔士父子一直躲藏在碧江的一座教堂里，假借传教为名，常与境内外的一些反动势力相勾结。孔志清意识到，独龙江处在国境线上，反动势力不甘心失败，边疆依然面临复杂的斗争形势。

新中国成立后的贡山人民，焕发出支持解放西藏、建设边疆的巨大热情。

1951 年 10 月，根据上级进军西藏的命令，一二六团团长高建勋率部由贡山进入西藏。贡山各族群众主动为部队修桥补路、砍柴送粮，在沿江渡口修理船只、更换溜索；沿途各村寨设立了茶水站；青年人组织起了运输队，跟随着部队，翻山越岭，把物资送到西藏，顺利完成了支援部队和平解放西藏的任务。

孔志清来到云南民族学院政治系学习了半年。通过学习，他的思想政治觉悟有了更大的提高，对党的政治理论和政策方针也有更深的了解和认识，对党的领导和社会主义制度深信不疑。

就在学习即将结束的时候，学院通知孔志清到北京出席中央民族事务委员会扩大会议。

孔志清激动地彻夜难眠。他想，他这个旧社会被人欺负的弱小民族人士，竟能到新中国的首都北京参加中央召开的会议，这不是做梦吧？

云南民族学院共有二十多名少数民族代表前往北京出席会议。孔志清和云南其他的少数民族代表一起从昆明乘火车出发，辗转了五天五夜，终于在 1951 年 12 月 15 日抵达北京。

中央民委扩大会议开了十五天，少数民族代表们时刻沉浸在激动和兴奋之中。董必武同志亲自主持会议，组织大会发言。孔志清代表怒江州的少数民族发了言。

中央领导同志与代表们一起讨论各民族的发展进步问题，并同桌共餐。少数民族代表们充分享受到各民族平等团结、互助友爱的祖国大家庭的温暖，个个感慨万端。

会议将要结束的时候，各民族代表一致要求要见一见伟大领袖毛主席。他们说：“我们赶到北京开会，没见到毛主席是最大的遗憾。回去以后，民族同胞问起来也无法回答。”大会满足了代表们的要求。

1952 年新年这天，中南海礼堂。来自全国各地参加会议的各族代表们怀着无比急切的心情等待着伟大领袖毛主席的接见。晚上八点三十分，毛主席红光满面地走来了，大厅里立刻响起雷鸣般的掌声，有人情不自禁喊道：“毛主席万岁！”接着呼喊声一浪高过一浪。

陪着毛主席接见少数民族代表的，还有刘少奇、朱德、周恩来等党和国家领导人，他们还同代表们一起合影。孔志清作为人口较少的民族代表站在毛主席身后第一排离毛主席不远的位置，他感到无比地幸运和幸福。

当晚，毛主席还与代表们一起观看了演出晚会。幸福的孔志清一直沉浸在心潮澎湃的万分激动中。那天晚上演出的节目，过后他竟想不起来了，但他记得最清楚的是那支歌曲：“东方红，太阳升，中国出了个毛泽东……”

1 月 5 日上午，又一个幸福的时刻到来了。这一天对于独龙人来说，是一个历史性的日子。

这天，周恩来总理在百忙中到中央机关礼堂看望各民族代表。因为孔志清是全国人口最少的少数民族代表，他被安排在第一排座位上。

十时整，礼堂内响起了雷鸣般的掌声。身着黑呢中山服的周恩来总理微笑着向大家走来，并挥手致意。他来到代表们身边，和蔼可亲地同每个代表握手，还一一询问每个代表叫什么名字、从哪里来。

孔志清激动地不停鼓掌。当周总理来到他身边时，他感觉自己的心脏都要跳出来了。周总理走到他面前，打量了一下他穿的彩色条纹独龙毯做成的褂子，亲切地问道："你叫什么名字？"

孔志清急忙回答道："报告总理，我叫孔志清，是从云南怒江来的，是云南最边远地区、最小的民族代表。"

"哦，那你是哪个民族的？"周总理接着又问。

这个问题却让孔志清一时语塞。就在他犹豫的那一刻，总理已经猜到了什么，用慈祥的目光安慰孔志清，微笑着等待他。孔志清满腹委屈，他的族群从来就没有一个正式的名字。

看着周总理关切的目光，孔志清说："总理啊，我们祖祖辈辈不被当人待，外面人称我们为'俅子''曲扒'。"说到这里，他禁不住泪水盈眶。

周总理微笑的面容立刻凝重起来，关切地问道："那你们是怎么称呼自己呢？"

"我们称自己为独龙人。因为我们生在独龙江、长在独龙江。"孔志清声音洪亮起来。

周总理沉吟了片刻，随后点点头说："新中国成立了，我们各民族同胞一律平等。以前的歧视要改变！别的民族对你们的称呼，不能作为你们的族名。就按你们本民族自己的意愿叫'独龙族'吧！"

孔志清激动地点着头。

周总理又说："那些对少数民族侮辱性的名称，一律废除！"他当场指示身边西南局的负责人王维舟说，"老王同志，该民族的族名从今后就按他们自己的意愿叫'独龙族'好了，与其他民族一律平等。今后不能使用带有侮辱性的称呼"。

独龙族的族名就这样正式确定下来。

那一刻，孔志清望着周恩来总理，再也控制不住自己，眼泪唰地流了出来。这个坚强、刚毅的独龙汉子，自从来到北京，不知流了多少次热泪。

世世代代生活在独龙江的民族没有自己的文字、没有统一的族称，多以"木江""江友"等氏族家族所居地自称。如今，独龙人有了一个响当当、充满尊严的名字——独龙族！

从此，独龙族成为共和国五十六个民族大家庭中的一员，成为中华民族的一个新生儿。

独龙族人民也和全国其他兄弟民族一样，在祖国的怀抱里享有了政治上平等的地位。

当晚，孔志清躺在床上，辗转反侧，难以入眠。他想了很多很多，也想得很远很远。他的思绪不由自主地回到遥远的故乡，回到那个不堪回首的辛酸岁月……在旧社会，他们受尽了屈辱与压迫，没人把他们当人待。

他感慨万千：如果没有共产党、没有新中国，哪有独龙人的今天啊？！

党的光辉照边疆

1950年秋天，中央民族访问团来到云南访问。其中一个分团先后来到丽江、碧江慰问群众，带来了党中央和毛主席的亲切关怀。分团的同志深入一些村寨群众家里嘘寒问暖，了解边疆各族群众的希望和要求，许多人感动地流下热泪。

独龙族也派出自己的代表参加了在碧江的慰问大会。会上，慰问团宣读了毛主席的慰问信，并把各种慰问品赠送给独龙族及其他各族人民。

慰问团又专门召开了座谈会，了解独龙族及其他民族的希望和要求。代表们把慰问品带回家乡，独龙族群众收到了党中央赠送的布匹、针线、毛巾、棉毯、食盐等礼物，激动地说："过去西藏察瓦龙土司和国民党只会向我们要东西，如今是共产党和毛主席给我们送东西。新旧社会两重天啊！"

通过这次慰问，广大人民群众受到了一次深刻的民族政策教育，促进了民族团结，加强了中央和边疆少数民族的联系。

新中国成立初期，独龙族的社会发展状况与周围的其他民族相比，相对落后。独龙族人民缺衣少食，过着十分贫困的生活，男女披麻布、毯为衣，有的甚至连麻布都没有，以树叶或者兽皮防寒。遇到寒冷的冬天，只好燃起火塘，一家老小围着火塘睡觉。为解决独龙族群众生产生活上的困难，党和人民政府首先进行了全面的救济工作，每人发给单衣一套、棉衣一件、棉毯一床，还发给口粮和各种生产工具。

同时，为促进民族团结，贡山县派出人民解放军和政府工作人员组成的民族工作队，深入各村寨，广泛开展"交朋友、做好事"活动。向群众宣传讲解党的民族政策，号召各民族团结协作，努力发展生产，改善人民生活。

独龙族群众亲切地称呼工作队员是"共产党毛主席派来的人"，是"亲兄弟""亲姐妹"。党的民族政策深入人心，为实现民族区域自治，推进少数民族社会改革和"直接过渡"到社会主义奠定了基础。

所谓"直接过渡"，是指部分社会发展程度相对落后的民族，跨越历史发展阶段，直接进入高级社会发展阶段的过程。在国家的大力扶持下，他们通过互助合作大力发展生产直接地、逐步地过渡到社会主义。

针对直接过渡的实际，党和政府采取了特殊政策。对农村基层政权，除宣布废除原来的乡镇保甲制度，改称为县、区、行政村、自然村外，区、村长暂时仍由原来的民族头人继续担任。

党在工作上，采取了以稳定为主"团结一切、保护一切"的政策措施。针对反动残余势力的破坏，开展对敌斗争。团结包括民族上层人物在内的一切可以团结的力量，组成了广泛的爱国统一战线，逐步使各族劳动人民在统一战线的政权中团结起来，形成新中国建设的主力军。

各级政府根据党组织提出的"慎重稳进"的民族工作方针和"加强民族团结，加强爱国主义教育，加强对敌斗争"的政策，从广泛开展做好事、交朋友、发放救济粮款，发展生产等活动入手，逐步展开工作，改善民生。

贡山县人民政府成立后，各个区及行政村相继建立了"团结生产委员会"，作为基层政权的过渡形式。独龙族也开始了由原始社会末期向社会主义的直接过渡。

随后不久，中共丽江地委先后调派来一批党员干部配备到贡山县各区担任工委书记。

为了尽快改变独龙江地区原始社会末期的落后面貌，解决老百姓的基本生活问题。1952 年 10 月，贡山县工委派杨世荣带着几名同志来到独龙江区，对社会状况和如何发展生产进行调研。

在贡山县档案馆保存的资料中，有一份残缺不全的手稿，虽已字迹模糊，但仍能辨认出这样的记录：

独龙江依旧保持着以父权制为主的原始共产制大家庭，正处于原始社会末期父系家族公社解体的历史阶段。整个独龙江河谷聚居着木金、当生、木仁、木江、陇吴、江勒、姜木雷、凯尔雀等十五个父系氏族。

一个父系氏族又分化为几个兄弟氏族，一个兄弟氏族又成为一个家庭公社，每一个家庭公社又构成一个自然村落。家庭公社大的有十多户人家，小的只有一两户人家。

他们以三种形态占有独龙江两岸的土地。即"公有共耕""伙有共耕""私有自耕"的方式并存。生产方式极为落后，仍然处于刀耕火种的生产方式。主要农作物是玉米和土豆。土地不固定，耕地面积中百分之八十以上为火山地，耕作粗放。玉米的种植方式是用木棍在土壤里插出一洞，把玉米种子点进去，没有管理，任其生长。群众的生产力水平极其低下，耕作方式极其落后。

农作物的收获只够群众半年的口粮，半年的时间要靠采集、狩猎充饥。在一些偏僻的山坳里，还有的群众住在穴洞里或树上，有的以树叶为衣，甚至还有"裸体人"的原始生活现象……

独龙族的生产工具尤其简陋，耕作技术落后，大多使用的是竹木农具，既用木竹天然弯钩制作的钩锄，用来点种玉米，只有少量的小铁锄、小铁犁、砍刀等非常简易的铁具。其中砍刀既是刀耕火种的主要生产工具，又是自卫和狩猎的主要武器，被称为"万能工具"。独龙族人民的生产效率非常之低。

独龙族面临的最大问题还有交通。仅有几条人马驿道在深谷密林间时断时续地延伸着，群众出门要用砍刀开路，攀藤附葛而行；过江靠溜索、竹筏、猪槽船。独龙族人民的生存状况极其艰难。

杨世荣回到贡山向县工委书记和耕作了汇报，认为解决群众的基本生活问题是当务之急。他的建议得到了和耕的支持。为了帮助群众克服生产生活上的困难，党和政府从内地运来了大批布匹、铁锄、砍刀、斧头等生产生活救济物资，包括盐巴、粮食、籽种、衣服、茶叶、农具等发放给各族群众。

独龙族群众穿上领来的衣服，感激地唱起了门竹。

共产党像爹娘，

又给衣服又给粮；

这样的好事哪儿找？

共产党的恩情永不忘。

……

随着土地改革在全国的快速推进，独龙族地区的经济社会改革也提上日程。考虑到贡山的独龙族尚处于原始社会解体时期，生产力水平低下，独龙族今后的首要任务应该是解决贫困落后的问题。政府制定了直接过渡政策，逐步推行土地改革运动。

"直过"迎来稻谷香

1952 年，中共党组织在独龙江地区建立。经县工委书记、县长和耕提议，杨世荣被县委任命为独龙江区委书记。党组织成为引导独龙族人民进步的核心力量。

解放之初，整个独龙江河谷仅有耕地一点九万亩，而且大部分耕地尚不固定，多是轮歇的山坡地和半固定的水冬瓜树地。杨世荣认为，可以利用独龙江河谷一带的水利资源，把两岸的台地和缓坡修成梯田，开发出水田。在县里的支持下，独龙江区委动员群众开展了农田改造。

在改造过程中，他们遇到了粮食和生产工具短缺、群众不会耕作技术和不懂生产管理等许多困难。党和政府一方面大量发放救济口粮，发放农具、耕牛，派遣得力干部，动员汉族、白族、纳西族等农业技术人员进入独龙江地区进行指导和帮助；另一方面抽调独龙族的积极分子集中学习，组织他们到内地参观，长见识、增知识，扩大他们的视野，加强各民族之间的相互了解和帮助。

独龙江区过去只种旱地作物，没有水田，群众也没有种过水稻。为了取得经验，杨世荣和孔志清商定先在孔当村搞试点。他对孔志清说："这是你的家，人熟地熟，给群体做示范有号召力。"

"好，我家先带头。"孔志清高兴地说。

孔志清把孔当村的乡亲们召集到一起，动员大家修水田。许多人并不理解，提出疑问："我们祖祖辈辈都这样种庄稼，为什么要种水田？"。孔志清说："共产党把我们解放了，我们不受欺负了。现在共产党派人来，帮助我们开水田、种水稻，就是为了让我们过好日子，不再饿肚子。咱独龙族有句话：今年种竹，来年吃笋。大家要积极参加劳动，学会种水稻，好不好？"

"好！"大家齐声说。

"那就让我们行动起来。"孔志清说服群众，激发群众的积极性，带领群众吃住在工地，热火朝天地开展了农田水利建设。他们又从鹤庆县请来了水稻种植能手怒族农民蒋炳堂传授水稻种植技术。

在孔当村取得经验后，全区召开了现场会。乡亲们唱起门竹《劳动歌》，掀起了农田水利建设的热潮。

> 大火烧过的土地，
> 引来清清泉水；
> 大家干活要勤快，
> 庄稼才能长出来；
> 我们劳动归来，
> 围着火塘喝酒多痛快；
> 盼着收获的日子，
> 唱起门竹乐开怀。

……

　　不久，贡山县又抽调了一批傈僳族、怒族、藏族的好把式，手把手地教独龙族群众挖沟开田、插秧，传授生产技术。独龙族群众第一次学会了种水稻。

　　这天晚上，在工作队的火塘边，孔志清向杨世荣同志坦露出埋于心底已久的一个心愿："杨书记，我能不能加入共产党？"

　　杨世荣透过火光看到他那真诚和恳切的目光，肯定地说："怎么不能？你写份入党申请书。下月我去贡山，帮你交给党组织。"

　　孔志清写下了平生第一份入党申请书。县委书记和耕对孔志清积极要求入党是赞赏的，但孔志清的身份比较特殊。他向上级党组织请示，组织认为，边疆解放不久，团结各民族、各阶层人士的任务比较艰巨，孔志清作为有影响的民主人士更有利于开展党的统战工作。孔志清得知党组织的意图后，坚定地表示任何时候都会听党的话，永远跟党走。

　　1953年春，独龙江全区开出第一批水田共八十五亩，当年获得了平均亩产三百多斤的大丰收，千年荒凉的独龙江畔长出了金灿灿的稻米，香飘河谷。独龙族人民有史以来第一次吃上了自己亲手栽种的大米。

　　吃着香喷喷的白米饭，独龙族群众喜不自禁，载歌载舞，歌颂共产党的领导。群众生产积极性高涨，独龙江呈现出一派新气象。到1955年底，全区已开出水田八百四十五亩。

　　由于在二十世纪七十年代和九十年代，独龙江乡所在地巴坡村先后发生过两次重大火灾，主要建筑和一些资料大都化为灰烬。关于党组织派驻独龙江的第一位书记杨世荣的情况，没有更多的资料留下来，人们只知道他是丽江人。但至今，独龙江的一些老人都晓得，独龙江解放后不久，丽江来了个杨书记。杨书记带领独龙江群众修路、挖梯田、种水稻，改善了群众生活。现在的一些梯田就是那个时候修起来的。

通过集体开旱地、改水田，逐步固定了耕地，改变了原始落后的耕作方式。独龙族人民的农业生产由刀耕火种的原始农业阶段一跃进入犁耕农业阶段，为顺利实现"直过"、全面迈入社会主义奠定了坚实的基础。

正当独龙族人民掀起生产热潮，进一步创造美好生活的时候，突然发生了怒江一带群众大批外迁的现象，对边疆的生产建设和稳定产生了严重干扰。

不寻常的外迁潮

1954 年 5 月 23 日，孔志清当选为云南省人大代表，出席在昆明召开的云南省第一届人民代表大会。这是在中国共产党的领导下，云南各族人民团结一道、平等协商国事、建设新中国的政治体现。

但是，新中国成立初期边疆地区的斗争是复杂的。正当新中国的建设事业顺利发展、蒸蒸日上，云南各族人民满心高兴地走在社会主义大道上的时候，贡山地区内出现了社会动荡、人员外流的异常情况。

省人大会议结束第二天，孔志清正在房间里整理文件，丽江专员张高林匆匆进来对他说："老孔同志，听说你们贡山最近大批群众迁往缅甸方向，原因还不明确。我与和耕同志商量，你必须尽快地回去，劝阻他们。"孔志清说："那我明天坐客车回去。"

张高林急切地说："不行，我有专车，明天你同我一起回去。"

第二天，孔志清和张高林等人一同坐车到丽江，从丽江赶到维西县的岩瓦，又从岩瓦连日赶到贡山县城，共走了三天。

到贡山县城后，县委副书记向群说，最近不知群众听到什么消息，纷纷往境外迁，我们拦住他们，开会劝说，越开会跑的越多。第四区（独龙江乡）的群众也有思想动摇，出现了向境外迁走的现象。他对孔志清说："老孔同志，你虽然一路赶回来很累了，但是情况紧急，群众听你的话。你还是赶快回独龙江，做好群众的稳定工作。"

孔志清二话没说，也顾不得长途跋涉的劳累，立即与公安局副局长李光斗一起前往独龙江。

途中，他们遇到几百号人沿着密林小道，挤挤攘攘，男男女女，还有背着小孩的，行色匆匆，像流水似的往独龙江方向涌去。

孔志清想了解一下情况，问他们这是到哪儿去，听到什么消息了。可他们一句话都不说，一副神秘兮兮的表情。

第三天晚上，孔志清和李光斗赶到了独龙江区公所，正好遇上了从怒江翻山过来的第一批外迁人群。

孔志清立刻找到住在孟底村的村长马巴恰开和伊里亚、丙达迪等教会人员，让他们赶快向那些外迁的群众了解情况，并劝阻他们停下来。这些进步的宗教统战人士，在党的民族宗教政策的感召下，非常支持党和政府的工作。

经他们详细了解得知，原来是有人从境外传来消息，说过去在贡山传教的外国人，用飞机运送了许多物资到缅甸，那边吃穿不完，叫怒江的教徒赶快搬到境外去享受。

伊里亚还告诉孔志清："从怒江那边过来的一些人说，有人在碧江的传教活动中见到了从缅甸回来的美国牧师莫尔士父子。"

"又是莫尔士父子？"孔志清心想，难道他们潜伏下来，没有离开？他不由自主地握住腰间和耕发给他的那把手枪，想起和耕当初对他的提醒。

显然，敌人亡我之心不死。这是敌特势力破坏新中国建设的阴谋。

孔志清立即召集区公所的干部紧急商议。为了粉碎敌人的阴谋，大家连夜分头行动，果断地封锁了独龙江江面的交通工具，并安排部署，随之做好砍断溜索、拉到西岸的准备，然后对群众开展劝导。

　　他安排马巴恰开和伊里亚、丙达迪等教会执事积极配合，分头做好信教群众的宣传劝阻工作。

　　第二天一早，孔志清再一次来到外迁人群聚集的巴坡村头，劝说大家不要听信外国传教士的谎言。但是这些外迁的人们听不进去，四五百人吵吵嚷嚷像潮水般地向江边涌去。

　　人群中竟有人大喊大叫："走啊！我们过江去！到了那边，有吃不完、用不完的好东西，我们有享不尽的福啊！"

　　几名干部上前阻拦，怎么也挡不住，双方推推搡搡，眼看就要发生肢体冲突。

　　"砰——砰——"孔志清不得已，拔出腰间的手枪对空鸣放示警。

　　听到枪声，骚动的人群停下脚步惊恐地回头张望。

　　"乡亲们！大家千万不要听信那些假牧师的鬼话。"孔志清趁机大声喊话，"如果真有他们说的，飞机运到境外许多物资，吃穿不完，那解放前他们为什么不送给我们老百姓？"

　　这时，他看到莫切旺·丁松站在路口，阻拦着人群，他是村寨的小组长。"莫切旺·丁松，你过来。"孔志清拉着他走上一处高坡，让他把上衣脱去，背朝人群。"乡亲们！你看看，这就是那些美国传教士给丁松兄弟留下的伤疤。他们把我们几个独龙人抓到贡山设治局，严刑拷打，逼我们交出飞机上的东西。其实飞机上什么也没有。"

　　他用自己在旧社会因飞机坠落事件遭受美国牧师莫尔士父子迫害的亲身经历和事实，揭穿敌人的谣言。

　　看到莫切旺·丁松伤痕累累的脊背，吵闹的人群突然安静下来。孔志清又大声说："乡亲们！大家好好想想，我们祖祖辈辈受穷、受欺负、受压迫，那些官老爷、封建土司和外国的假传教士从来不把我们当人待。是共产党、解放军送来了盐巴、衣服和粮食，把我们从苦难中救出来。如今，共产党的干部帮助我们开稻田，又吃上了白米饭。真正让老百姓享福的、过上好日子的，是共产党。我们不要上那些坏人的当啊！"

孔志清情真意切地耐心劝说，终于打动了大家。

"是啊！贡山解放这几年，政府带领群众发展生产，生活一天比一天好起来。"

"哪有天上掉馅饼的好事？听几句好话，你们就往国外跑！认为外国的月亮也是圆的，脑子进水啦?！千万不要上坏人的当。"

"不能相信那些谣言。那是骗人的。我们上当啦！"

……

许多群众开始醒悟，纷纷要求返回家乡。

独龙江区公所根据群众的要求，提供了返回途中所需的粮食。他们返回怒江家乡后，政府予以热情接待，并对他们提出的困难也给予了适当解决。一场由境内外敌特势力煽动的外迁风波终于平息下来。

后来这些群众见了孔志清都说："多亏政府的劝导，才使我们没有跑到境外饿死冻死。现在我们都安居乐业了，还是共产党领导得好。"

不久，潜藏于碧江某教堂的美国牧师莫尔士父子被当地群众举报。他们利用藏匿的电台与逃往缅甸境外的反动残余势力进行勾结，并假借传教为名发展地下特务组织，煽动群众外迁，制造边疆混乱，破坏新中国建设。

对此，莫尔士父子供认不讳，被我国有关部门驱逐出境。

和耕：我这一生属于党

解放初期，贡山县在宣传贯彻党的各项民族政策的同时，结合各个时期国际国内的重大事件，加强形势宣传，开展以"反帝、爱国"为中心内容的思想教育，揭露帝国主义的反动本质和罪恶阴谋，提高群众的爱国主义觉悟，有力地推动了边疆对敌斗争，极大地振奋了贡山各族人民建设边疆的热情。

1956 年 9 月，贡山县筹备成立自治县。在讨论如何确定县名时，独龙族的干部和怒族的干部互相推让。独龙族干部说，多年来，怒族老大哥对独龙族给予很多的帮助和照顾，坚持把怒族放在前面；怒族干部们说，独龙族同胞人数较少，身居边疆河谷，雪山隔阻，更需要支持帮助，要把独龙族放在前面。最后，上级决定定名为：贡山独龙族怒族自治县。这个过程表现了民族之间的相互尊重和团结，也成为一段佳话。

1956 年 10 月 1 日，云南贡山独龙族怒族自治县正式成立，孔志清当选自治县第一任县长。孔志清特意穿上和耕当年发给他的那件中山装主持庆祝成立大会。他宣布："乡亲们！贡山独龙族怒族自治县成立了！今天的贡山是人民的贡山，今天的政府是人民的政府。我们要在中国共产党的领导下，各民族团结起来，为建设新贡山、新边疆共同奋斗……"

贡山独龙族怒族自治县成立后，不少独龙族干部进入政府机关担任各职务。在党的民族政策光辉照耀下，独龙族和其他兄弟民族一道融入平等、团结、友爱的中华民族大家庭。独龙族人民第一次实现了当家作主的权利。同时，也实现了由原始社会末期向社会主义社会的顺利过渡。

独龙族一夜跨千年，开始了社会主义革命和建设事业。

2016 年 9 月，在贡山独龙族怒族自治县迎来成立六十周年之际，中共贡山县委、县人民政府在双拉战斗遗址修建了纪念碑。碑文记录了双拉战斗的经过，镌刻着烈士的英名，成为历史翻转的一个庄严标记。人们缅怀英雄的事迹，追思革命者的奋斗历程，更加珍惜今天的幸福生活。

在 10 月 1 日隆重举行的庆祝贡山县成立六十周年大会上，贡山特别邀请了离休后在丽江市安享晚年的和耕同志。年过九旬的和耕老人依然精神矍铄地出席了庆祝大会。他兴致勃勃地讲述了贡山解放和贡山县人民政府成立的过程。

解放初期，贡山县工委和县人民政府坚决贯彻执行党的方针政策，积极组织援藏，建设和巩固新生的人民政权，发展生产，开办学校，在山岩处开水沟、造梯田、教农民施肥、发展畜牧业等，团结带领各族群众建设家园、建设边疆、巩固边疆，推动社会主义建设各项事业快速发展。

和耕的人生跌宕起伏，充满了传奇色彩。他是第一个从山里走出来的傈僳族师范生、怒江州第一个傈僳族共产党员、第一任中共贡山县工作委员会代理书记和县人民政府县长、第一届怒江州副州长。

虽在后来，和耕遭受过不公正的对待，但他并没有因此一蹶不振，而是在基层劳动中认真学习，潜心专研农业技术。他在教养队当过泥匠、木匠、铁匠。他始终心中有党、坚持党性、诚实劳动、热爱学习，对未来充满信心。

党的十一届三中全会之后，和耕与同样蒙受冤案的孔志清，先后获得平反昭雪，恢复了工作。

时已年过半百的和耕始终以一个共产党员的标准严格要求自己，服从组织安排，协助落实平反战友的冤假错案。后来，和耕当选为政协怒江州委员会副主席。重新走上工作岗位的他，始终保持着共产党员的品德、修养，为民族事业尽自己所能，为边疆发展建言献策，贡献自己的力量。

"工作可以退休，但是党员永远不退休。"和耕如是说，"作为一名老党员，生活中要忠于党和人民，热爱祖国，做好自己的本职工作"。

离休后的和耕离岗不离党，仍然用共产党员的高标准要求自己，每天坚持看新闻、读报纸，关心国家时事，了解社会动态。每每看到党和国家取得新的成就，老人总是高兴得开怀大笑。每当看到一些地方发生天灾人祸，老人也会牵肠挂肚，为灾区捐款。

如今，年过九旬的和耕老人，生活过得健康幸福，大部分时间用来读书学习，家里书架上名人传记、历史书籍、马列著作都是他爱读的书，每天有规律地生活，充实而幸福。

"我这一辈子始终坚持的，就是不管在任何情况下，都不忘入党初衷，都要坚定党的信念，努力做好自己应该做的。"

回顾这一生，这位忠诚的共产党员、老一辈无产阶级革命者感慨而又深情地说道："我这一生属于党。永远做到：心中有党不忘恩，甘于奉献不忘本。"

中　篇　一跨千年

独龙悠歌

一条路，连接着一个民族的历史和未来。

一支国营马帮在一条人马驿道上奔走了数十年，演绎了一幕幕气壮山河的"人马"传奇，成为独龙江一个时代最深刻的记忆。

从砍刀开路、溜索过江、人背马驮到汽车开进独龙江，被独龙人称为"第二次解放"。独龙族开启了追赶现代文明的新时代。

一条隧道将遥远的梦想压缩在"一跨千年"的时空里。

第六章　嘎木力都回来了

倔强的小男孩

1964 年春天，阳光灿烂，雪融山开。

一条由贡山县城通往独龙江的人马驿道开工建设。怒族、傈僳族、藏族等各族人民群众数百人组成的修路大军，与独龙族同胞一道，开进高黎贡山，刀劈斧凿，在人迹罕见的密林里掀起了筑路大会战。

一位独龙族小男孩也成为筑路大军的一员。他跟在父亲巴吉身旁，挥舞着砍刀，像父亲一样在丛林里奋力清理藤蔓荆棘，为后面开山劈石的筑路队伍率先打开一条通道。他叫嘎木力都。

"嘎木力都"是母亲阿妮按照独龙族的习俗在他出生后的第六天为他起的名字。"嘎木力"是氏族居住的地方，"都"是天黑的时候，"嘎木力都"的意思是一个在夜幕降临后出生的孩子。

1954 年 3 月 5 日，父亲巴吉外出打猎。那时正是独龙河谷青黄不接的日子，巴吉想给临产的妻子猎取一点野味什么的补养身体，便约了几名猎友进山打猎。

他们遵循独龙人狩猎的传统规俗，把用山野植物粉做成的各种动物模型摆在山崖前的一棵大树下，照例祭祀"且卜拉"山神，并祷告

独龙悠歌

猎歌：

> 我是来打猎撵山的，
> 请听虔诚的祷词吧；
> 献上植物粉做的飞禽走兽，
> 换你的熊虎羊牛；
> 笑颜收下它，
> 该两相情愿呀！
> 千求万求祈求你，
> 若是答应割爱，
> 应该立刻放出山林，
> 让我猎走莫伤人。
> ……

然后，他们向担当力卡山攀去，在深山里跋涉了半天，竟一无所获，他们只好分头围猎。巴吉走进一片丛林，突然发现前面不远处有一只黑熊。他拉开弩弓射出一支利箭，不仅没有射中，而且眼前的黑熊变成了一大一小。

巴吉顿感疑惑，他使劲眨眨眼，并没有看错，确实变成了两只，而且若无其事地向他走过来。巴吉立刻拉满弩弓再射一箭，仍没射中。眼前的黑熊竟然变成了三只——一大两小，依然若无其事地向他走来……

猎人有言：射二不射三。巴吉大惊失色，夺路而逃。回到家中天色已晚，正当他为自己运气不佳、空手而归懊丧时，忽听屋里传来一声婴儿啼哭，妻子生下一个男孩。这是他的第二个儿子。

独龙河谷的早春总是晦暗的天色，刮着刺骨的寒风，也许还飘着大片大片的雪花，让你冻得不敢出门。可是，火塘里烧得正旺的熊熊火光把四面透风的木垒房映照得不显清冷，木屋里洋溢着的欢乐让一家人心里都暖融融的。

这个粉朵朵的小人一声声的啼哭，好像提出什么抗议，弄得一家人手忙脚乱。奶奶俯下身子从他虚弱的妈妈身边把他抱起来，一边轻轻地拍着他的背，一边笑着说："哦，我这小娃儿，模样像他阿媄（独龙族语：妈妈）。是谁惹着你了？又哭又蹬，一副惊天动地的样子。"她又对着孩子的爸爸说："巴吉，他将来一定跟你一样强壮"。

而村里人却说，这孩子是个"熊"孩子。巴吉从此再也没有打猎。

嘎木力都的出生意味着家里又多了一张吃饭的嘴，日子可能会变得更加拮据，可是有个儿子总是件值得高兴的事情，何况儿子长相乖巧可爱，巴吉和阿妮甚是喜欢。

嘎木力都三岁那年，母亲随着"逃荒潮"去了坎底。后因中缅边境划界，母亲再也没有回来。

失去母爱的嘎木力都没有失去家族的爱。独龙族有这样的传统：每一个孩子降生会受到所有氏族成员的照料与关爱。每个孩子都是在整个家族的集体抚养中成长的。

嘎木力都从小天真聪慧，尤其备受家族成员们的宠爱和呵护。独龙江土地稀少而瘠薄，嘎木力都家里收获的玉米、青稞、荞麦难以填饱肚子，更没有多余的食物储存起来应付大雪封山的漫长冬季。每当嘎木力都家里没有吃的时候，总能得到邻居的接济。嘎木力都是吃百家饭、穿百家衣长大的。

嘎木力都不仅承传了母亲善良的心相，也接受了父辈大山一样的品格。他在艰辛的生存环境中，练就出超越一般同龄孩子的能力，七八岁就跟着大人上山种地。父亲虽然不再打猎，但嘎木力都会跟着村寨里的其他人，带着弩弓、索套到大山的深处狩猎，常在野外度过一个个寒冷的夜晚。

夜晚，嘎木力都和猎手们在山洞里燃起篝火，边舞边唱起那首《猎野牛》的门竹：

> 九条江的野牛，
> 朝我这边走来；
> 我打中了野牛，
> 老老少少都光彩；
> 茂密的树林，
> 莫把我的眼遮盖；
> 让那一头头野牛，
> 像花一样地站起来；
> 妇女在家中，
> 早已煮好酒等待；
> 我上山打来野牛，
> 分食给全村寨。
> ……

高山峡谷历练出嘎木力都无所畏惧的胆略和勇气，他常独自溜索过江，进山挖野菜、摘野果或采集草籽充饥；他那灵动的双眼能辨认出各种树木和是否能吃的野果、山菌、野菜；他爬树攀岩，灵巧如燕，像一只小精灵，出没在独龙江畔，没有什么能挡住他的脚步。他总是用一种思考的眼神审视着大自然的一切。

一天，大人们聚在他家的火塘边，谈论起黑熊糟蹋玉米的烦恼。每到入冬时节将要收获的玉米常被下山避寒的黑熊践踏，村民们大伤脑筋，一筹莫展。

说者无意，听着有心。坐在一旁的嘎木力都却说："那还不好办，春天种，夏天收，避开黑熊下山的季节不就行了吗？"

大人们听了，无不露出一脸惊异的神情。用现在的种植述语就是"反季节"种植。父亲巴吉照他头上轻轻地拍了一巴掌："小子，亏你想得出！玉米能长吗？"

嘎木力都不服气，偷偷在山岙里扒拉出一块地。就在黑熊下山避寒的时候，他种下种子。等黑熊回到山上了，他种下的玉米拔节抽穗，该收获了。他的种植方法一时成为传奇。

也许小时候营养不足，嘎木力都显得瘦小，但他的筋骨壮实，力气不小，而且性格倔强，在同龄的孩子们中，干什么都不服输。

高黎贡山打响了人马驿道大会战。村里组建民工队伍，嘎木力都也跟着大人报名。村干部说他年龄小，他不服，扛着砍刀偷偷跟在筑路大军尾后上山了。

这天，怒江州副州长孔志清来到人马驿道施工现场参加劳动。他发现一个小小的身影跟在巴吉身后，像大人一样挥舞着砍刀，十分卖劲。孔志清走过去，见是嘎木力都，亲切地抚摸了一下嘎木力都圆圆的大脑袋，赞赏道："好样的！是条独龙汉子。"

望着嘎木力都瘦小的身体，孔志清顿生怜悯。几年前阿妮去了缅甸，一去未归。巴吉拉扯着两个未成年的孩子，生活真不易啊！

想到这儿，孔志清俯下身子，两手捧着嘎木力都的双肩，关切地问："怎么没去读书？解放军同志帮我们建立的巴坡小学已经开学了。"

"这孩子，犟。让他读书，他非要来修路。"巴吉说。

"好孩子，听话，要去读书。"孔志清又拍拍嘎木力都的肩膀说，"有文化才有出息。"

嘎木力都知道孔志清当过县长，也是独龙族第一个有文化的人，便昂起脑袋，睁着一对大眼睛问："有文化就能当县长吗？"

孔志清哈哈地笑起来，边笑边开心地说："能能能，只要你好好读书，有文化，就能干大事！"

以德为荣

1964年5月，巴吉把嘎木力都送到由边防部队和民族干部创办的独龙江巴坡小学。

上学的第一天，嘎木力都见到的第一个人就是校外辅导员——穿着军装的边防军干部——后来成为陆军少将的和志光。

和志光望着眼前穿着一条破旧短裤的小男孩，目光如炬，透着一股灵气，十分可爱，就把他安排到第一批进独龙江支教的汉族老师陈万金班里。

陈老师问他叫什么名字，面对陌生的老师和同学们，嘎木力都默声不语，低着头用一只脚搓着另一只脚上的泥巴，性格显得内向而羞怯。

"孩子，大胆地告诉我。"

在陈老师的鼓励下，他才回答说："嘎木力都！"

"嘎木力都。好好好。"陈老师微笑着说，"给你起个学名好吗？"

嘎木力都点点头。

"自古讲，'圣贤人家，以德为荣'。你就叫'高德荣'吧。"

虽然嘎木力都并不懂得这句话的意思，他还是认真地点点头。因为他觉得这个名字很好听。

从此，嘎木力都有了"高德荣"这个响亮的名字。在小学里，高德荣不仅学到了文化，还能吃到解放军叔叔做的香喷喷的饭菜，不再饿肚子。高德荣勤奋刻苦、聪慧好学、热爱劳动，经常受到陈老师的表扬。

他的性格也慢慢发生了变化，变得开朗了，也更加自信了。高德荣是课堂上回答老师提问最积极的学生，也是班里唱歌、朗读课文声音最洪亮的学生。

高德荣是从独龙江边飘扬的五星红旗、小学课本里的天安门认识新中国的，也是在生活的改变中感受社会主义制度美好的。学生时代的高德荣，慢慢懂得新中国建设初期面临种种困难，需要艰苦奋斗才能过上好日子。

由于家境贫寒、生计维艰，父亲巴吉常常往返于贡山之间做点生意。高德荣只能一边读书、一边劳动。放学后，他就匆匆赶回家里，帮助阿考阿坛（独龙族语：爷爷奶奶）下地干农活。高德荣不但学习成绩好，懂礼貌，而且农活做得又快又好，村里的人都非常喜欢他。

高德荣是一个读书刻苦的孩子。他知道读书的机会对于曾经住树洞、吃野果的民族，对于他这种家境贫寒的孩子来说是多么不容易。他总是每天早早来到学校，精神抖擞地开始一天的读书学习。他还是一个乐于助人、从小就懂得感恩的孩子，常把长辈们留给他的兽肉和山里的稀有野果带给老师和解放军叔叔；他得到一块糖，也要用砖头砸开与小朋友们分享。

马春海的母亲木春香曾是高德荣的小学同学。谈起小时候的高德荣，木春香老人说："高德荣上学时，背诵毛主席语录最积极。他衣兜里总揣着一本红色的毛主席语录本，有空就拿出来反复诵读，课余和劳动间隙也不放过。因为翻动太多，那本红色语录的边角都被磨破了，高德荣还是保存得干净整洁，精心地带在身边。那个时候，他就是个'小学霸'，很有正能量。"

让木春香老人记忆最深的是："高德荣表达能力很强，很会讲道理，一般人讲不过他。他不仅嘴巴厉害，作文也写得好。"

我找阿媄

高德荣曾写过一篇作文，陈万金老师让他在课堂上给大家朗读。

高德荣大声朗读起来：旧社会，我们独龙族受压迫、欺侮，剥削阶级不把我们当人看。共产党来了，独龙江解放了，独龙族人民翻身做主人。独龙族对党的恩情说不完、道不尽。共产党是我们的大救星，祖国就是母亲……

读到这儿，高德荣突然停住了，把头埋在胸前，眼泪啪嗒啪嗒地掉下来。陈老师问："德荣同学，你怎么了？"

高德荣突然冲出教室，大声喊着："我找阿媄！"沿着江边疯狂地奔跑着……

高德荣的童年时代，国家遭遇了"三年困难时期"。天灾人祸造成了生产严重下降，群众缺吃少穿，生活极度困难。不少人纷纷到缅甸的坎底地区去讨粮食，补济青黄不接的日子。高德荣小时候营养不良，身体瘦弱，母亲阿妮只好随着"逃荒潮"到坎底筹措粮食，想不到，坎底也出现了粮食紧缺，一时未归。后来，中缅划界，因边境管理一时关闭，阿妮再也没有回来。

"阿摆（独龙语：父亲），我要找阿媄。"高德荣哭着闹着要去找阿媄。父亲怅然若失，望着滔滔江水，无奈地告诉他："阿媄去了很远的地方，要等明年花开月才能回来。"

每到山花开满河谷的春天，人们总能看到一个小男孩坐在江畔的一块巨石上，凝望着远去的江水，一动不动——那就是高德荣，翘首等待着阿媄的归来，直到月落星稀。不知多少个这样的日子，但他一直没见到阿媄的身影。

陈万金老师把高德荣找回来，一边用毛巾为他擦去脸上的泪痕，一边亲切地说："德荣啊，你最棒！"陈老师把他的作文本放在他面前，又说，"你瞧！老师给你打了满分。"高德荣接过作文本，看着上面老师用红笔批写的一百分，开心地笑了。

"德荣是个懂事的孩子。"陈万金老师和蔼可亲地说，"等你长大了，再去找阿妈。你上面说了，'祖国就是母亲'。现在，'母亲'让你好好读书，你就要好好读书。"高德荣点点头。

高德荣一直是班里学习成绩最优秀的学生。随着年龄的增长，高德荣背诵毛主席语录时不但把毛主席的话牢牢记在心里，而且深刻理解毛主席语录朴素的文字中所蕴含的重要意义和哲理。

后来的高德荣走上领导岗位后，在带领群众干事创业中，会随口引用毛主席语录来鼓动大家。他会经常说道："我们正在做前人从来没有做过的伟大事业。""加快独龙族事业发展再也等不得了。'一万年太久，只争朝夕'。""我们独龙族的发展还面临很多困难和问题，但我们绝不能怕困难，而是要让困难怕我们。毛主席都说'敢教日月换新天'嘛！"

高德荣的话都出自毛主席语录，而且每句话都那么贴切。

季文子的故事

1972年，独龙江迎来又一个开山季。十八岁的高德荣考取了怒江的最高学府——怒江州师范学校。

这天，高德荣拿着学校的录取通知书向陈万金老师辞行。陈老师高兴地说："你是独龙族的优秀青年，要好好学习，将来为民族争光，为国家效力。"

师生话别，高德荣突然问起陈万金老师当初为什么给他起这个名字，吐露心中隐藏多年的一个疑问。

陈万金老师笑了笑，说："顾名思义。你喜欢这个名字吗？"高德荣说："当然了。"

陈万金给他讲了季文子的故事。

古代鲁国有位上卿大夫，叫季文子，权力很大，掌管着国家的部队和财富。他虽有自己的千亩良田，家境富裕，但是他的妻子和孩子们却没有一个人穿绫罗绸缎的，生活十分俭朴；家里的马匹，也舍不得喂粟米，只喂青草。

有人很瞧不起季文子这种做法，就问他："你身为鲁国的上卿大夫，难道你就不怕别人笑话你小气吗？"其实，人们并不知道，季文子省下来的东西都接济了那些贫困百姓。

季文子回答说："我当然也愿意穿绸衣、骑良马。可是，我们国家还不富裕。看到老百姓吃粗粮、穿破衣的还很多，我如果过分讲究吃穿，心里不安呐！我只听说，做官的人具有高尚品德才是国家最大的荣誉，没听说过炫耀自己的美妾良马能给国家争光。"

从此，人们称赞季文子为官德高。在季文子的倡导下，鲁国上下出现了崇尚俭朴、关注民生、以德为荣的风气，并为后世传颂。

陈老师讲完，拿出一本书送给高德荣，说："季文子的故事出自《史记·鲁周公世家》。这本书送给你吧。希望你努力学习、不断进步。"

从此，季文子的故事深深地印在高德荣的脑海里，成为他立世为人的一种准则、一种精神。

恋在故乡

高德荣独自一人背着简单的铺盖从独龙江出发，前往怒江州府所在地知子罗。

在峡谷的尽头，路已消失，一条崎岖狭窄的人马驿道伸向大山深处。抬头望去，满眼都是云层覆盖的山峰；低头俯视，脚下汹涌的江涛声如雷贯耳；雪崩、泥石流的痕迹提醒着人们随时可能降临的危险；路旁溪边，随处可见耗尽生命而死的骡马那森森的白骨。

高德荣沿着这条隐秘在原始森林里的山路艰难跋涉，步行三天穿越出来，终于搭上大卡车，在车斗里又颠簸两天半，成为怒江州师范学校的一名独龙族新生。

知子罗五彩缤纷的鲜花开满山岗，也为这里的学子们铺就了前程似锦的未来。

高德荣，这个来自独龙江贫困农家的年轻人内心充盈着对未来的期盼。他学习刻苦、功课优秀，不久被大家推荐为班干部。

最后一个暑假，高德荣跟随县里的国营马帮运输队，沿着那条人马驿道翻越高黎贡山，又一次回到独龙江。

听说他回来了，儿时的小伙伴们聚集到高德荣家的火塘旁，一个个好奇地向他打听外面的世界。

"嘎木力都，听说外面点灯不用油，种地不用牛，出门不用走？"

"外面呀！点灯不用油，那是电灯；种地不用牛，那是拖拉机；出门不用走，那是汽车；还有火车、飞机……"其实，高德荣也没有见过火车和飞机，但他绘声绘色地讲述着从书本里了解的现代社会，小伙伴们唏嘘不已。大家都问他："咱独龙人啥时候也能过上那样的好日子？"

高德荣看到，乡亲们依然过着衣不遮体、食不饱腹的日子。不少人家收点玉米、土豆留给孩子和老人，男人仍旧到深山密林里靠狩猎度日。学校里仍然只有小学初级班，多数适龄儿童没有入学。

高德荣离开家乡返校那天，心中异常沉重。他登上高高的山岗，望着奔涌的独龙江水，心中难以平静。

"咱独龙人啥时候也能过上那样的好日子？"小伙伴们问他的这句话，一遍遍地回响在他的心头。

怒江州师范学校里，高德荣不仅学习优秀，还是校园里集体活动的积极组织者和热心人，是一位文艺活跃分子。

怒江州师范学校与怒江州卫校相邻，两校师生经常开展联谊活动。在一次联谊活动中，高德荣一曲《红太阳照边疆》不仅赢得一片掌声，也赢得来自独龙江马库村的马秀英的芳心。而马秀英唱的电影《地道战》主题曲《太阳出来照四方》也将一场晚会推向高潮。从此，两校都知道这对独龙族青年的歌唱得好，每次联欢也就有了他俩的对唱。于是，高德荣和马秀英在不知不觉中相恋了。

1975年8月，高德荣圆满完成了在怒江州师范学校的学业，毕业后被学校留任校团委专职书记。对一名师范毕业生来说，这是一个较高的人生起点。对一名从独龙江河谷里走出来的孩子来说，更是来之不易。年轻人未来的前途一片光明，令人羡慕。

知子罗比独龙江乡条件好得太多了，有路有电，生活便利。对于很多人来说，走出来就不愿再回去。

1978年，党的十一届三中全会在北京召开，会议决定把党和国家的工作中心转移到经济建设上来。解放思想、发展经济的改革春风吹遍了大江南北，也吹拂了云岭高原。

高德荣又一次回到家乡。独龙江仍然是全国最贫困的地区之一。他看到，独龙族人依然居住在茅草房、木垒房里，出行靠徒步，过江靠溜索，运输靠马帮，生活靠救济；狩猎、打鱼、挖野菜果腹充饥的历史还在这里重复着、延续着。

高德荣回到学校，食寝不安，往日的快乐不见踪影。不久，他作出了一个异乎寻常的决定——向学校提交了一份申请，请求返回独龙江乡当一名小学教师。这让学校领导和同学们大惑不解。

在许多人看来，年轻而富有活力的高德荣，前途充满希望，人生的未来大有可期。

"人朝高处走，水朝洼处流。就连独龙江的水也是这样。"好友们纷纷劝他，"你回到独龙江能有啥出息？这是一辈子的事。""德荣，你从那个荒蛮、闭塞的峡谷里走出来不容易，千万别冲动。"

校长专门找他谈话，要他慎重考虑。高德荣说："独龙江解放二十多年了，依然贫穷落后，独龙族人生活得那么艰辛，需要人到那里去改变。"理由简单，态度坚决。看到高德荣决意已定，学校尊重了他的选择。

马秀英知道她已属于他，她也懂他。他是独龙族的儿子，他属于独龙江。

在众人疑惑不解的眼神中，二十五岁的高德荣谢绝了老师和同事真诚的挽留，与未婚妻马秀英一起背起行囊，毅然踏上了返乡的归途。

高德荣在乡小学当了一名教师；马秀英到独龙江乡卫生院做了一名医生。

不久，他们举行了婚礼，把家安在了乡政府所在地巴坡村。

> 出嫁的姑娘不止你一个，
> 洪水后就传下了这个规矩；
> 树老了树心会空，
> 该出嫁了就要到夫家；
> 你的彩礼我们吃了，
> 你从此是夫家的人了；
> 你到夫家要勤快，
> 不要惦记着父母兄弟；
> 你生下了孩子啊，

就会被尊为家里的主人。

……

结婚那天，马毕村的姑娘们依旧按照传统习俗，开心地唱着独龙族的《劝嫁歌》，把身着彩虹般新嫁衣的马秀英送到了高德荣家的新房里。

要让娃儿读书

独龙江山高坡陡、沟壑纵横。由于地处边疆、地理偏僻等历史原因，直至二十世纪七十年代末，独龙江只有小学，适龄儿童入学率不到百分之五十。

当地的孩子中只有极少数小学毕业后能够走到山外继续求学，即便到了山外的学生也常由于语言障碍等原因而再次弃学返乡。高德荣在这样的学习环境中克服了重重困难，一路把书读到州府所在地，实属不易。也正是因为他对独龙族孩子读书难有深切的体会，他才决心返回故乡，当一名教师。他知道，只有让孩子们成为有文化的人，才能摆脱贫困，走向希望。

每当想起当年上学时，得到老师和解放军的关心和爱护，高德荣心中就会涌起一种感恩与回报的强烈愿望。

高德荣非常关爱学生。在独龙江乡巴坡完小教书时，每年独龙江大雪封山期间，学生放假回不去，高德荣就把他们接到家里生活，当作自己的孩子来照顾。

独龙江物资配给不足，群众缺衣少食，常有一些学生辍学。为留住学生，每年大雪封山后，高德荣会经常到乡里的物资供应站，向负责人软磨硬泡，给孩子多争取几斤猪肉或猪杂碎。看着学生们吃上肉，他在一旁觉得很开心。

有一次，他冒着严寒等了好久，说了许多好话也没有求到。回来看到孩子们期待的目光，这位不曾流过眼泪的独龙族硬汉却悄悄抹起了眼泪。

虽然独龙江生活艰辛，教学条件简陋，但高德荣全身心地投入教学中，并像当年的陈万金老师一样呵护着每一个独龙族的学子。雨季来了，河水涨了，他会背孩子们一个个过河；冬天来了，他的小家就变成了孩子们温暖的庇护所。

高德荣担任了学校的教导主任，此时陈万金老师已任区党委书记，在他的支持下，高德荣千方百计克服种种困难，改善教学条件，使教学质量不断提高。

即便后来高德荣走上领导岗位，他最关注的仍然是独龙族子女的教育问题。他常说："教育上不去，发展就上不去。我们不能再生产穷人了。"他深知只有教育搞好了，独龙族人一代代有了知识，独龙族才有希望摆脱贫困，才能建设好独龙江。

有一次，他听说迪政当村有一名学生因家中贫困辍学。他特地赶到这户困难群众家里，掏出二百元钱递给男主人，说："生活困难是暂时的，孩子没文化是一辈子的事。要让娃儿回学校读书。"他又走到孩子面前，掏出自己的一支钢笔递给他："娃儿，这支笔送给你。好好读书，将来走出独龙江，成为有出息的独龙人。"这个男孩接过笔，紧紧攥在手里。

转眼几十年过去了，男孩在贡山县城参加了工作，并已成家立业。当年的那支钢笔，他一直揣在胸口，而那个温暖的下午他也没有忘记。

在党委政府的支持下，经过高德荣和教师们的努力，独龙江乡教学基础设施不断改善，教学质量进一步提升，适龄儿童入学率逐年增加。独龙族不仅有了自己的小学和中学，每年都有独龙族学生考上大学。

信仰的基石

1984 年 3 月，根据工作需要，陈万金调出独龙江，到外地任职。高德荣被组织任命为独龙江区副区长。

在高德荣为陈万金送行的那个夜晚，他们围着烧旺的火塘，喝着浓烈的苞谷酒，畅叙多年的师生情。

"还记得你考上怒江师范学校时，我送你的那本书吗？"陈万金问。

"当然记得。那是一本《史记·鲁周公世家》，我一直保存着。当时还读不懂，后来就慢慢读懂了。"高德荣说。

"季文子崇尚俭朴、从严自律、以德为荣，为后人所敬啊！"陈万金似有所感，"我一直认为，在独龙江工作，不光要做季文子，还要学习三个人，发扬三种精神。"

"你是说张思德、白求恩、愚公？"高德荣笑着问。

"你真聪明呵。"

"老师经常教导嘛，我早就背熟了。"

"毛泽东思想是真理，只能发展，不会过时。越是改革开放，越要坚持。"

"独龙江封闭、落后，与内地没得比。"高德荣感叹道。

"你不用担心。独龙江总有一天会打开山门，与内地同步发展。"陈万金拨动着火塘，火焰迅速升腾起来。

"为人民服务是共产党人的初心和信仰，什么时候都不能变。"陈万金又说，"独龙族是跨境民族，一根血脉一条江，自古亲情常来往。困难时期，缅甸同胞帮了不少我们，这份情谊不能忘了。"

"要的。现在中缅之间的边贸也活跃起来了。"高德荣说，"片马那边热得很。我们马库这边也要活起来。"

"去那边看过你的母亲吗？"陈万金望着高德荣关切地问。

高德荣低头沉默，摇摇头，没说话。

"改革开放后，边境交往方便了。找个机会去看看老人家。乌鸦反哺，羔羊跪乳。毕竟有养育之恩啊！"

最后告别时，陈万金又一次语重心长地说："在独龙江干工作需要这'三种精神'：'为人民服务'精神、'愚公移山'精神、'白求恩'精神。这是我们共产党人信仰的基石。"

其实，早在高德荣背诵毛主席语录的年代，做"一个有道德的人，一个纯粹的人，一个有益于人民的人"的信念已经浸润了他的心地。

随着后来的学习和工作，这样的信念与追求熔铸了他的灵魂，成为他走上领导岗位后的一种担当、一种责任、一种使命，也成为他一生不变的信仰。

高德荣为老师斟满酒，双手捧起向老师深深表示敬意。他知道老师的良苦用心，更理解老师对他寄予的厚望。

"他是我小学的第一个老师，也是我一直到高小毕业的班主任。他在独龙江工作了二十多年，把人生最好的时光献给了独龙江。陈老师是个文化人，他不仅教给了我知识，还教给我做人、为官的道理，让我终身受益，也让我感受到兄弟民族之间的真诚和友善。"高德荣回忆起陈万金老师，目光里漫过湿润。

这年秋天，高德荣通过独龙江马库边境口岸，前往缅甸看望母亲。在缅甸木克嘎村保长松旺胞波的帮助下，他沿着当年"夏师爷"同样的路线，步行十几天来到缅甸葡萄县（坎底地区），终于见到了年过半百的母亲阿妮。

世事沧桑，不堪回首。高德荣声声呼喊着："阿媄，阿媄"；阿媄声声呼唤着："我的嘎木力都！我的嘎木力都！"母子凄然泪下。

独龙悠歌

　　阿妮一家十几口人视高德荣亲若同胞，热情接待，并和村寨的氏族成员一起为他举行了欢迎盛宴。高德荣还在葡萄县应邀出席了独龙族最隆重的"日旺节"。

　　高德荣陪伴母亲生活了十多天后，返回了独龙江。

　　这次缅北之行也让他领教了什么是"千里迢迢""道路艰难曲折"，但是，令他感触最深的还是"党"和"国家"对于人民的真正意义。

　　1985年7月，高德荣光荣地加入了中国共产党。他在入党申请书中深情地写下这样一段话：我是独龙族的一名穷孩子，是党领导独龙族人翻身得解放，也是党培养教育了我，让我有了文化并成长为一名干部。我申请入党，不是为了升官发财、图名图利、高人一等，而是做一个有道德的人，一个有益于人民的人。我要全心全意为人民服务，踏踏实实践行党的宗旨，为党的最高目标而奋斗终生。

　　后来，独龙江区改为乡，高德荣先后担任乡长、乡党委书记。

　　"随着党在农村经济政策的落实，农民的生活不断改善。但独龙族人民仍然被高高的贡黎山和担当力卡山封闭在河谷的深处，难以融入共和国改革发展的大潮中。"这是高德荣在独龙江乡任职期间最大的困惑。

　　1986年，国务院贫困地区经济开发领导小组成立。从此，国家开始有计划、有组织、大规模的开发式扶贫工作，国家也开始正视贫困、定义贫困。

　　高德荣抓住机遇，积极争取扶贫资金。乡里用上级下拨的扶贫资金首先建起中心小学，使独龙江乡的教育有了明显改观。但要推动独龙江的经济发展，改善群众的生活，还有许多制约瓶颈亟待破解。

　　该从哪里打开突破口，实现独龙江发展的突围？

　　要解决这个问题，首先必须了解外面的世界。然而，在内地电视已经普及的年代，独龙江与外界的联络只有乡里的一部电话，还有部队与上级联络的一台军用单边带电台，依然处于信息封闭的状态。

110

"要了解外面的世界，跟上改革开放的新形势，唯一的也是最便捷的方式就是听收音机。我们只能'听世界'。"回想起那个年代，高德荣感慨地说。

为了及时学习了解党和国家的政策，让思想紧跟时代，与祖国前进的脚步同频共振，高德荣身不离收音机。他不仅坚持收听，还走到哪里讲到哪里。通过宣传党的方针政策，鼓励干部群众自力更生、艰苦创业、积极发展生产，靠自身的努力不断改变独龙江的落后面貌。

"那时在乡里，经常要进村入户，向独龙族群众宣传党的政策，介绍法律法规，讲解新闻和发展形势，主要靠收音机获取信息。那时，我换收音机的速度，比现在时髦青年换手机还快。"回忆起八十年代那段改革开放的岁月，高德荣幽默地说，"收音机随身带，磕磕碰碰易弄坏，再加上气候潮湿，损坏了不少"。他在独龙江工作十二年，竟然用坏了二十八台收音机。

高德荣走上领导岗位后，对个人和家庭利益一向都是淡然的，从不向组织伸手。他也从不为个人的事张嘴求人"走门路"。但是，在为当地发展争取项目、为独龙族同胞争取改善生活的资金时，高德荣却"挖空心思"，使出浑身解数，不惜上省城、跑北京，软缠硬磨，付出了无数的心血。

1988年，高德荣并不认识省直部门的干部，虽说心里底气不足，多少有些惶恐，但为一个民族的发展和未来，他还是带上乡里的两名干部，壮起胆子直奔昆明，找到省直有关部门。他恳切地说："改革开放十年啦，各地变化那么大。我们独龙族憋屈在大山里面，不能拖国家发展的后腿啊！"

高德荣多方反映独龙江乡的困难，争取扶持资金。他的真诚打动了上级主管部门的负责人，独龙江乡的现实困难也引起了上级部门的重视，破例为独龙江乡一次性拨款三百多万元的扶贫资金。

高德荣利用这笔资金，扩建了独龙江乡卫生院、中心小校，还新建了一个小型水电站和四座人马吊桥，改善了独龙江乡的基础设施条件。独龙江乡的贫困落后面貌发生了可喜的变化。

迪马洛的小型水电站第一次点亮了独龙江的黑夜，不仅给夜晚的山乡带来一片光明，也点亮了独龙族人心中的明灯和对未来的信心与希望。

面对群众和同事的称赞，高德荣完全忘记了当初"张口""伸手"的诚惶。他总是怀着感恩的心情说："这不是我能干，这是共产党对独龙族人民的厚爱和恩情，是党的光辉照亮了咱的独龙江。"

已经退休的孔志清，听说高德荣在独龙江干得风生水起，不顾年迈多病和家人劝阻，和妻子一起跟着马帮来到独龙江，非要看看家乡的变化。

他见到高德荣，称赞说："你这个乡长呵，比我这个当年的县长厉害。我当县长也没争取到三百多万呢！"高德荣说："不是我有能耐，是国家对边疆建设越来越重视了。你当县长时不是也向周总理要来二十万，修了人马驿道嘛！"两人开心地笑起来。

但是，高德荣心心念念的还是独龙江公路和独龙江乡的发展。他要让"听世界"变成走向远方"看世界"。

"乡政府在巴坡，巴掌大的地盘，一条路就占去了大半，将来要想发展，得想法子搬到合适的地方。"孔志清若有所思地说，"我想来想去，孔当那里最合适，正好位于独龙江的中间。那里的山谷有一大片开阔地，村落也相对集中，群众到乡政府办事也方便，还可发展集市贸易。我想听听你的想法。"

"我也一直考虑这个问题。巴坡那边太狭窄，这里开阔，将来修路也方便。乡政府搬到孔当村比较合适。"高德荣说。第二天，他陪着孔志清来到孔当村。

　　回到当年生活的地方，孔志清睹物思人，感慨万千。岁月的风雨早已在这片老寨子上贴上了沧桑的标签，那几座木垒房像不堪重负的老人一样瘫倒在地上。

　　孔志清和妻子在这里一共生养了九个孩子。解放后，孔志清常年在贡山县城工作，一年才回来一次。回来也是在家里待不了几天就得走，经常要到内地学习开会。他的妻子无怨无悔，全力支持他工作。

　　这里的一草一木、一山一水，都牵动着他的乡愁，拨动着他情感的心弦，寄托着无尽的思念。

　　孔志清偶然在草丛里发现了一只锈蚀斑驳的小铁碗，小心翼翼地捡起来，仔细看着。他清楚地记得，五十年前，采花委员俞德浚一行离开独龙江时，父亲为了表示对这位远道而来的植物学家的敬意，把一只小肥猪送给他。俞德浚回赠了一些棉布和洋铁碗留作纪念。他将铁碗擦拭干净交给妻子说："拿好，带回去。"也许这就是半个世纪前俞德浚留下的礼物？

　　"我搬走这些年，家里没人住，就交给乡里吧。"孔志清对高德荣说，"这块宅基地就交给你吧，也许将来你有用处。"他见高德荣没有表态，又说："家里人都搬到了县城，留着有啥用？这个你放心，我会给家人交代的。咱们独龙族有句俗语，叫'砸开的石头，说出去的话'，那是不能变回去的。"

　　"没有共产党，我能有什么？"孔志清停顿片刻，又感慨道，"我一辈子写了六次入党申请书，因各种原因，没能如愿。但我对共产党的信仰与追随一生未曾动摇。这片土地我要全部交给政府。"

　　多年之后，人们才明白，孔志清最后一次重返故土，就是要完成这项最后的交代。

第七章　人马驿道上的丰碑

走出原始

新中国诞生后，独龙族人民迈开了"直过"的脚步。然而，独龙江被高黎贡山与担当力卡山封闭在峡谷深处，没有一条与祖国内地相连的通道。独龙江犹如一座"孤岛"。

贡山县城到独龙江一条穿越原始森林的羊肠小道，弯弯绕绕，走起来要攀悬崖、爬峭壁、过深涧，手脚并用，路途异常艰险，连马都走不得；冬季被大雪封闭长达半年之久。独龙江之所以与时代渐行渐远，就是因为千百年来几乎都处于与世隔绝的状态。

即便是独龙江村寨之间也无平坦之路，都要背着干粮往返其中。独龙江虽然江面不宽，但水流速度大，两岸山峰峭陡，无法行船摆渡，过江只能依靠最原始的藤溜，这种出行方式十分危险，坠入江水的事故时有发生。

独龙族人民与祖国血肉相依、心心相连。独龙族人迫切希望结束这样的生存现状。

但是，新中国成立初期，百废待兴。美帝国主义发动了朝鲜战争，后来，又遭遇了"三年困难时期"。为保证独龙江人民和边防部

114

队需要的生活用品及各种物资，每年冬季来临之前，国家都要从怒江两岸怒族、傈僳族、藏族群众中动员大量的民工，组成运输队伍，将由丽江、鹤庆、维西、兰坪等地调用的数十万公斤的生活物资，用人背的方式，翻越三千八百多米的高黎贡山运到独龙江，运输成本十分高昂。

由于交通险恶，物资运输十分困难，边疆建设也受到极大影响。

独龙族人民非常渴望修建一条贡山县城连接独龙江的人马驿道，解决独龙族人民无路出行的困境。为此，第一任贡山县县长孔志清和怒江州的领导干部一直向上级呼吁。

孔志清出席在北京召开的一次会议，再次见到了周恩来总理。他大胆地向周总理表达了独龙族人民的心愿，希望国家能为独龙族修一条路。

尽管当时全国刚经历"三年困难时期"，经济刚刚复苏，考虑到中缅划界后边疆建设的需要和独龙族的长远发展，周总理亲自批示，国家拨出二十万元专项资金，为独龙江修建一条通往贡山县城的"人马驿道"，让"直过"后的独龙族人民能够走出深山，呼吸现代文明的气息。

1965年春天，雪融山开。怒江州及贡山县先后动员当地怒族、傈僳族、藏族等人民群众和驻守部队组成的几百人的修路大军，与独龙族同胞一道，开进高黎贡山密林深处，刀砍斧凿，开山劈石，掀起了修筑人马驿道的大会战。

经过一年的奋战，先后炸开七十多处悬崖，架设了十几座桥梁，总耗工二十四万个，于1965年10月，建成了一条一米多宽、全长六点五万米的人马驿道。独龙江终于与外界有了交通。

这条人马驿道，穿越原始森林，翻越海拔三千八百四十二米的南磨王山垭口，成为独龙江与外界连接的唯一通道，改变了独龙族人民出门行路手脚并用，攀悬崖、爬峭壁的艰难处境，也彻底结束了他们几乎与世隔绝的生活状态。

高德荣回忆说："人马驿道建成后，人们在最高的垭口处立了一块碑，1980年我翻山时还看到过。石碑一米多高，上面刻有文字，记载了当时修建人马驿道的经过。大意是在国家的支持下，这条人马驿道于1965年10月修通了，解决了独龙族出行无路可走的困难，生产物资的运输得到了改善。后来，可能是遭雷击损坏不见了。"

至1965年底，贡山县修建完成了可通行的人马驿道共三条。这些驿道东连维西，南接福贡、碧江、六库，北通西藏察瓦龙，西进独龙江，以贡山县城丹当为中心呈网状形散开，将各个乡（区）与县城连接起来，对贡山县的经济发展和各项社会事业起到了举足轻重的促进作用。

国家马帮

人马驿道建成后，从贡山县城到独龙江的路程，也由原来的七天缩短到三天。贡山县专门成立了一支国营马帮运输队，这也是全国唯一的国营马帮队，专门运送独龙族人民和边防部队需要的粮食及各种物资，被当地人称为"国家马帮"。

1964年10月15日，贡山县国营马帮队驮着军民生产生活物资第一次到达独龙江区政府所在地巴坡村，区政府驻地围满了独龙族群众。他们主动给马队送来了草料、苞谷。区政府举行了简短的欢迎仪式，区委书记热泪盈眶地致祝贺词。

从此，一支国营马帮队浩浩荡荡、往返穿越在高黎贡山和独龙江河谷的密林深处。

"独龙江到贡山县城的人马驿道开通后，实现了从无路可走，到人背马驮的交通运输。"高德荣回忆说，"对独龙江来说，这也是一次历史性的变迁。"

春天来了，山谷里响起叮咚悦耳的马铃声。马帮像一条长长的人河，从高黎贡山上下来，上学的小朋友们总是欢天喜地地迎上去，高兴地又唱又跳。那个叫嘎木力都的孩子，总会呼唤着小伙伴们，像一只灵巧的山鹿，飞快地跑在最前面。老师、书本通过这条狭窄的小道进入独龙江。

"千百年来，被封闭在江峡深处、一个没有文字的民族，响起孩子们琅琅的读书声。独龙族人民向往幸福的梦想也有了希望。"这是高德荣少年时代最深的记忆。

余正辉，怒族人，是贡山国家马帮中唯一的转业军人。他在当了十六年的赶马工后，成为马帮队的管理员。他回忆说，整个独龙江地区四千一百人左右的同胞，加上驻守官兵和干部职工，总人口在四千三百人左右；靠近独龙江的缅甸边民，有将近一千多人依赖于独龙江这边的物资供应。所以，马帮每年组织运输的任务，不能少于六十万公斤。

在每年县里召开的动员会上，分管副县长都会宣布当年的运输任务。国营马帮必须无条件地排除一切困难，完成必需的运输量。

直到十二月大雪把人马驿道完全封闭后，马帮才可以得到休整，而此时的独龙江也就进入了与世隔绝的日子。

1985 年开始，由贡山县交通局管理的国营马帮队实行承包制，对每匹骡马包括名称、年龄、毛色、健康状况、折价等进行一一登记注册。骡马一旦死亡，赶马人需将马尾巴割下来作为凭证，经过核实，由民运站（运管所）给予补偿。

国营马帮实行承包制后，极大地调动了赶马人的积极性，独龙江的物资保障愈加充分。

江峡传奇

在人类生存与发展的漫长岁月中，骡马，成为人类负荷力最强、为主人效劳最忠诚的运载工具。在云南，"山间铃响马帮来"，成为与外界联系、交换商品的高原文化，锻造了"马帮精神"，而独龙江的国营马帮更多的是支撑起了整个独龙族世代繁衍生息的历史重任……

独龙江人马驿道成为独龙族群众和驻地官兵的生命线，也是相邻缅甸边境地区群众生产生活物资的保障线。

这支由傈僳、藏、汉等民族组成的国家马帮，冒着生命危险，一直浩浩荡荡、蜿蜒穿行在这条翻越高黎贡山的人马驿道上，以它在特殊时期的特殊作用，体现了党和政府对边疆的深切关怀。

由于这条人马驿道海拔太高，每年有半年时间被冰雪覆盖，国营马帮运输队不得不赶在大雪封山前，把独龙江越冬的物资全部运进去。最多时，一次投入五百多匹骡马，长长的马帮负重穿行于深山密林，为独龙族人民的生产生活源源不断地提供支撑。

这条通往独龙江的人马驿道，沿途有不计其数的大小溪流、沼泽和悬崖峭壁，行走异常艰苦。马帮队年复一年、日复一日季节性地奔波在这条潜伏着诡异的旅途上。

路旁，水汽氤氲的沼泽地里，游动着成群结队的水蚂蟥，它们如水蛇一样兴奋地昂着头。而草茎叶片上则挤满密密麻麻、饥饿难耐的旱蚂蟥，它们像雷达一样嗅觉格外敏感，一遇空气中有人或动物气味，立即争先恐后地聚拢过来，张开吸盘，像磁铁一样紧紧地粘在人身上，把人的血液吸入腹中。它们甚至还能轻松地钻进骡马的鼻孔，直至吸到骡马鼻口流血，致使骡马痛苦地用面部撞击岩石或树干。

细小难辨的毒蚊，无孔不入地攻击着人身体上一切裸露的部位。还有毒蜂、毒蜘蛛、毒蛇，甚至野兽，它们犹如《西游记》里的千年精怪，静静地埋伏在风景如画的丛林里，等待过往的行人，随时发起进攻。

经过多年的运行，人马驿道路面在雨水的冲刷中逐渐坍塌破损。后来的人马驿道连人马行走都变得越来越困难。

进入八十年代，国营马帮运输队往返一趟需要十天时间。途中，人马要在天然树洞或岩穴里歇宿。不仅遭遇蚊子、毒蛇、蚂蟥、野兽的袭击，还会随时遭遇暴雨、冰雹、雪崩的威胁，危及生命安全。

每年的六月，山上的雪刚刚解冻，这支国营马帮运输队便开始了艰难困苦、生死难料的行程。

> 哦……哦……
> 山神吉姆达爷爷、吉姆达奶奶，
> 请把害虫和伤人野兽的嘴堵住，
> 不要把害虫放出来，
> 不要把大风暴雨放出来；
> 我们将带着酒和面做的诸兽呈现上了，
> 请你收下吧！

山崖的古树下，赶马人、狩猎人摆上祭品，依然用最古老神圣的仪式完成进山的隆重祭祀。

> 哦……哦……
> 我们用这些食物给你换，
> 我们拿祭品敬您，

我们给您食物，
请听我们的祷告吧！

每年此时，无论上山打猎还是赶马，都有相同的山民遵循传统走进高山密林。

一个月后，雨季如期而至，这是马帮运输最为残酷和艰苦的季节，也是马匹大量生病或者累死的恐怖季节。

由于山路崎岖，加上超长的运输距离、大量负重、有限的安全运输期和紧急繁重的运输任务量，骡马常常负重不堪。途中累死、病死或者摔下山崖、掉入江中的骡马平均每年都在八十匹以上。一路上，马骨累累，尸骨腐烂后散发出来的气味奇臭难闻，赶马人不得不戴上口罩行走。

因此，这条人马驿道可以说是用白森森的骡马骨头铺就的生命线，更是一条必须随时准备与死神搏斗的死亡之路，时刻考验着人和马的意志力……

二十世纪七八十年代，为了改变马帮和行人在途中靠天然树洞或者岩穴歇宿的状况，驻守独龙江的边防部队指战员，在荒无人烟的雪山上建立了东哨房、西哨房和前不靠村、后不挨店的雪山垭口歇宿点，供途中人马躲避风雪和夜晚留宿。这些"高山驿站"被当地群众称为"便民房""暖心房""救命房"。

在这条人马驿道上，马帮们不知留下了多少惊险与悲壮，演绎出了一幕幕可歌可泣的故事，也铸就了一座民族团结互助的丰碑！

赶马调儿情悠悠

1998 年，国家投资近亿元的独龙江公路正在紧张推进。独龙江所需的各种物资大量增加，但无论多么艰难，也必须赶在六月到十一月高黎贡山的开山期，把独龙江所需的物资全部运输进去。

待独龙江公路通车之后，国营马帮队将完成它的最后使命。

尽管运输量大量增加，贡山县里照例由一名分管交通的副县长挂帅，成立了独龙江物资运输领导小组，统一安排运送计划，协调全县粮食和其他物资的抢运工作。

贡山县交通局为每个马帮规定了具体的运输指标。县里要求，必须无条件地排除一切困难，完成运输任务。

每年这个时候，余正辉总是带着马队第一个走上垭口。

余正辉回忆说，1998 年，这是独龙江公路开通前的最后一个马帮运输季，也是出动骡马最多、抢运物资最多的一年。

国营马帮队总共出动了一千二百多匹次骡马，往独龙江运送了约三千吨的各种物资。

在这次出征的马队中，有一位名叫和晓永的独龙族青年，这是他成为赶马人的第二个赶马季，也是最后一次赶马季。

1979 年出生在独龙江乡龙元村的和晓永，刚刚高中毕业，就被舅舅龙聪明带到了国营马帮队。年过半百的龙聪明本想把他这个勤奋刻苦、有文化的外甥培养成自己的接班人，和晓永却走上了独龙族人向往的另一条路，演绎出另一番人生风景。

回想马帮的岁月，这位独龙族青年的目光里平添了几许沧桑。

他说，他跟着舅舅加入了马帮队，才知道赶马帮没他想象的那么简单，有许多讲究，可以说是技术活。他舅舅龙聪明这种能带马队的人，在过去被称为"马锅头"，他的帮手被称为"马脚子"。一个"马脚子"最多可照看十二匹骡马，那要极能干的赶马人才能做到。一般的"马脚子"就照顾七八匹骡马。一个赶马人和他所照管的骡马及其货物就称为"一把"。这样几把几十把就结成了长长的马帮队。

"马脚子"必须听从"马锅头"的指挥。"马锅头"就是他们的头儿，是一队马帮的核心。马帮决不是一群乌合之众，他们更像一支训练有素、组织严密的军队。"马锅头"、赶马人和骡马们各司其职，按部就班，兢兢业业。每次出门上路，从早到晚，他们都要步调一致、井然有序地行动。

骡马行进的队伍也有自己的领导，那就是头骡、二骡。它们是一支马帮中最好的骡子。马帮一般只用母骡作头骡、二骡。马帮们的说法是，母骡比较灵敏，而且懂事、警觉，能知道哪里有危险，而公骡太莽撞，不宜当领导。

头骡、二骡不仅是马帮中最好的骡子，而且它们的装饰也非常特别，十分讲究。它们上路时都要戴花笼头，上有护脑镜、缨须，眉毛处有红布红绸做的"红彩"，鼻子上有鼻缨，鞍子上有碰子，尾椎则用牦牛尾巴做成。

马帮行进、露营、吃饭、休息都有许多规矩和讲究。不要以为这是马帮们迷信犯傻，出门在外，顾忌自然特别多。人又不是神，各种意外随时都可能发生，人们不得不对自然有所敬畏。

无论是谁，凡是不小心犯了忌讳，就要挨一顿数落，还要出钱请客打牙祭，严重的就逐出马帮。

马帮们每天的生活几乎都是如此进行，早上找回骡马，马吃料，人吃饭；走路，上驮下驮；扎营做饭，放马，睡觉。周而复始，日复一日，年复一年。雪域高原那神奇莫测的自然景色，沿途丰富多彩的人文景观，使得每一天的行程都充满了意外和惊喜。

进入六月，雨季如期而至。对于马帮来说，雨季的确是一个倒霉的季节，可没有人能够预料，此行还会有什么更倒霉的事等着他们。

有一次，和晓永和舅舅赶着马帮冒着沥沥细雨向高黎贡山出发了，途中与一个叫阿迪的"马锅头"马队走在一起。老头阿迪比龙聪明还要大几岁，他说他沿着这条驿道走了三十年，如今他的孙子也跟着他当上了赶马人。人马驿道早已成了他们生活的一部分。

马帮的漂泊生活苦是苦，但也有一种说不出来的诱惑。老头阿迪就喜欢边走边唱那首赶马调，也许这是赶马人最好的生活写照。

> 白天，树林里传来鸟儿的鸣叫，
>
> 叮咚的马铃响遍山坳，
>
> 燃起野炊的篝火，
>
> 喝着烧酒唱起赶马调。
>
> 夜晚，在松坡上安营歇脚，
>
> 搭好宿夜的帐篷，
>
> 天空已是星光闪耀。
>
> 我唱着思乡的歌儿喂马料，
>
> 嘶鸣的马儿也像在思念旧槽。
>
> 远处的山林里，
>
> 咕咕鸟在不停地鸣叫，
>
> 应和着头骡的白铜马铃，
>
> 咕咚咕咚响个通宵。
>
> 我听见呼呼的夜风，
>
> 在山林间不停地呼唤，
>
> 夜风啊夜风，
>
> 你是否也像我一样心神不安？
>
> 我看见密麻的松针，
>
> 在枝头不停地抖颤，
>
> 松针啊松针，
>
> 你是否也像我一样思绪万千？

独龙悠歌

> 我看见闪亮的星星，
> 在夜空里不停地眨眼，
> 星星啊星星，
> 你是否也像我一样难以入眠？
> ……

老头阿迪哀婉悠长的曲调，绕着山梁飘向远方。

两支马队行走到第三天中午，来到了高黎贡山南磨王垭口下的一块草坪。这里的海拔三千三百米，距垭口的路程还有一个小时。

这一带的气候复杂多变，没等马队做好饭，大雨就来了，他们只得匆匆打垛上路。每当下雨，海拔三千八百米的南磨王垭口气温会骤然降得很低，所以雨季在垭口，迎接马队的不是雷击和狂风，就一定是冰雹。

和晓永说，风雨中，他们和老头阿迪的马队倒是顺利通过了驿道上的最高点垭口。对马帮而言，这里是驿道上具有灵性的地段，几乎赶马人的所有故事都与这里有关。

翻过垭口，驿道便开始下坡，从这里一直不停地下到河谷底，便是终点巴坡。然而，这是一段二十多公里几乎不让人喘息的下坡，马队还要走整整两天才能到达目的地。可怕的是山坡上那些又滑又硬的石头，骡马最容易失蹄坠崖。

第四天傍晚，马队来到三队，就是现在的独龙江乡政府所在地孔当村。这是从垭口西侧下来最平坦的一块地方，距目的地巴坡还有一天的路程。

从这里，马队必须越过麻必当河才能到达有马草的地方。每到傍晚，赶马人都要把骡马放到马草茂盛的地方，不然，骡马第二天的体力就难以得到保证。

雨季中驿道有三分之一的路段几乎就是一条小河，走在长期被水浸泡得又硬又滑的石头上，稍不留意，人马就会滑落江底。

那天，一场雨刚过。马队通过麻必当河普卡旺人马吊桥时，可能因负载过重和桥面湿滑，他眼睁睁地看着前面老头阿迪的一匹驮着砍刀和铁锄的骡马，蹄下一滑，"扑通"一声掉进江里。这是老头阿迪最好的一匹骡马。

老头阿迪和他的孙子在桥头呆呆地站了半天才离开，不是不舍，这种意外对赶马人来说，习以为常，只是因为没有马尾巴不知道回去如何"报销"。

那一刻，和晓永突然感到了恐惧，江峡就像一张大口，随时都会将生命吞下。

但为了生活，为了在贫困中坚守着希望的赶马人，不得不追随着马铃一次次行走在高山峡谷之间。

他和舅舅的十多匹骡马，共驮着七百公斤大米走了整整五天，终于来到了巴坡。

雨季的马帮运输是一次残酷的行程。在大雨中淋泡了整整五天的骡马到达目的地后，几乎没得到休息，便又踏上了返回的漫长旅途。这里的雨季几乎天天在下雨，长期被雨水浸泡的山体，随时都有坍塌的危险。

十月的高黎贡山，秋高气爽，这是独龙江运输最好的季节。而海拔三千米以上早已是冰天雪地，马帮仍然面临严峻的考验。

雪山突围

这天，和晓永和舅舅赶着马帮又出发了。此时通往独龙江的公路已向前推进了数公里，每一个赶马人都渴望它早早通行，但筑路队伍却遇到了巨大的困难。不管修建公路遇到什么样的麻烦，可通往独龙江的驿道一天也没有停下来，因为离大雪封山仅有一个多月了。

在五个多月的时间里，和晓永和舅舅要赶着马帮至少完成十五趟运输任务。这是他和舅舅第十次翻越高黎贡山。

就在这时，距巴坡较近的独龙族群众开始陆续接到要他们出山背运物资的通知。每个独龙族家庭明年开春用的塑料薄膜和其他农用物资，都由政府免费送给，但必须在封山前由各家村民自己背运。因为开路，马帮的运输任务越来越重，而过去这些东西，都是由马帮来运送的。

不曾料到，就在马队进山后的第三天，天空突然下起了大雪，这是当年开山后的第二场大雪。虽然第一场雪要比这早十几天，但在往年那只是打招呼而已。想不到这第二场雪接踵而至，竟比往年下雪的时间整整提早了一个月，而且韧劲十足，一连持续几天，丝毫没有停住的意思。

包括由西藏察瓦龙前来支援的藏族马队在内，共有一百多匹骡马被大雪困在了独龙江。这场提前到来的大雪给毫无准备的马帮一个措手不及，也给正在涌向县城背运国家发放物资的独龙族群众带来了极大的困难。

独龙江的百姓们清楚，不背薄膜，明年的苞谷种不成了，农业要减产了。为了薄膜，他们不得不冒着风险翻山越岭。

东哨房，这是一个被称为"救命房"的运输中转站。拼命冲过了南磨王垭口的人们挤在东哨房的小木屋里，可除了烟熏火燎，火塘外围的人并无法得到一点儿温暖。

"那个雪是很厚哟。一大早雪就哗哗哗地下起来，垭口的雪已经没过膝盖了。"在温暖的火塘边，和晓永回忆说，"寒风呼呼地吹着，恨不得把耳朵都给你吹落掉了。"

那天差不多上来了一百多匹马和数十人。大伙都说，必须冲出去，再不冲过去的话，可能就完了。如果这些人和马冲不出去，在独龙江一封就是半年，那将是一场灾难。

身强力壮的小伙子们拉着马在前面走起，年纪大的跟在后面。有的路段积雪达一米多厚，根本找不到路，只能趟着雪摸索着前行。

望着艰难行进的马队，和晓永，这位最年轻的赶马人突然产生了一个念头：这次回去后他再也不要跟着舅舅赶马了，他要去山外学开车。独龙江公路开通了，他要开车搞运输。正是因为这个信念，和晓永由一个赶马人成为独龙族的第一代司机。

这次，他们与资深的、也是唯一的女"马锅头"嘎达娜的马队又遇到一起。由于嘎达娜的精明和藏族人善于养马的天赋，她饲养的九匹国有马不仅一匹没死，而且她的马队又增加了两匹新马。

面对白雪皑皑的高黎贡山，性格倔强的嘎达娜执意最后再运一趟，她决定和儿子赶着马帮把独龙江急需的药品送进去。但是，要翻过雪中的高黎贡山并不是一件容易的事。

按往年的惯例，高黎贡山要到第三场大雪之后，骡马才无法通行。在此之前，有经验的马帮仍然可以翻过去。

就在此时，另一支冒死的马队老头阿迪也来到了垭口下，他们试图再次冒险闯过垭口，就是上不来，又返回去了。而试图从高黎贡山西坡返回的马帮，也失败了，不得不退回到孔当村。如果雪继续下，那肯定是只能留在里边了。

高黎贡山好像故意与马帮过不去，第二天又下起了雪，这是那年以来的第三场雪。赶马人都知道，这场雪下过之后，骡马很难再从南磨王垭口通过，开了六个月的高黎贡山就算是正式封山了。

所有垭口外面的马队，开始向县城方向撤去。

在冲过雪山的艰难进行中，嘎达娜的一匹青骡倒下了，这是她不曾料到的。身经百战的嘎达娜最终没有如愿以偿，她们母子只好将药品卸在垭口下面，带着马队匆匆撤下山去。

老头阿迪的一匹叫"花丛木"的老马倒下了。

和晓永最喜欢的那匹"小飞鹰"也倒下了。它的命好苦，这是它平生第一次驮着东西走这么远的山路，第一次就遇到这么大的大雪。它挣扎着上了垭口以后，挺了挺身子就倒了，最后再也无力站起来。

对于耗尽了体力再也走不动的骡马，唯一的办法就是把它们留下。幸运的骡马还可以等待在下一次进山的时候被接走。但在冰天雪地的高山上，希望是零。

舅舅龙聪明说，它站不起来了，只有死掉。和晓永捋着它的尾巴，怎么也不忍心割下来，只得含泪和它永别。

后面又一匹马也没有能站起来，永远地留在了高黎贡山上……

国营马帮负责人余正辉讲，每年死在人马驿道上的马有数十匹。他记得，最高的一年损失了一百零八匹，相当于当时国营马帮队的四分之一。

第二天，一场暴风雪再次袭击了高黎贡山。藏族马帮一部分冲过南磨王垭口后，仍有近八十匹骡马望"垭"兴叹。

在铁皮包裹着的东哨房里，无奈的马帮只有卸下上百垛的急需物资，等待着独龙江乡派民工背回去。

而此时，山下还有八十垛约四千公斤的施工工具、医药等物品，以及二十吨化肥、十吨籽种、二十吨地膜和二十吨商店物品积留在县城。

雪停了，难得的阳光突破云层照在高黎贡山上。

被困在独龙江整整一个星期的马帮又开始向山上涌来。他们终于幸运地冲过南磨王垭口，上演了一部胜利"大逃亡"。随后各奔前程。

为了一个在特殊环境中顽强生存的少数民族，为了独龙江军民能度过半年的封山期，一批又一批的赶马人付出了血汗甚至生命的代价。然而，没有一个赶马人能说清楚，到底有多少支马帮走过多少次这条人马驿道，有多少匹骡马伴随赶马人由壮年走到老年，有多少骡马倒在了人马驿道上。

这年，和晓永和舅舅共跑了十五趟，靠着十几匹骡马大约运送了四千五百公斤货物，也算是圆满完成了交通局规定的运输任务。

"对于舅舅来说，这是他为这支国家马帮队服务的第二十八个年头。他没有统计过这二十八年来向独龙江运送了多少东西，也没有想过。"和晓永说。

此时，对于老头阿迪来说，也许他最关心的是当国家配发的几匹骡马都走不动的时候，上级是否还会配发新的骡马；独龙江公路一旦通车后，他的马帮到哪里去找活干？

等独龙江公路修通之后，余正辉肯定不会再赶着马帮第一个走上南磨王垭口了。但他寻思，当独龙江公路开通以后，人们是否还会记得这支全国唯一的"国家马帮"当年曾有过的辉煌和业绩？

十几天后，和晓永和舅舅回到了龙元村。舅舅龙聪明在家种地，成为一名农民。第二年开山后，和晓永到贡山学开车去了。

而嘎达娜和她的儿子，离开了国营马帮队，一家人上山挖药材营生。

阿迪老头和孙子的去向不得而知。

1999年10月，独龙江公路建设通车，这支运行了三十八年的国营马帮队宣布解散。他们被称为中国"最后的马帮"，其中一些赶马人转换为马帮个体户，他们仍以赶马帮为生，活跃在云岭偏僻的山乡。

独龙族结束了人背马驮的时代，一个民族的历史也随之翻开新的一页。

第八章　汽车翻越高黎贡

一张通知书的苦旅

独龙江乡被高耸入云的高黎贡山和担当力卡山夹持在河谷深处。每年进入冬季，大雪封山长达半年之久，连老鹰也无法飞越，隔绝了内地与独龙江之间的来往。

"当年我走出大山的过程，可以说写满了泪水和汗水。"云南省社会科学院研究员李金明回想起学生时代，感慨万千。

随着山外文明逐渐流入，独龙族的孩子们渴望通过读书走出大山的愿望愈发强烈。正是在这样的强烈愿望下，李金明成了独龙江通过考试走出的第一名大学生。

1982年，因为学习成绩好，在贡山一中上初三的李金明被学校选中，作为独龙族学生代表前往北京参加全国少数民族夏令营，第一次见到了外面的世界。

从北京回到贡山后，"见过世面"的李金明更坚定了走出独龙江的想法，毅然在中考志愿上写上了"中央民族大学附中"。

可是在家等了两个月，眼看其他同学都陆续上学去了，原本觉得考得还不错的他却迟迟没有等到任何消息。李金明心里很失落，却又无可奈何。事情的转机是在当年的十月份。一天上午，云南省教育厅招生办突然接到中央民族大学附中的电话，对方很纳闷："我们明明录取了一名怒江的学生，可开学都一个多月了，为啥没见人报到？"

电话很快打到了贡山，后来几经周折才将这一消息送进独龙江。原本以为上学无望的李金明赶紧背上干粮走出了家门。七天后，他终于赶到贡山县城，拿着学校资助的一百二十元钱，开始了进京求学之旅。

李金明的那张录取通知书，直到次年十月份才有了消息。后来他才知道，由于大雪封山，通知书无法送达。第二年五月，通知书终于送到家里，父母担心他没有通知书在学校不方便，又将通知书寄回了学校。李金明拿到通知书时，已经上了整整一年学。

在北京上了四年学，李金明没有回过一次家。独龙江的孩子走出大山不容易，他担心"一旦回去了，可能再也出不来"。

独龙族人极度渴望能拥有一条通往外界的公路。

心念梦想

1990 年 6 月，高德荣调到县里工作。他随着返回贡山的马帮踏上了不知走过多少次的人马驿道，心情异常复杂，仍觉得留下许多遗憾。

他认为，由于独龙江的基础条件差，缺资金、缺项目、缺医生、缺教师、缺科技，发展受到太多限制。

其中，困扰发展最大的问题是独龙江乡不通公路，人马驿道运输成本高、效率低，根本满足不了独龙江发展的需要。

独龙江是美丽、浪漫的，但是，脚下这条通向外界的人马驿道穿越貌似平静的原始丛林，处处潜伏着诡异与危机。

运行了近三十年的人马驿道，路基老旧失修，许多路段坍塌，吊桥也已锈裂。马帮运输成本不仅高昂，而且经常发生事故，风险越来越大。

显然，一条人马驿道已经不能满足独龙族人的需要。只有修路才有出路，才能打破与外界割裂的历史现状。

党的十三大系统阐述了"三步走"发展战略，二十世纪九十年代是实现第二步战略目标的重要阶段。邓小平多次讲道："贫穷不是社会主义，社会主义要消灭贫穷。"

此时，我国实施的开发式扶贫已过六个年头。中国的开放力度由沿海城市向内地辐射，社会主义市场全面开发，各地经济发展竞相进入快车道。

高德荣心里怎能不急？

他说他的人生有两大梦想：一是修一条公路，能让独龙人走出去；二是发展一个产业，能让独龙人富起来，在全面建成小康社会中不掉队、不落伍。

但是发展产业需要一条与外界通联的路，没有路，产品运不出去，无法与外部市场连接，毫无意义。所以首要的、最关键的还是路。

多年来，他一直心心念念，希望独龙族发展的脚步跟上共和国的节奏，他一直为这个心愿而不懈地努力，却没有变成现实。为此，他食寝不安，心情沉重而复杂。

路，是改变独龙族群众生存现状的"卡脖子"问题。

此时，担任中国人民政治协商会议第八届全国委员会委员、政协怒江傈僳族自治州第七届委员会副主席的孔志清，也在云南省和全国"两会"上不断提出议案，积极推动独龙江公路建设。

1993 年 8 月，高德荣担任贡山县人民政府副县长、党组成员。他认为，身为一县之长，穿百姓之衣，吃百姓之饭，如果不为百姓做事，对不起党，对不起百姓，还有什么"光荣"可言？

他依旧放不下的独龙江留给他太深的记忆。"汽车至今开不进独龙江，我们县怎么能跟上国家改革开放的脚步？"高德荣上任伊始，就把交通、公路、财政等有关部门的负责人叫到办公室研究"出路"问题。

春节前夕，高德荣走访看望老领导孔志清，并征求他对县里工作的意见。孔志清说："我只是希望有生之年，能看到独龙江有一条公路，我能再回老家看看。这件事我也呼吁了多年，只能拜托他们了。"

此时，国家交通部对怒江开展了以交通为龙头的全方位扶贫工作。

"走！我们要主动作为，不能张口等饭吃。"高德荣抓住这个机遇，带着交通、公路等部门负责人四处奔走、到处呼吁，一次次向上级汇报情况。他暗暗发誓，一定要建一条县城通往独龙江的公路，彻底改变独龙族的落后面貌。

1994 年 4 月 15 日，随着《国家八七扶贫攻坚计划》下达，吹响了全国范围大规模扶贫攻坚的进军号。党中央把扶贫开发工作作为事关党和国家政治方向、根本制度和发展道路的大事，提升到了前所未有的战略高度。

中国的反贫困进程向纵深发展，向边远边疆深度贫困地区挺进。独龙江的脱贫迎来了千载难逢的历史性机遇。

高德荣心中的梦想再次升腾起来，他提出建设独龙江公路的设想得到县委县政府领导班子的支持。他是一个说干就干的急性子，而且，从来不知退却。一有机会他就找上级领导汇报，争取把独龙江公路纳入扶贫规划，得到财政支持。

在贡山县，流传着许多高德荣为一条路到处"找钱"的故事。

1997 年 3 月，高德荣抓住全国"两会"召开前夕的有利时机，带着县直部门负责人前往北京，争取能得到国家资助。他们风尘仆仆、满怀信心地赶到北京，又颇费周折地跑去交通部，又到财政部，才知道要钱修路的事并没有想象中那么简单。

但是，他们没有就此打退堂鼓，高德荣干脆在财政部附近一家廉价招待所里住下来，到财政部连蹲数日。尽管平日里到财政部争取资金的地方干部非常多，但高德荣的举动给人留下了深刻印象。

"领导同志，你们不要笑话我像个讨饭的'叫花子'。独龙江就在我们国家最西南的边境线上，由于大山的隔阻，不通公路，长期处于闭塞落后，独龙族人文化水平低，自我发展能力低，需要国家支持啊！不然就拖改革开放的后腿了。何况，国防建设也需要加强啊！"

高德荣讲起了六十年代，独龙江的一名边防战士突发急性阑尾炎，生命垂危，惊动了周恩来总理的故事；独龙族第一个大学生李金明考取了北京的一所学校，一年后才收到了录取通知书的故事；等等。

说不清是故事里的独龙江打动了对方，还是高德荣的真情感染了对方，负责接待的同志当场表示："独龙江确实该修一条路。"

高德荣是一个做起事来不达目的不罢休的人。同事们无不佩服他做事的韧劲。他又马不停蹄地赶到昆明，财政厅厅长对高德荣说："我们已经接到了财政部的通知，你放心回去吧。"

功夫不负有心人，经过多方的积极努力，建设独龙江公路的计划列入了国家和地方政府的财政盘子。

世纪承诺

不久，国家交通部、财政部及云南省交通厅、财政厅等相关部门一致决定，无论多么困难，也要在进入二十一世纪前，为独龙族群众修一条公路，取代行走艰难的人马驿道，让汽车开进独龙江，圆独龙族人民世世代代的一个梦想。

这项投资九千万元的工程被称为"世纪承诺"。独龙族世世代代盼望的独龙江公路终于上马了。

1997年7月1日，正是高黎贡山花海竞放的火热季节，施工队伍达到现场隆重举行了独龙江公路开工典礼。

高德荣说："选择党的诞生日正式开工，就是让独龙族人不忘党的恩情。"

整个独龙江沸腾了。居住在独龙江畔的四千一百多名独龙族同胞，每家派出一个代表从分散在独龙江流域的村村寨寨，自发会集在乡政府所在地——巴坡村，通过电话线传来的信号，聆听山外正在举行的开工典礼盛况。

而此时，贡山县城更是沉浸在欢乐的喜悦之中，人们身着盛装敲着芒锣、吹着叶笛、弹起口弦，用独龙族传统的剽牛活动纪念这个幸福的日子。

当时有人不理解，为什么要花这么多钱，为一个只有几千人的小乡镇修建一条公路？也有媒体记者问：这项工程究竟有多大的经济价值呢？

前来出席开工仪式的交通部负责同志坦言："独龙族是我们中华民族大家庭里的一员，他们与其他五十五个民族一样，享有同样的生存权、发展权。他们世世代代守望边疆，我们不能让独龙族同胞总是生活在与祖国内地隔离的孤独中。无论从边疆建设、民族团结来讲，还是从经济发展，甚至独龙族的将来来看，迫切需要这条路。不管困难有多少，代价有多大，国家都要为独龙族同胞修好这条路！"

在独龙江公路开工仪式上，国家交通部、云南省交通厅、中共怒江州委、州政府的领导同志悉数莅临。但是，人们期待的一位特殊人物却没有到场，他就是年已八旬的孔志清先生。由于身体原因，他无法亲临现场，但他吃力地握起笔来写了一份激情洋溢的书面发言：

从解放初到现在，独龙族人民所需要的生活物资供应，全靠人背马驮，而且半年雪封山。如今，独龙江公路开工建设，对独龙族来说是一件盘古开天的大事。公路建成，将对促进我县的交通、政治、经济、文化的交流发展意义重大，对于独龙族人民脱贫致富和各个方面建设发展，以及对促进边境贸易的开放、发展交流也将发挥重大作用……

"独龙江公路一直是爷爷生前的牵挂。遗憾的是他没能等到公路通车那一天。1998 年 5 月 11 日，爷爷孔志清去世了，享年八十一岁。当时，独龙江公路正在紧张施工中。"孔玉才回忆起爷爷，往事浮现。

他说："爷爷作为一名从旧社会走过来的民主人士，他一生写了六次入党申请书，由于种种原因没有如愿。但他追随了一辈子党，始终忠贞不渝，同舟共济，荣辱与共。尽管他曾遭受过不公正的对待，家庭也受到连累，但他对共产党的坚定信念始终没有变。"

1980 年，孔志清得到彻底平反，先后当选为贡山独龙族怒族自治县人大常委会副主任、怒江傈僳族自治州副州长及州政协副主席、云南省人大代表、全国政协委员等职。

孔志清退休后和妻子一直住在贡山县统战部的两间木板房宿舍里，有一间带火塘的厨房，保持着原来独龙族传统生活的方式。

孔志清晚年仍然坚持写日记、看报纸，关心国家的发展和贡山的建设。他还把毛泽东、周恩来等领袖的画像挂在房子里。他常对子孙们说："我这一辈子经历了新旧社会两重天，酸甜苦辣都尝过了，这甜是共产党给的。真正为人民着想、为人民谋利益的只有共产党。"

孔玉才回忆说："爷爷嘱咐我们要好好读书，要听党的话，将来好好地为人民服务。我一直想找一张当年周恩来总理接见爷爷、为独龙族定名的照片，遗憾的是没有找到。"

他说，奶奶对子女们要求很严，而且心地善良、好善乐施、收养孤儿，一生做了许多善事。过去独龙江缺医无药，更无妇产科医生，奶奶主动为乡里的产妇接生，帮助照料婴幼儿，村里人非常尊重她、喜欢她。奶奶心灵手巧，还是独龙江远近闻名的织布能手。独龙毯以前只是单色麻布匹子，比较粗糙。解放后，爷爷经常从内地给她带来各种不同颜色的棉线。奶奶受到启发，用这些五颜六色的彩线代替粗麻线，反复尝试，最后织出了彩虹一样的七彩独龙毯。她把织彩毯的方法教给村里的妇女们。就这样，五颜六色的独龙毯流传开来。独龙毯作为礼物被独龙族人送给外地客人。爷爷去内地的时候还把织毯的线和工具带去展览，宣传独龙族手工艺术和优秀传统文化。

"爷爷生前一直为独龙江公路而呼吁，他还念叨过，希望公路建成，能再回到独龙江看看，但他没有如愿。"孔玉才回忆说。

孔志清临终前交代家人：要把他珍藏了几十年的那件刚参加工作时共产党发给他的中山装穿在身上。他去世后，他的头必须要朝向独龙江。家人按照他的遗嘱把他安葬在贡山县的公墓里。

孔玉才说："如今，独龙江实现了'一跃千年'的巨变。我想，爷爷在天之灵可以得到安慰了。"

云南省委调研组

独龙江公路正式开工后，当地干部群众组成的筑路大军扛着红旗，带着施工工具和设备，浩浩荡荡地向着高黎贡山进发，展开了筑路大会战。

自从1950年第一面五星红旗飘扬在独龙江上空，党中央国务院和地方各级党委政府始终牵挂着居住在独龙江河谷的独龙族人民。

1998年11月初，时任云南省委书记令狐安带着省民委主任格桑顿珠、省扶贫办主任等部门人员，组成省委调研组，前往独龙江进行调研。

独龙悠歌

省委调研组一行在贡山县委书记杨禄安、县人大常委会主任高德荣、县委常委稳宜金等人的陪同下，爬雪山、过溜索，翻越三千四百米的雪山垭口，徒步翻越高黎贡山，前往独龙江。

这次调研的课题是：推动独龙江公路建设，确保"世纪承诺"如期兑现，以及如何解决独龙族贫困问题。

令狐安手拄一根树枝，沿着人马驿道，第一个向大山深处走去。云南省委省政府十分关注独龙江公路的进展情况，调研组一路沿着施工线路走下去。

第一天，调研组借宿在施工队的帐篷里，帐篷就搭在路边最大的那棵铁杉树下，晚饭是米饭和不知名的野菜。没有板凳，大家就坐在炸药包上吃饭。

第二天，调研组一行登上海拔三千八百多米的南磨王垭口。这是一条翻越高黎贡雪山的小路，也是独龙江通向外界的唯一生命线。放眼望去，重峦叠嶂，云海茫茫，顿时给人无限遐想和憧憬。令狐安感慨道："真可谓：千里边疆万道山啊！"

地处我国西南边陲的云南，相传因汉武帝时期"彩云见于南中"得名，素有"彩云之南"的美称。集边疆、山区、多民族等特点于一体的云南，有二十六个民族，其中十五个民族属于跨境民族。

云南省十六个州市中有八个州市的二十七个县、市分别与缅甸、老挝和越南三个国家山水相连，边境线长达四千多公里。

高黎贡山，原为景颇族"高黎家的山"的意思，是一座巨大的山脉，延绵数百公里，海拔四千米以上的山峰终年积雪。这里有"世界物种基因库""世界自然博物馆""野生动物的乐园"等美称。

大自然的鬼斧神工塑造了其雄、奇、险、秀的景观。皑皑白雪覆盖了山脉、大地；白云悠悠，四周的森林、水洼、草地浑然一体，大气壮观，与周围红肥绿瘦的植被交相辉映，犹如童话般的冰雪世界，美不胜收。

当夜，调研组住在了东哨房。大家围着烧旺的火塘，议论起独龙江的情况。令狐安问大家："清末年间，有一位官员三次巡视怒江和独龙江。你们知道他是谁吗？"大家面面相觑，一时没反应过来。

"书记是说夏瑚吧，我们独龙族人称他'夏师爷'。"高德荣回答说，"小时候就听老人讲过他的故事。"

"这位'夏师爷'原是丽江知府的'红笔师爷'，生于湖南长沙府，自幼熟读经史，深受屈原、苏轼、文天祥的影响。"令狐安边向火塘里添柴边说，夏瑚在他任职的几年间，三次巡边，遂后写出了《怒俅边隘详情》一文。文中提出了包括政治、国事、财政、经济、文化、交通等十条建议，极富政治远见，对保卫边疆，维护国家领土完整，防止帝国主义侵略，都有着积极的意义。在那个时代实为不易。"这次调研，我们不仅要从历史看独龙江的发展，还要从边疆建设的重要意义思考对独龙族的扶贫……"

第三天，调研组终于到了独龙江乡的孔当村，眼前的景象令人吃惊。这似乎是一个被外界遗忘的世界，简陋的茅草房就建在玉米地里。要走进茅草房，需要边走边用手扒开玉米秆。独龙江上没有现代化的桥梁，过江用的篾溜索、藤篾桥让人心惊肉跳。这里没有电，没有电话，没有路，更没有手机信号，甚至连厕所也难找。即将迈入二十一世纪了，独龙江眼前的这一切的一切，实在令人难以置信。

调研组经过三天的长途跋涉，于 11 月 3 日到达独龙江乡政府所在地巴坡村。令狐安等人听取了独龙江乡党委政府的工作汇报，看望了独龙江边防工作站巴坡执勤排的官兵和独龙江乡民族小学的师生，来到莫拉当寨子独龙牛养殖专业户木利祖的家中了解养殖产业发展情况。调研组还逐家走访了十二户独龙族贫困群众。

令狐安来到"五保户"都娜老人家中，双手把棉毯递给老人，询问老人的生活情况；又到乡卫生所看望医生和病人，详细了解乡里的医疗卫生状况。

晚上，令狐安回到巴坡执勤排营房，和战士们住在一起。几天来的访贫问苦，令他感慨万端。他起身披衣，望着窗外翻卷的江水，心情难以平静，提笔写下《访贫有感》一诗：

> 茅顶泥楼旧板床，
> 面青肌瘦破衣裳；
> 春城一席红楼宴，
> 深山十年贫家粮。

从这首诗中可以感受到一位省委书记的百姓情怀，这种情怀不仅仅是对贫困群众的怜悯，更是一种压在心上的责任，还有对奢侈之风的反感与抨击。

这天，调研组来到中甸边界四十一号界碑。凝视着沟壑对面茂密的丛林，令狐安若有所思。他感慨地说道："我们比不了九十年前的'红笔师爷'了。到此止步吧。"

但他似乎联想到什么，又引申出另一个话题，问大家："你们说说，夏瑚在他的《怒俅边隘详情》一文中提出了政治、经济、文化、交通等那么好的十条建议，对于建设边疆、维护国家领土完整意义那么重大，为什么没有实现呢？"

也许是这个话题太沉重、太深邃，大家听后陷入沉思。没等有人回应，令狐安自说自答："历朝历代都有许多仁人志士心怀理想的社会，并为此进行不懈的探索与努力。从两千多年前孔子的'大同'世界，到孙中山的'天下为公'，以及谭嗣同、康有为描绘的'万年乐土'，等等，都是为了摆脱现实的苦难，抱定信念，把创造美好社会的理想作为毕生的追求，但是，他们却不得实现，甚至有的落得悲惨的下场。"

令狐安轻轻地叹息了一声，又说："这是为什么？在那种政治体制和社会制度下，他们不可能实现自己的理想抱负。就连夏瑚也遭到土豪劣绅的诬告，被官僚腐败的国民政府撤职查办。"

他抬头仰望远方起伏的崇山峻岭，坚定地说道："只有美好的理想与追求形成一个民族的集体意志，才能变为现实。只有中国共产党领导的新中国，才能做得到！"

调研组路经哈滂瀑布，大家驻足观赏，啧啧赞奇。哈滂瀑布是哈滂王河在这里以突然跌落的方式与独龙江拥抱在一起形成的。它宛如一条绿色的巨龙从陡峭山峰间纵身一跳，形成高二百米、宽二十米的巨大的水柱，轰鸣如雷，喷涌而下，溅起几丈高的水幕，气势如虹，蔚为壮观。

"为什么叫哈滂瀑布？"令狐安望着瀑布颇感兴趣地问高德荣。

"'哈滂'原为独龙族人所说的'哈巴依称'，意思是天上掉下来光泽的水。"高德荣又解释说，"在独龙语里也是月亮的意思"。

据说，每当月明之夜，月照瀑布，瀑布映月，水声淙淙，如梦如幻，又有"月亮大瀑布"之称。

"谁说独龙族人没有文化？这个名字很有诗意嘛！"令狐安称赞说。于是，他即兴赋诗一首《观哈滂瀑布》：

神龙见首不见尾，
千曲百迴始出山；
突兀一峰凌空立，
月在江心水在天。

然后，他对独龙江的干部说："你们要好好保护'哈滂瀑布'，这是

141

大自然赐给独龙族人民的一份厚礼！"

在调研组离开独龙江之前的总结会上，令狐安饱含深情地说："独龙江乡再边远偏僻，也是祖国壮丽河山的一部分；独龙族人民再远离内地，也是祖国五十六个民族大家庭里不可缺少的成员……党中央提出了实现'两个一百年'的伟大目标。为实现这两个目标，党中央、国务院作出了进一步加强扶贫开发工作的决定，确保实现在本世纪末基本解决农村贫困人口温饱问题的战略目标。时间不多了，云南任重道远啊！"

回到贡山，令狐安与贡山县主要领导同志分别进行了谈话。他提出去看望一下孔志清老同志。高德荣语气沉重地告诉他，孔志清半年前去世了。

令狐安沉默良久，说："孔志清同志虽是党外人士，但他是共产党的忠实朋友，是独龙江的一个历史性人物。我们不应该忘记他。"

他又问道："孔志清同志生前对独龙江的发展有什么建议吗？"

"他为独龙江公路呼吁多年，希望独龙江公路尽快建成通车。"高德荣又说，"他还建议把独龙江乡政府搬到孔当村。巴坡村坡陡地少，发展受到限制。孔当村的地势比较开阔，地形条件要好得多，对于将来的发展比较有利。"

"那就按他的意见办。"令狐安说。

其实，独龙江乡政府搬迁，也是高德荣多年的一个心愿，但限于县乡财力，还有报批手续的复杂，一直搁置下来。得到令狐安书记的支持后，2002年，独龙江乡政府由巴坡村迁到了孔当村。

令狐安这次调研确定了独龙江乡的发展思路和工作方针。云南省作出两项决定：一是云南省委省政府强势推进独龙江的公路建设，确保在1999年国庆节前实现通车，向独龙族人民如期兑现"世纪承诺"。二是云南省派出扶贫工作队进驻独龙江，帮助独龙族人民尽快实现温饱，加快脱贫步伐。

此后不久，贡山却发生了震惊全国的毁林大案。

1999年4月，贡山县引进的外资边贸木材有限公司借开发贡山之机大肆盗伐活立木材，包括三株树龄在千年以上的国家一级珍稀保护树种红豆杉，其中一棵树龄达一千二百年。

这一案件引起了中央领导同志的高度重视，被国家林业局列为挂牌督办的大案，由云南省森林公安机关破获，定性为特大林业盗伐案件，造成国有经济损失六百七十余万元。犯罪分子受到法律的制裁；贡山县政府主要领导等部门负责人被判刑，县委主要领导也被免职。

这一教训十分惨痛！

"不能全指望国家"

贡山县发生毁林大案后，为了保证独龙江公路施工持续推进，不受影响，县人大主任高德荣主动承担了领导小组的工作。

独龙江公路需要穿过茂密的原始森林和高海拔山区，地理和气候环境十分恶劣。这里雨水、蚊子、蚂蟥和毒蛇特别多，施工条件异常艰苦。

由于地质构造复杂，稳定性极差。施工作业时常有巨石从山顶滚落，或出现山体滑坡。为了吸取毁林大案的教训，保护好公路沿线植被和自然风光不受破坏，给独龙江流域将来的旅游业发展留下更多更美的资源，施工中没有大量使用推土机、挖掘机等现代化机械设备，更没有大规模使用炸材。施工队伍不得不大量使用人力开挖，每向前推进一步都冒着很大的风险，甚至付出巨大的代价。这些都丝毫没有挡住筑路大军的脚步。

独龙江公路成了人类在二十世纪末唯一大量使用人力修筑的一条公

路。就像高德荣所说："要想知道独龙族人民为什么要坚定不移跟党走，就请到怒江大峡谷来，请到独龙江公路上来看看吧！"

1999 年夏，整个独龙江公路建设顺利推进。高德荣却向独龙江公路建设工程指挥部提出建议，独龙江公路最后五公里由独龙族群众组成一个工程队施工。

工程建设指挥长赵学煌不同意。施工进程已到了攻坚阶段，他担心缺乏经验和技术的独龙族群众难以承担施工任务，影响工程进度和施工质量。两个人发生了争论。

"高主任，有些技术他们还掌握不了，工期这么紧，会误事的。"赵学煌说。

高德荣不这样认为，他说："正是因为还掌握不了技术，才需要学习。以后修乡村公路不靠独龙族群众靠谁呢？再说了，咱独龙族人不出点力，这条路走得不踏实。独龙族人要学会独立自主，不能全指望国家。"

"影响了施工进度和质量，出了问题，我负不起责啊！高主任。"赵学煌坚持说。

"我的指挥长，你不要担心，我来当这个队长。出了问题我来扛……"高德荣终于说服了赵学煌。

独龙江乡施工队组建起来了，但赵学煌担心的事情还是发生了。修公路不仅非常辛苦，而且技术要求很高，有的施工队员没干几天就跑回家了。

高德荣并没有泄气。他知道，独龙族人受教育少，文化程度低，修公路是个技术活，民工们难免有些畏难情绪。高德荣耐着性子挨家挨户把他们找回来，白天和他们一起修路，晚上和他们一起住工棚。每天天不亮，他第一个起床生火煮饭，饭菜做好后才叫大家起床。他带着大伙唱起自编的《独龙汉子歌》：

独龙族人是好汉，

困难面前不低头；

独龙汉子一声吼，

高黎贡山抖三抖；

……

高德荣一边吃饭还一边劝导大家："要过好日子，就要学好技术，自力更生，靠自己一双手。"

在他的鼓励下，民工们思想稳定下来，干劲也足了。独龙江公路最后五公里，就是由这个"编外施工队"按时完成的。

后来，这批独龙族施工队员在修建独龙江乡村公路中果然发挥了骨干作用，成为独龙江发展建设的一支主力军。

在现代化的机械设备不能使用的情况下，独龙江公路施工队伍凭着高度的责任感和顽强的毅力，耗时五年，总投入九千八百万元，穿过原始森林，翻越雪山垭口，踏平人造天梯，克服难以想象的困难，靠双手终于打通了高黎贡山三千八百多米的雪线。

高德荣说，独龙江公路不仅是一条扶贫路、致富路，更是不同民族兄弟勠力同心、团结奋斗的一条路！

他感叹道："在独龙族人民心目中，这个'世纪承诺'是筑路人用双手铸就的一座丰碑啊！"

汽车开进独龙江

1999年9月9日，九十六公里的独龙江公路全线贯通！上午九时，独龙江公路通车仪式在起点茨开镇隆重举行。

江泽民同志欣然为独龙江公路建成通车题词："建设好独龙江公路，促进怒江经济发展。"

远道而来的交通部和云南省人民政府的领导同志为通车仪式剪彩。

整个贡山县城沸腾了，独龙江更是沉浸在欢乐的喜悦之中。

独龙江公路修通了，独龙族人民千百年来的梦想终于实现了。这让爱路心切，经常把"我的独龙江公路"挂在嘴上，每天不到独龙江公路建设工地上去看一下就会心神不宁的高德荣开心不已。

第二天早晨，天刚蒙蒙亮，一行人驱车向独龙江乡进发，去看望千百年来与世隔绝的独龙族群众。

高德荣和指挥长赵学煌、县交通局技术员郭建华等人，开着两辆吉普车，带着两辆运输物资的农用车，先期进入独龙江，为后面的大部队打前站。怒江州交通局干部新跃华和单位领导同乘一辆车，作为最后压轴车，向独龙江进发。

这是一条怎样的路啊！

多年之后，怒江州交通局干部新跃华清晰地记得：刚刚修通的独龙江公路路面很窄，几乎没有可以错车的地方。由于沿线都是原始森林，加之大大小小的溪流数不胜数，很多路段都有积水，甚至有的地方车子要从瀑布下穿过。"汽车经过用石头或者木头垫着的路段时，整个车身上下颠簸、左右摇摆，颠得人五脏六腑生疼。一路令人胆战心惊。"

当车行至海拔三千八百多米的黑普坡罗隧道口附近时，主要领导的车辆已经过去，殿后的几辆车却被一个小塌方挡住了，耽误了一个多小时。

待进入黑普坡罗隧道时，新跃华发现犹如进入时空黑洞。隧道里面的掌子面，全部用粗大的木头支撑着，几百米长的隧道简直就是个水帘洞。一进入隧道，密密麻麻的水柱迎面砸来，像突遭暴雨一样砸在车顶，砸在挡风玻璃上，砸得震耳欲聋、人心惶惶。

经过七个多小时的颠簸，车队筋疲力尽地赶到独龙江边了。当时独龙江乡政府还在巴坡村，而公路只通到孔当村。孔当村坐落在独龙江边，四周都是乱石林立，杂草丛生，一片荒凉。

首先到达的高德荣、赵学煌和郭建华一行人，没想到独龙族群众第一次见到汽车竟会发生这样的情景：村民们一边呼喊着"铁牛来了！铁牛来了！"，一边围上来观看。居然有个人割来一把青草，要喂"铁牛"，担心它饿了，引起一阵笑声。

高德荣没有笑出来，他说："同志们，别笑话独龙族人，他们没见过呀！"

这时，不知哪位司机无意按了一下喇叭，围观的群众"哇"的一声，四散逃开，有人往山上爬，也有人往江边跑，一片惊恐。

"没得事，不要跑！"高德荣见状喊住大家，并提醒司机说，"请师傅们别按喇叭，独龙族群众还不适应，吓着他们，我们可不好交代啊！"

要知道，此时新中国已经成立五十年了啊！

独龙族有一则凄美的传说：远古时代，世代生活在独龙江流域的独龙人是有一架天梯的，每当洪水到来的时候，他们可以登上天梯躲避灾难并得到丰富的食物。后来老鼠与人类争食，将天梯啃断，人们跌进了贫困的深渊。

而今，独龙族群众说："世纪承诺"工程又将这个天梯立起来了！

独龙族同胞们身着盛装，早早从四面八方汇聚在独龙江畔。他们敲着芒锣、吹着叶笛、弹起口弦、载歌载舞，用独龙族最隆重的传统剽牛仪式来庆贺这个幸福的日子。

缅甸的木克嘎村寨是距离独龙江乡最近的独龙族同胞聚居地。他们得知独龙江通车的消息，也赶来祝贺。

木克嘎村保长松旺和村民小组长阿友，带来了一顶制作精致的独龙族头人帽，戴在高德荣头上，这是独龙族最高的礼遇。他们说："我们的生产生活越来越多地需要独龙江的胞波支持，独龙江公路的通车，也是我们缅甸人的福音啊！"

村民在江边盘起锅灶，煮了几锅热气腾腾的牛肉汤，慰劳施工人员和进入独龙江的一行车队。

整个车队到达后，在独龙江畔的孔当村隆重举行了庆祝仪式。国家交通部的领导同志郑重地宣布："一个民族不通公路的历史从此一去不复返了！"

欢呼声响彻江峡河谷。高德荣和大家一起用独龙语唱起了他创作的歌曲《幸福不忘共产党》：

> 公路弯弯绕雪山，
> 独龙人民笑开颜；
> 汽车开进独龙江，
> 美好的日子在眼前；
> 独龙江水长又长，
> 幸福不忘共产党；
> ……

对于年轻的傈僳族干部新跃华来说，这是他第一次走进独龙江。独龙江水清澈、碧绿，一眼可以看到江底，宛如透明一江翡翠，令他惊叹不已。

他说："更难忘的是，独龙族群众身上披着像彩虹一样绚丽的独龙毯，唱着古老的民歌，热情地给每位客人敬上一杯自家酿的苞谷酒，还有那碗热腾腾的牛肉汤。"

当天，一阵匆匆忙忙之后，一行车队又马不停蹄地往回返了。因为独龙江边的孔当村没有吃住的地方，离乡政府所在地巴坡又远，老百姓自己都住着四面漏风的茅草房。往回赶路时又是一次被颠簸得五脏六腑欲碎的艰难旅程。

当车队穿过黑普坡罗隧道后，天色渐渐暗了下来。前面的车到达县城时，已是深夜，而殿后的高德荣、赵学煌和郭建华、新跃华等人的车辆，又在离县城二十多公里的地方被塌方堵下了。待他们回到县城时，天已大亮。

高德荣请大家吃早餐，他们在路边的一家早点铺坐下来，每人端起一碗米粉面，边吃边议论起在独龙江的见闻。州里的几名同志都是第一次坐车进独龙江，见证了独龙江的原始、落后和贫穷，感慨颇多。但是，当谈到有村民给汽车喂草和听到汽车鸣笛声被吓跑的情景，大家都非常心酸难过。此后，再也没人提起过。

这时，贡山一中的校园里传来了升国旗的国歌声。歌声结束后，一直没说话的高德荣满怀深情地说了一句："独龙江公路通车，是独龙族人民的第二次解放啊！"

是啊！独龙江公路的打通，为独龙族的发展打开一片新天地。虽然它还不是现代化的公路，甚至还不到等级公路的标准，但是，对于独龙族人民来说，从过去用手攀脚登、爬山走路，到今天坐汽车在公路上飞奔，这是"一步千年"的时代跨越啊！正像高德荣说的，这是独龙族的"第二次解放"啊！

国庆节前夕，中国最后一个不通公路的少数民族聚居区——独龙江，终于结束了被雪山隔阻的历史。《云南日报》特地在头版头条报道：我国唯一不通公路的少数民族聚居区独龙江公路全线贯通！

独龙江公路通车，从独龙江到县城的时间由原来的三天缩短到七个小时。

"千年苦寻出关道，世纪终圆筑路梦。"这条全长九十六公里的普普通通的山乡公路，承载着一个民族的美好希望与未来。

"世纪承诺"工程竣工后，迎来了国庆节，高德荣代表独龙族人民来到北京参加国庆观礼。

那一刻，站在天安门前观礼台上的高德荣，望着五星红旗在国歌声中徐徐升起，心潮澎湃，热泪盈眶。他想起了毛主席，想起了周总理，想起了独龙族苦难的历史，想起了解放的独龙族"一夜跨千年"的巨变，也想到了肩负的责任和独龙江的美好未来。

他抑制不住内心的激动，默默地唱起心中的一首歌：

> 红太阳照到独龙江，
> 独龙人翻身得解放；
> 红太阳照到独龙江，
> 独龙人永远跟着共产党；
> ……

"四面突围"交通战略

贡山发生毁林大案后，云南省委对重新配备贡山县委县政府领导班子高度重视。2001年8月，经令狐安提议，组织决定由高德荣担任贡山县县长，并从外地调来了祝玉华任县委书记。

毁林大案使贡山对外的形象受到重创，也在干部群众的心理上留下了沉重的阴影。

"这个案子惊动中央，臭名远扬；人人自危，草木皆兵。"临危受命的高德荣感叹道。

如何排解积淤在干部群众心头的浊气？高德荣在县委常委会议上

鼓励大家说："我们班子一定要吸取沉痛的教训，团结起来，重整旗鼓，振作精神，把干部群众力量凝聚到干事创业、推动贡山的发展上来。"

在贡山县委领导班子任职多年的稳宜金回忆说，高德荣和祝玉华两个搭班子后，就一直憋着一口气，要恢复外界对贡山的看法。县委提出：要用干事创业的"精气神"改变贡山的形象和面貌。

"在贡山县领导岗位任职的多年里，高德荣把自己全部的情与爱洒在了那片江峡。"稳宜金感慨道，"不少人对高德荣有个误解，认为他只为独龙族着想。其实没有读懂他、走近他。他始终站在滇西北发展的制高点上来整体思考贡山县包括独龙江的发展，甚至在某些方面，他是站在云南省的层面上、国家边疆建设大局上考虑的。他的贡献不只是对独龙江、对贡山的，而是对整体滇西北的。他对那片山水的情感是深沉的"。

一位非常熟悉高德荣的人说了一番耐人寻味的话："要了解高德荣，目光不能只看独龙江乡，当年他在贡山县当县长期间花大气力做了很多事，但都不是立竿见影的，都得往后看十年二十年才有成效。当时，只见其辛，未见其谋。"用今天的话说，他有一种"功成不必在我"的精神境界和"功成必定有我"的历史担当以及锲而不舍的钉钉子精神。

独龙江公路修通了，但在县长高德荣的心中，修路只是第一步。他的目光早已投向远方。

怒江傈僳族自治州地处滇西北世界自然遗产怒江、澜沧江、金沙江"三江并流"风景核心区，西与缅甸为邻，国境线长达四百四十九公里。从北到南，高黎贡山和碧罗雪山两山夹持，怒江一水南投，形成了垂直高差两千至三千米，长达三百六十多公里的怒江大峡谷。

生活在这里的傈僳族、怒族、独龙族、普米族等五十多万各族人民仍然没有摆脱贫穷的困扰。

怒江州仍属于全国最贫困的地区，主要是交通基础设施落后。怒江人民对改善交通、方便出行、跟上祖国改革开放的步伐，始终有着强烈的渴望。

对于贡山来说，独龙江公路虽然建成通车了，但整个贡山闭塞的交通状况并没有打破。贡山县处在怒江峡谷的口袋底处，除了沿怒江下游到州府所在地六库之外，向外再也没有出口，严重制约了贡山的发展。

从哪里突破？如何突围？这是县长高德荣最上心的一件事。

贡山位于怒江上游，被誉为"三江并流"的明珠。只有以贡山县为中心，打通东西南北四个方向的交通主干道，才能让贡山驶上经济发展的快车道，才能让一千九百九十四平方公里的独龙江乡这片西南"最后的秘境"，向世界展示它的魅力与亮丽。

为此，高德荣提出了"东进西出南北通"的"四面突围"交通战略，彻底打破贡山"口袋底"，实现贡山与外界的畅通。

在那张磨得模糊的地图上，他用红笔标出一条条需要建设的"线路"。

"北通"就是要打通贡山至西藏的路——连接丙中洛到西藏察瓦龙、察隅县的公路，开辟"丙察察"进藏线。"东进"就是翻越哈巴雪山，穿过澜沧江，开辟一条贡山至迪庆德钦相连的通道（德贡公路）。"西出"就是开辟独龙江通往缅甸的跨境公路，打通口岸。

2004年，在高德荣的主导下，丙中洛至察瓦龙乡的道路开工。察瓦龙乡人口接近七千人，占察隅县的四分之一。察瓦龙乡的物资大多是从云南供给上去的。察隅县、察瓦龙乡的干部群众也积极行动起来。很快打通了"丙察察"进藏路线。

2005年，德贡公路列入云南交通蓝图，并开始启动。

在国家的大力支持下，经过多年不懈的努力，高德荣"图上的路"渐次"落地"了。

后来，人们才发现，高德荣"图上的路"——贡山"四面突围"交通战略，与云南省提出的打造"大滇西旅游环线"规划竟然如此吻合。

第九章　生命里的独龙江

生命争夺战

2003 年的冬天，独龙江依旧被大雪完全覆盖，这粉妆玉砌的世界虽然看起来很美，却是独龙族群众一年中最难熬的日子。

村民们已经习惯了这种生活，早早储备了生活必需品，围坐在火塘边，望着屋外的漫天大雪，熬过沉寂的日子，等待着雪融山开的春天来临。

这是一个寂静的日子，却被一位产妇痛苦的呻吟声打破了。产妇难产，母子命悬一线。乡卫生院的医生虽然全力以赴，但医疗设备和技术条件十分有限，医生们束手无策，一片忙乱。

"必须立即转到县医院！"这是抢救生命的唯一选择。

但是大雪封住了救命的路！就在医生和家属手足无措的时候，被大雪隔阻在独龙江的县长高德荣闻讯赶来了，他利用那部唯一的卫星电话与贡山县医院取得了联系。县医院立即派医疗队驰往独龙江救援。医疗队员们乘车到达高黎贡山雪线后只能下车徒步翻越被积雪覆盖的南磨王垭口。

这是一场与死神的生命争夺战。一边是艰难跋涉、奋力行进的医疗队，一边是在生死边缘拼命挣扎的产妇和焦虑不堪的家属。

高德荣一会儿向医生了解情况，一会儿去外面打电话询问医疗队的行踪，一会儿又安抚产妇家属。他忙里忙外的身影，像一根定海神针，让大家紧张的情绪稳定下来。

但是，时间一点点过去了，天色渐渐暗下来，医疗队还没到来。产妇无力地躺在床上，双眼渐渐闭上。死神随时都会光临。

高德荣走出室外，再一次与医疗队接通电话：

"同志们！我知道为难你们了，但是产妇和孩子很危险，希望你们再快点，再快点……"

凌晨三点，医疗队终于到了。一声响亮的婴儿啼哭声从病房传出来，独龙族一个小生命的到来划破了江畔冬日早晨的宁静，也一扫人们心头的焦虑与恐慌，大家的脸上终于露出了欣慰的笑容。

高德荣凝重的神色虽然放下来，但他的心头依然像有块石头沉甸甸地压着。

随着时代的发展，这条不足 2 米宽、没有防护设施的独龙江简易公路太不给力了。冬季大雪封山，无法通行；夏季常因公路的等级低容易发生泥石流或坍塌，交通阻断；一旦遇到紧急情况，天神也无能为力。群众的生产生活受到严重制约和影响。这不是独龙族群众渴望的生活，也不是高德荣追求的结果，但又无可奈何。

大雪封山的日子里，独龙人一次次上演生命争夺战。

特殊的"生日礼物"

"我生在一个小山村，那里有我的父老乡亲……"

这是很有文艺范的高德荣喜欢唱的一首歌，他经常秀一秀。这首歌不仅表达了他对家乡父老的一腔情怀，也把人民至上、群众利益高于一切的原则融入他的工作和生活中。

2005 年 2 月，持续几日的暴雪将贡山全县的电力、交通、通信全部中断，大量民房和农作物、牲畜受损，直接经济损失为七千多万元。

高德荣亲自担任道路抢修组组长，夜以继日奔波在灾区。十多天里，他跑遍了怒江沿岸的二十几个村委会。每到一处，他挨家挨户了解灾情、慰问灾民，深入第一线带领干部群众抢险救灾。

高德荣带着工作组前往双拉娃村时，公路被雪崩阻断。有人提出来先回去，第二天再来。高德荣从车上跳下来，看来道路一时无法打通。他果断地对大家说："走！我们走到双拉娃村。"在这样的灾情面前，群众的生命安全是否受到威胁？他不亲眼看看，就放心不下。

于是，大家踏着高德荣的脚印，在又湿又滑的山道上经过三个多小时的艰难跋涉，终于来到双拉娃村。刚到村口，就听见有人高声喊："高县长带人来了。"乡亲们纷纷跑出家门，一会儿工夫，就聚集了约两百人。

他们看到高德荣和工作组成员们鞋袜尽数湿透，有的摔得全身都是泥水，不少人含着眼泪说："高县长来了，我们心里就踏实了。"高德荣详细了解了村里的情况，直到把受灾群众妥善安排，他才离开。

几天之后，高德荣来到北京出席十届全国人大三次会议。在云南代表团举行的第一次全体会议上，他直言不讳地报告了贡山的灾情："贡山县遭遇百年未遇的特大雪灾，灾害造成六人死亡二十二人受伤，交通、水利、电力、通信等基础设施损毁严重，直接经济损失近亿元。在特大雪灾面前，贡山县的基础设施不堪一击，就连刚刚修筑好不久的独龙江公路，在这次雪灾中也未能幸免。"

他发言中提出："当前，急需恢复重建，把灾害的损失降到最小程度。贡山县亟待解决的一个问题，就是加快基础设施建设，帮助群众改造乡村危房，为人民群众的生命安全提供保障。请上级有关部门予以关注。"

高德荣当选为第十届全国人大代表后，每年去北京开会前，他都会花上一两个月的时间跑乡镇、访农户，深入基层，认真调研，精心准备材料。

高德荣在提案中，积极反映独龙江地区和独龙族群众面临的困难和问题，希望加强对边疆少数民族地区资源开发和科技教育的扶持力度，帮助这些地区缩小与发达地区之间的差距。他还提出促进独龙江、贡山、怒江发展的若干议案和建议，为独龙江乡、贡山县乃至怒江州的经济社会发展和生态环境保护等献计献策，争取项目资金和政策扶持。他企盼家乡加快发展的急切心情溢于言表。

有人对高德荣直言问题的做法不理解。他说："不是我哭穷，国家那么大，贡山那么偏远那么小，上面很难了解我们的情况。积极汇报，讲实话，让上级及时了解边疆的真实情况，及时解决问题，这是代表正常履职，也是每个干部应尽的责任。"

贡山县是怒江州最贫困的县，其财政相当困难。高德荣接任县长后，就曾感慨道："我是个'叫花子'县长。两眼望天，两手向上。""两眼望天"就是等着上级补；"两手向上"是伸手向上级要。他的话形象、幽默，也是一种无奈。贡山的财力很少，基本上全靠国家财政补贴来支撑社会事业发展和各项建设。

随着国家扶贫力度的加大和边疆建设力度的加强，高德荣经常在全国"两会"上积极呼吁，对贫困地区和边疆的发展给予更多的政策倾斜和扶持。

在一次人大会议上，他抓住机会，索性直接向时任国务院总理的温家宝"伸手"："总理，请给我们修条路，请你来独龙村寨做客。"

有一年在全国人民代表大会期间，云南代表团为几名出生在3月份的代表和工作人员过生日。代表们问高德荣想要什么礼物。他沉思片刻说:"要一台装载机。"

"你要这个干什么?"大家疑惑不解。

"家乡的路经常塌方,这个能派上大用场。"高德荣的生日心愿被当作笑话,很快便传开了。

省交通厅的负责同志听到这个笑话没有笑,他们了解高德荣,知道他心里时时刻刻装着独龙江。

不久,省交通厅把一台装载机送到了独龙江。收到这份特殊的"生日礼物",高德荣很开心。他把装载机交给了独龙江公路养护队,让它在公路保通中发挥作用。

"雪山飞狐队"遇险

"他这人当官没架子,而且哪里有危险哪里就有他的身影。"不少人这样评价高德荣。

有一次,高德荣从贡山县城到州里开会。途中突降大雨,引发泥石流,塌方、滚石阻碍了车辆通行。他立即下车,冲进滚石不断的险境,清除路面,组织人员全力抢通道路。

随行人员觉得太危险,劝他不要靠近。可他严厉地吼道:"生命都一样宝贵!你们能往前冲,我也不能做胆小鬼!"

在高德荣的组织指挥下,大家一路走一路抢通,终于在第二天凌晨六点多赶到了州政府所在地六库。虽然一天一夜没合眼,会议召开时,高德荣仍以饱满的精神状态准时参加会议。

为了尽量延长独龙江公路的通行期,每年入冬和第二年开山时节,贡山县交通局都要组织保通小分队上山铲雪,少则一个星期,多则两个月。而且,这也是个危险活。

"高德荣作为一县之长，却偏偏热衷于这个危险活。"郭建华当时任交通局副局长，他说，"高县长一有时间就到山上和道路保障人员一起铲雪保通。有时候，他还和交通局的职工们一起睡工棚、吃干粮。山上冰天雪地，积雪厚达四五米，晚上盖三床被子还冷，异常艰苦。大家不让他去，他非要上去，谁也劝不住他"。

每次上山推雪，高德荣的车里都要拉上许多食品和蔬菜。早晨五六点钟，他就起来给大伙做饭。下午太阳一晒，容易发生雪崩。他总是提醒大家，起早一会，多辛苦一点，避免下午发生危险。

晚上，他在火塘上烧烤了许多洋芋，陪着大家一起喝喝酒、唱唱歌，讲讲独龙江的故事，缓解大家的疲劳，也消除年轻人的孤独。他还把他越野车的喇叭接到音响上，给大家放音乐，让小伙子们去唱。他给保通小分队取名"雪山飞狐队"，自封"队长"。

2005年5月，开山季到来。高德荣带领"雪山飞狐队"又登上雪山，开始铲雪通路。

这天下午收工，高德荣坐上车正要下山，一场突如其来的雪崩发生了。驾驶员褚丽光发现上面有雪滚下来，手疾眼快，挂倒挡急退了三四米。只听"咚"的一声闷响，车还是被埋没在雪里。

"像掉进了黑洞。我摸着打开顶灯，看到高县长一侧的车窗玻璃被雪撞破，雪涌进来，把高县长埋了半截。我急忙扒开高县长身上的雪。"回想起那惊魂一刻，褚丽光的神情仍带着惶恐。

外面的人员听到雪崩的响声，回头一看，县长的车不见了，一片惊呼："快救县长！"

推机手阿塞立刻调过铲车，一铲接一铲地猛挖积雪。

褚丽光说："高县长很冷静，对我说，别紧张。我们俩摸着左边的车门使劲推开一条缝，爬了出来。然后，一边用力扒雪洞，一边往外爬。一会听到了外面的机器声，渐渐看到了亮光。"

大家一阵七手八脚，才把高德荣和褚丽光从积雪下面扒了出来。

"要不是急退了三四米，后果不敢想象。"当年，和老县长一起被埋的驾驶员褚丽光感叹道。

后来，每当有人问起高德荣雪崩遇险的事，他总是风轻云淡地一笑说："这样的经历太多了，不少同志都遇到过。在独龙江工作免不了。"

跨国大营救

美丽迷人的独龙江养育了独龙族，滋养了一代代生命。一代代独龙人是独龙江的生命。但是，为了守护独龙江、建设独龙江，为了独龙族人民早日摆脱贫困，过上幸福的生活，也有人把生命献给了独龙江。独龙江，也是生命里的独龙江。

高德荣常讲的故事里，就有一位牺牲在独龙江的边防战士。

1960 年，中缅边界正式划定后不久，根据刘伯承元帅的指示，中国人民解放军边防部队开进了独龙江，以宣誓共和国主权的存在。

1964 年 2 月的一天，独龙江乡边防部队战士张普，在执行一次边防巡逻任务中，小腹疼痛难忍，病情十分危急。

边防部队通过电台将张普的病情向上级作了报告。云南省委、省军区的领导和首长高度重视，专门安排专家通过电台交流，询问病情，确诊为突发急性阑尾炎，如不立刻手术，随时都有生命危险。部队的医疗器械非常简陋，无法实施手术。而整个独龙江流域还处在大雪封山季节。

如何以最快速度把药品和手术器械送进去，挽救张普的生命，成为十万火急的难题。

张普生命垂危的紧急情况，一直上报到中央军委，并惊动了周恩来总理。

1956 年，周总理在德宏市与缅方举行边界谈判期间，曾召开过由独龙江独龙族代表参加的跨境民族座谈会，总理已把独龙江那片疆土装在心中。他知道那里隔着高黎贡山，无路通行。总理得知情况后，当即指示空军出动直升机，并通过外交途径借用缅甸空域航线空投急救包，全力抢救张普。

一位患病的边防战士牵动了共和国总理的心。

在周恩来总理的关心下，直升机以最快的速度飞到独龙江乡巴坡村上空。由于地面不具备降落条件，只得在空中将急救包投下。江畔山高林密、谷深水急，寻找急救包无异于大海捞针。

小小的急救包是抢救战士张普的唯一希望。几十名边防官兵和数百名独龙族群众涌到江边，苦苦搜寻，最终还是没有找到。

年仅二十四岁的战士张普带着对亲人和战友的无限留恋，永远地长眠在独龙江畔。

不忘人民子弟兵

1978 年，云南省怒江公安边防支队独龙江边防派出所正式组建。数十年来，无论是解放军，还是公安边防官兵，他们都迎难而进，甘守清苦和孤寂，不仅用实际行动，书写了戍边卫国的动人篇章，也谱写了一曲军民团结、拥军爱民的感人赞歌。

一位边防战士曾为抢修独龙江公路献出了年轻的生命。每当提起这位战士，高德荣总是心情沉重、两眼湿润地说："独龙人，不忘人民子弟兵。"

那是 2001 年 8 月，高德荣刚任贡山县县长。高黎贡山连降暴雨，刚刚建设不久的独龙江公路被冲得七零八落，交通阻断。贡山县动员了几百名民工沿线抢修道路。每当这个时候，驻守独龙江的边防部队的官兵总会前来支援。

8月21日，独龙江边防工作站巴坡执勤排的官兵们在教导员王斌的带领下，正在抢修巴坡村至孔当村的公路段。这是位于悬崖上的一段路，下面一百五十米就是奔腾咆哮的独龙江。

官兵们与巴坡的群众一起清理道路上的泥石流，已经连续奋战一个多星期了，尽管一身疲惫，为了尽快抢通道路，保障通行，他们依然全力投入排险的攻坚战中。

下午四时左右，于建辉和几名战友在排除路上的一块巨石时，由于用力过猛，脚下一滑，顺着陡坡滚落下去。战友们看到这突如其来的一幕惊叫起来："建辉，小心！"可是，于建辉的身体已失去了控制，只听"扑通"一声，他跌入了独龙江中。

教导员王斌带着全体官兵冲下悬崖，不顾一切地追赶上去，想把于建辉救起来。可以，于建辉却被汹涌的波涛无情地卷走了。

正在修路的独龙族群众闻讯奔向江边，一起搜救于建辉。

夜幕降临了，独龙乡的公安干警们也赶来了。他们和独龙族的乡亲们打着手电、举着火把，一遍遍地呼喊着于建辉的名字，沿江搜寻，却始终没有看到于建辉的身影。

于建辉，1999年12月由北京顺义区大孙各庄镇应征入伍，来到云南。入伍前他学过木工，不仅为连队修理桌椅，还经常帮助独龙族群众修门窗，大家都亲切地称呼："于木匠、于师傅"。他在马库驻防时，发现马库警民小学的老师少，便主动帮助老师代课，还向学生们传播国防知识，增强学生的国防观念。他还经常帮助年迈体弱的独龙群众，背粮上山，下江拾柴。在服役期间与独龙族群众结下了深厚的感情。

在战友们的记忆里，于建辉为独龙族人民所做的好事不胜枚举，他把满腔热情奉献在这片偏远贫困的土地上。就在他牺牲前一个星期的中午，他还将一篓筐重达五六十斤的生活用品送到一位独龙族老大爷家中。

"建辉——建辉——"夜深了，战友们坐在江边泪流满面，一遍遍地呼唤着他的名字不愿意离去。

当天夜里，教导员王斌通过电台向贡山边防大队作了汇报。贡山县委、县政府、怒江边防支队党委连夜召开了紧急会议，动员独龙江乡群众和警民继续搜救于建辉。

县长高德荣由贡山县城连夜赶赴巴坡村，带领一百多名独龙族群众沿着独龙江向下游日寻夜找。

高德荣还通过缅甸一方木克嘎村寨保长松旺胞波，与独龙江下游的缅甸木克嘎边防站联系，请求协助搜寻于建辉。几十名木克嘎村的胞波和边防站军人沿独龙江下游帮助搜寻。遗憾的是，最终仍没有找到。

后来，于建辉年迈的父母辗转千里从北京来到怒江，想见见儿子最后战斗过的地方。可是，独龙江已被大雪封山，内外隔绝，就连这样一个小小的愿望，两位老人都未能如愿。

这也成了县长高德荣心中的痛。他经常对独龙族群众说："我们要常怀感恩之心，不能忘记人民子弟兵的恩情。"

巴坡村上面有一处特殊的墓地——独龙江烈士陵园，这里长眠着半个世纪以来在边疆建设中献出年轻生命的八位英烈。

如今，边境派出所的前身就是当年的边防部队，"干革命不讲条件、保边疆为国献身"的精神在这里代代承传。

2019年6月，在刚刚荣获"中国青年五四奖章集体"的独龙江边境派出所的荣誉室里，所长李小军介绍说："解放军进驻独龙江几十年来，边防官兵就与独龙族人民结下了浓厚的鱼水之情。"

挂满墙壁的荣誉奖状和满屋的证书、珍贵的实物，见证了边防部队指战员为守护独龙江洒下的热血与汗水、付出的生命与代价。

生命里的独龙江永远镌刻着英雄的名字。

不寻常的"火葬"

贡山县委常委、县委办公室主任彭学军是一位怒族干部。回想起在独龙江乡任党委书记五年的岁月，他语气沉重地说："解放前，老百姓处于原始社会末期的状况。解放后，上级党委派出一批批干部和教师帮助独龙族发展。有些干部在独龙江待一辈子，后来自己连汉语都不会讲了，反而只会讲独龙语。"

独龙江乡的一些村寨小学多是一村一校、一校一师。外地老师进去就很难再出来。有的年轻教师只好找一位独龙族姑娘结婚，成为独龙族人。他们奉献了青春，也奉献了一生。

"有一位傈僳族师范毕业生，被派到迪政村小学代课。几次接到县教育局通知，到县里参加教师转正考试，都因大雪封山而错过。后来，就在那里结婚安了家。"彭学军又说，"但是，比起那些奉献了生命的同志，他们又是幸运的。那个时候在独龙江的牺牲，随时都会发生。我在独龙江经历过一次独特的、也是无奈的火葬。终生难忘。"说到这儿，彭学军平静了一会才讲下去。

"2008年3月，是我刚到独龙江乡工作的第二年。县一中派下来一位到中心小学支教的教师。他经常和乡政府职工在一起打篮球，是一位非常好的同志。平时也没见他闹过什么毛病，头天也好好的，不知什么原因，第二天在床上突然去世了。发生了这样的事，大家都很悲痛。"

"他是保山人。我打电话与他家里取得了联系。他父亲一听这个消息，就说不出话来了。"放寒假时他本要回家看看父母的，因为大雪封山出不去。几天前，他给家里打电话说，放了暑假一定回家看看。

"在电话里，听到他们家里人都在哭。我安慰了一阵子。他家里人不放心，问是不是被人打了？我向他家人保证说，绝对没有。他父母想看看儿子的遗体，并运回保山安葬，大雪封山进不来。我天天打电话和他家里人沟通，商量遗体怎么办？他父亲说，能不能买个冰箱冰起来。我说我们这里一是没冰箱，二是电也没保证。唯一的办法是火化了，等开山后，再把骨灰带出去。最后没有办法，我们反反复复商量，他们家人只好同意把遗体火化了。"

一场悲痛的火葬仪式在独龙江边举行。大家找了一些旧轮胎和一些柴火，堆在江边。把尸体放在上面，点着火烧起来。江水滔滔，好像山水都在呜咽。

高德荣也赶来了。这时的他虽已调到怒江州人大工作，却把办公室搬回了独龙江。他和学校的教职员工、乡里的干部职工们怀着沉重的心情一起来到江边，为不幸去世的那位年轻教师举行遗体告别仪式。

一位年轻教师，把最宝贵的生命永远留在了独龙江。

到了七月开山后，这位年轻教师的父母进来取儿子的骨灰，乡里作了精心安排。高德荣也从草果基地赶过来，握着他父母的手，眼含热泪地说："你们培养了一个好儿子。他为独龙族作出了贡献。谢谢你们！"他父母什么也没有说，流着眼泪把孩子的骨灰抱走了。

2012年封山期间，怒江州驻独龙江扶贫指挥部副指挥长李春江和彭学军带着几名扶贫干部，从乡里去龙元村发动群众种草果，行至龙元村下面不远处，看到前面的山体不对劲，有碎石滚落。他们立即停下车，泥石流突然就在前面"轰"地一声塌下来了。

"如果不及时停车，我们就被泥石流压在下面了。"说到这儿，彭学军眼圈红了。

那是高黎贡山隧道正在施工的时候，两个民工负了重伤，生命垂危，急需送到县城抢救。可是，大雪封山。

高德荣通过卫星电话向上级报告了这一紧急情况。省委书记李纪恒得知后，立即指示西南航空公司紧急派飞机接应伤员。但是云层太厚，飞机无法着陆，只得返航。

"那个机长叫杨光，他在宝山机场等了一个星期。每天天不亮，我们第一个通电话，飞机就是不能起飞。两名民工终因伤势过重没有抢救过来。"彭学军再也控制不住眼泪，泣声而说，"这样的事经历了很多。本来好好的，一下子出车祸了，人就不在了。我们没有办法……"

空中紧急救援

2013年3月的一天，又是一个大雪封山季。

一名二十四岁的外地工人在施工中受伤，生命垂危，必须马上手术。

"还有什么能比生命更可贵的?!"高德荣立即向上级报告了这一紧急情况，省里又一次派出直升机前来营救。

但是，由于降落气象条件低，直升机试降了三次都失败了。

"走！我们把伤员抬出去！"高德荣并没有仰天长叹，而是选择与死神赛跑。他与武警官兵们一起用担架抬着伤员连夜翻越雪山，把伤员送到贡山县城，硬是从死神手里夺回了伤员的生命。

高德荣经常对乡亲们说："独龙江不仅是我们独龙族的家乡，也是外来务工者的家。他们为独龙江的建设而来，作出了牺牲和奉献，是我们的同胞兄弟，我们对他们要像亲兄弟一样对待。"

对于所有来到独龙江的建设者，高德荣总把他们当成自己的亲人。

一个阳光明媚的日子，独龙江又一次上演了一场生命接力大营救的悲壮一幕。

2014年2月20日，刚过完春节。乡党委副书记赵福源到巴坡去安排节后乡村公路项目开工事宜。他是巴坡扶贫工作点负责人。大约十时，途中不幸遇到山上的落石，驾驶员当场遇难；赵福源头颅受重伤，生命垂危。

刚从江对岸草果地回来的高德荣目睹了这一事件。他立即通知独龙江边防派出所，迅速启动自然灾害处置预案。边防派出所以最快的速度，组织十多名警力，联合州委独龙江帮扶工作队、独龙江乡党委政府、独龙江乡交警中队、独龙江乡卫生院工作人员，全力展开营救。

在乡卫生院，怒江州驻独龙江扶贫医疗队队长和芬、副队长何利吉会同派出所军医，对赵福源伤口进行包扎处理，让他的伤势暂趋稳定。但是，赵福源处于失血性休克症状，时刻面临生命危险，必须马上送出去做手术。

由于独龙江乡连续降雨降雪，独龙江地区多处出现塌方和滚石险情，独龙江公路仍被皑皑白雪阻断，把伤员送出去，已不可能。

焦急万分的高德荣，立刻拿起电话向州委书记童志云作了汇报，童志云同志即刻向省里请求支援，省领导又一次向保山机场下达了直升机起飞前往独龙江接应伤员的命令。

时间就是生命。国家林业局南方航空护林总站八名机组人员立即起飞，载着生命的希望飞向独龙江河谷。

当救援直升机第一次飞越海拔四千二百米的高黎贡山垭口时，便遭遇到暴雪天气，被迫返航。

次日八时，救援直升机再次起飞。派出所官兵克服雨雪交加、道路湿滑陡峭等困难，引导直升机平稳降落，并将伤员安全送上直升机。赵福源被及时送到保山市人民医院治疗，最终脱离了生命危险。

现在怒江州府工作的和国雄当时任独龙江乡党委书记，他回忆起那时的一幕，深有感慨地说："这次救援行动历经 2 天多，如果没有空中急救，后果不堪想象。"

高德荣却说："那个时候，我们天天盼着高黎贡山隧道快快打通。"

独龙江人都在祈望生命里的独龙江，不再上演"惊怵剧"，而是一首平安吉祥的幸福歌……

第十章　我的故乡我的梦

灵感穿过雪山

　　1999年建成的独龙江公路成为与外界联通的唯一通道，结束了独龙族群众出门靠砍刀开路、攀藤附葛，过江靠溜索竹筏的原始生活，点亮了独龙族群众追求美好生活的希望。

　　但是，独龙江公路毕竟是一条由圆木挡墙组成的一条简易公路。建设初期大量使用了木桥、木函、木挡墙，结构承载能力低，抗灾能力弱。历经多年的运行，独龙江公路在车轮滚滚的砥砺和风雨的侵蚀中，木质腐烂，损毁严重，安全隐患点较多。独龙江公路又给独龙族群众带来了烦恼。

　　尤其是高黎贡山黑普坡罗隧道两端各约十二公里盘山路段，因海拔在三千四百米以上，每年十一月到第二年的五月因大雪封山而中断，外面的人进不去，里面的人出不来，独龙江仍然是一座季节性与世隔绝的"孤岛"。

　　一旦遇到紧急情况，不是望"山"兴叹，就是望"天"兴叹——请求上级动用飞机实施空中救援，成本高，风险大。

　　而且，独龙江独特丰富的自然资源无法与外部市场及时对接。独龙族奋力追赶时代的脚步，却因每年"封山季"的影响而日渐"乏力"。

生命里的独龙江面临诸多困惑。为此，县长高德荣忧心忡忡。如何从根本上解决这一难题？

高德荣常常摆开他的那张地图，眉头紧蹙，标标画画，然后带上他的行头，走向大山的深处，每个村庄、每座山峦、每道沟壑都有他深深的脚印。他要打开最后的"山门"——去寻找他心中放不下的一个梦。

2003年3月的一天，云南省交通厅组织有关部门和专家在贡山县丙中洛乡召开德贡（德钦至贡山）公路规划论证会。这就是他任县长后提出的"东进西出南北通"交通战略中的"东进"工程。

当天晚上，高德荣接到父亲去世的不幸消息。自打母亲去缅甸后，父亲含辛茹苦，把他和哥哥拉扯大，一辈子很不容易。多年来，他一心扑在工作上，也难得陪伴父亲。他曾想把父亲接到县城里，但父亲在独龙江生活惯了，不愿意离开，就一人在独龙江生活。

想到这些，高德荣泫然泪下，总觉得愧疚，但他没跟任何人讲，更没有请假回独龙江奔丧。因为他知道，这次论证会对于贡山打破"口袋底"、实施"东进西出南北通"交通战略至关重要。

为什么贡山人对德贡公路如此在意？

香格里拉至德钦的国道二一四线，已经全线铺通油路，如果打通九十六公里的德贡公路，贡山去香格里拉无须绕行福贡、六库、大理、丽江，行程也由一千多公里缩短为二百七十多公里。而且这条公路将穿过著名"三江"并流地区，翻越碧罗雪山、哈巴雪山、梅里雪山等世界遗产地质地貌与自然景观，不仅解决了贡山的"东出"问题，而且也为贡山的旅游资源打开广阔的前景。

第二天，高德荣把悲痛深深地埋在心底，仍然精神百倍地代表贡山县作了发言。他对德贡公路的规划和施工作了全面解读，赢得了专家的一致肯定。

直到第三天，德贡公路由上级组织的专家组敲定方案，高德荣心里踏实了，才向县委书记祝玉华请假回独龙江安葬父亲。

三天之后，他把老父亲丧事料理完后，返回贡山县城。高黎贡山仍在大雪的覆盖中，需要车子两边接送。

在攀越南磨王风雪垭口时，疲惫不堪的高德荣在一块巨石上坐下来歇息。他点着一支烟，边抽边俯视着皑皑雪山。如何解决半年大雪封山的难题？

贡山"西出"的交通战略又浮上他的心头。

正是这次迈步高黎贡山的"亲情翻越"，让高德荣灵感突现。他望着山下两端的接送点，发现并不远，雪山山体也不厚，只要在高黎贡山的肚子里某一处打一个洞，把两端连接起来，就可把公路的高度降低到三千米以下，不就避开了大雪封堵的问题吗？

高德荣为这个突发的灵感兴奋不已。其实，灵感来自日思夜想。回到县城，他立刻拿出地图查阅资料，与交通部门研究。初步测量，这条隧道的长度接近七千米。

但是，为一个五六千人的多数民族乡打通一条这么长的高山隧道，这在中国的交通史上从来没有先例，不少人对这个项目能否实施持怀疑态度。

高德荣却坚定地认为，这条隧道解决的不是一个乡的交通问题，而是一个民族的发展问题，是我国大西南的边疆建设问题，只要积极争取就能赢得支持。

高德荣的建议得到了专家们的认可。他带着交通局长郭建华等人拿着这个方案一次次到省发改委、交通部和国家发改委亲自对接、汇报，并发挥人大代表的职能作用，在全国"两会"期间积极呼吁。

独龙族要想彻底摆脱贫困，跟上时代前进的步伐，就必须打通这条穿越高黎贡山的隧道。高德荣称之为"时空隧道"。

正当他为打通"时空隧道"充满信心、四处奔忙的时候，现实让他的生命轨迹又一次发生了扭转。

心念父老乡亲

对怒江州来说，这一定是个"爆炸性"新闻。

2006年2月，在怒江傈僳族自治州的人大会议上，贡山县长高德荣获任州人大常委会副主任。会议刚结束，他向组织提交了一份辞呈申请。

"老高，你这是演得哪一出嘛？"州委书记把高德荣的辞职申请推回去，"对你的安排，是组织上慎重考虑后做出的决定。"

"我在基层干惯了，让我到机关坐办公室，我坐不住啊！"

州委书记和组织部长找高德荣谈话，他反反复复就一句："我不适合坐办公室。我习惯在基层。我要回独龙江。"

对在基层打拼一辈子的怒江州的干部来说，能到州里工作、生活，已是人生最理想的归宿了，但对高德荣来讲却成了一件极不情愿的事。像二十七年前离开怒江师范学校回独龙江当教师一样，他又做出一个令人意外的决定。

"老高，你可要慎重。"同事们提醒他。

"这事你要想好了，不能脑子一热玩冲动。"朋友们劝说他。

高德荣却坚定地说："我是党培养的独龙族干部。坐在办公室里，人家问我独龙族现在情况怎样？我无言以对。独龙族父老乡亲还在受穷，我觉得丢人。"

新中国成立后，特别是改革开放以来，在党中央、国务院的高度重视和亲切关怀下，从国家到省、州、县投入了大量的财力、物力和人力，独龙族聚居区的各项事业取得了长足发展。

但是，由于自然地理偏僻、交通落后，社会发展程度低、经济发展严重滞后，独龙江乡一直是全省乃至全国最偏远、最封闭、最贫困的乡镇之一。高德荣的一个个梦想还没落地，面对那山那水，他觉得欠了许多账。

然而，面对相对优越的工作和生活环境，高德荣却诚恳地提出："请允许我把办公室搬到独龙江乡。独龙族是祖国五十六朵花当中的一朵，再不加快发展脚步，就跟不上建设小康社会的大部队了。独龙族不能给祖国母亲拖后腿。"

望着高德荣离去的背影，有人调侃说："老高这是'裸奔'啊。"也有人无奈地摇摇头："不为自己着想，也该为家人着想。这个老高啊！就是任性。"

"老高不是任性，他是认理。"州委书记说，"人各有志，我们应该尊重他。"

跟着他开了六年车的司机肖建生听到高德荣当选州人大常委会副主任的消息，发自内心地高兴。多年来，他跟他开车付出了太多太多。同事们对肖建生说："肖师傅，你总算熬出来了。"

肖建生心里也盘算着，也许高德荣临走前能帮他解决点困难，说不定还会把他带到州里继续开车，那样，他也跟着熬出来了。他立刻打电话把这个好消息告诉了高德荣的女儿高迎春。高迎春高兴地对母亲说："这下好了，我到州里治病，就不用再租房子了。"

高迎春患有肾病，每个月都要到六库州医院做透析。马秀英正为女儿治病犯愁呢。她对女儿说："是啊！我和你爸爸到州里，能住套大点的房子，以后就方便了。"

"你跟爸爸受了一辈子罪，爸调到州里，也能安稳下来，你也能跟他享几天福。"高迎春满怀对未来生活的憧憬对妈妈说，"爸爸回来我们好好庆贺一下。"

但她并不知道，这一切美好的愿望，都随着父亲的一纸辞呈无法实现了。

高德荣把办公室的钥匙还给州人大办公室主任，对司机肖建生说："走，回贡山。"

"你真要回去啊？"肖建生疑惑不解，又很不情愿地说，"你可要想清楚了。"

高德荣沉着脸，一声不吭上了车。肖建生带着一肚子情绪，"嘭"的一声把车门带上，无奈地点火启动，但他觉得脚下的油门从来也没有这么沉重无力，而他心中的火却抑制不住地直想往外冒。

"你在独龙江、在贡山，这么多年尽心尽力了，问心无愧。你何必要这么做？"车子离开州府大院，肖建生一脚刹车停在路边，想再劝劝高德荣，希望他回心转意，"你不为自己着想，也要为老婆孩子想想。"

想不到一向待他和颜悦色的高德荣竟然大发雷霆："够了！你不愿意开，我下车走回去！"

肖建生想不到高德荣发这么大的火，而且是真发火，他心里感到无比的委屈和难过，心里暗暗骂道："好心当成了驴肝肺！"他赌气一踩油门，车子猛地向前蹿去。

越野车沿着怒江边的山路颠簸前行，悬崖下的急流翻腾奔涌，溅起高高的浪花，仿佛在与车上的他俩不停地对话。

高德荣心潮起伏，无法平静。他的目光不由地沿江面向上移去。一条近乎垂直的大河由北向南飘坠而下，将高黎贡山和碧罗雪山切开，留下一道深深的裂缝，这就是怒江州境内绵延三百多公里，举世闻名的怒江大峡谷。

这的确是一块十分奇特的人类生存空间。你很难想象出如此封闭的生态环境，历史上曾是各族先民迁徙交会的民族走廊。傈僳族、怒族、独龙族、普米族等多民族儿女，与深深的大峡谷、滔滔的怒江水相依相伴。那些残留在高山峡谷间石器时代的实物遗存，分明还炫耀着远古时代的文明。

然而，大自然的鬼斧神工造就了怒江大峡谷的壮美和神奇，也给这里留下了封闭落后的烙印。历史在雪山峡谷的艰难跋涉中，令人遗憾地放慢了脚步。直到今天，怒江傈僳族自治州仍是云南乃至全国贫困发生率最高、贫困程度最深的一个地区。然而，怒江大峡谷更是一个涌动着滚滚热流的地方。

1954 年，怒江傈僳族自治州成立时，全州境内没有一寸公路、没有一座桥梁。"看天一条缝，看地一条沟，出门爬山坡，过江靠溜索。"怒江各族群众无路可行、有路难行。

"给怒江一条大地的腰带！"这是怒江各族儿女的千年期盼。

1972 年，十八岁的高德荣考取了怒江州师范学校，报到时，这条公路还没打通。1973 年 5 月，在国家全力支持下，五千多名民工经过三年多的奋战，实现瓦（窑）—贡（山）公路通车，怒江州终于有了这条贯穿大峡谷的第一条公路。

车子通过怒江州府原来所在地知子罗时，高德荣看到那一座座被风雨剥蚀得斑驳陆离的老房子，不尽感慨顿生。他想起和妻子一起读书的情景；想起当年牵着未婚妻马秀英的手，站在老姆登教堂旁的山头上，遥望夕阳中的高黎贡山。那巍峨的"皇冠"之巅，神圣而奇美；那高耸入云的"石月亮"仿佛是一只大眼睛，注视着千山万水、人间一切。他们谈论着远方的故乡，畅想着脚下的未来。

不久，他轰轰烈烈地选择了人生的一场逆行——重返独龙江，投入故乡的怀抱，成为老师和同学们一道难解的命运方程式。

那时，为了什么？今天，又是为了什么？

高德荣的心境是明净的、明确的——他与四十年前走的是同一条路。路的前面等待他的又是什么？他坚信，一定是那个初心、那个希望。

但，高德荣却未曾想到，一场亲情"风暴"正等待着他。

又是"季文子的故事"

那是 2001 年 9 月，刚任县长的高德荣前往独龙江，车子在黑普坡罗隧道口外出现了故障，一直修不好，急得高德荣搓手跺脚。

这时，县林业局的一辆大车开上来，司机下来三下五除二就把故障排除了。高德荣高兴地问林业局的人，他叫什么名字，他是哪里人。他就是肖建生。

不久，县林业局接县政府办公室的通知，调肖建生跟县长开车，而且还正式下了文件。这位虎背熊腰、戴一顶毡帽、架一副眼镜的藏族汉子，曾是林业局下属单位的一个管理人员，想不到他被高德荣要来当专业司机。

肖建生很高兴，跟县长开车，一定很体面，但他哪能料到他摊上了苦差事。

不过，他倒跟高德荣挺对脾气，性格也有几分相似，坦荡豪爽，幽默率性，办事雷厉风行。

在外界看来，能为一县之长开车，那是多么风光的事。可是，到了高德荣身边，肖建生才知道，当时被挑选的几个人都不愿给高县长当司机，这倒不是担心受高县长的气、难伺候，而是当他的司机太苦了，一般人受不了。

高德荣是个不知疲倦的人，一年三百六十五天，几乎天天都在路上跑、在田间地头转，不分白天黑夜，有时一个星期三四次下乡村或进独龙江。他这种"在车轮上办公"的工作作风，可就苦了肖建生。因为高县长要他随叫随到、说走就走，家里事根本顾不上。肖建生哪里是县长的驾驶员？简直就是农用车司机。

很多人都说，也只有肖师傅这样的体格能抗得住，脾气秉性，也正对高县长的口味。确实，他俩配合默契，情同手足。肖师傅撑了这么多年，真不容易。

"你跟县长开这么多年的车，家里的情况还是那么困难，就不能让高县长解决一下？"亲戚朋友都不理解，劝肖建生说。

肖建生摇头苦笑说："这些都是绝对不可能的。别说我，就是他亲生儿女都不能沾他一点光。"

肖建生说得确实如此。高德荣对家人一向要求很严，时刻把勤俭节约、艰苦奋斗挂在嘴上，还经常给家里人讲季文子的故事。

在贡山县城有一幢破旧的四层老楼，高德荣一家就住其中的一个单元，面积约四十六平方米，家具老旧，屋里没有卫生间。不是亲眼所见，没人相信这是县长的家。

这个家也成了独龙江乡亲们到县城办事的"接待站"。有时家里就像一个大食堂，来来往往吃饭的人不断，甚至晚上打地铺睡十几个人，下脚的地方都没有。寒假，独龙江大雪封山，在县城读书的七八个独龙族孩子回不去，吃住全由他妻子马秀英照管。床不够睡沙发、打地铺，一住就是一个假期。说心里话，对十多岁的女儿高迎春来讲，肯定觉得不方便。但没办法，这是父亲的安排。

一个星期天，几个独龙族学生又来到家里。高德荣看到女儿有点不开心，就对女儿说："独龙族的孩子出来上学不容易，他们是独龙族的未来和希望。将就点，照顾好他们。"

女儿娇嗔地反问父亲："你怎么不换套大房子？"

"我们贡山这情况，好多人不都是一样？不能攀比。老师给你们讲过没有？春秋时期的鲁国，有位上卿大夫叫季文子，虽然权力很大、家境富裕，但他一家人却从来不穿绫罗绸缎，生活十分俭朴；家里的马匹也舍不得喂粟米，只喂青草。"高德荣又讲起了季文子的故事，"有人笑话季文子小气。他说，我当然也知道享受好。可是，我们国家还不富裕。看到老百姓吃粗粮、穿破衣的还很多，我如果过分讲究吃穿，心里不安哪……"

"好啦好啦。爸，我都会背了。"女儿噘起嘴说。

县里有关部门也曾多次提议，给高德荣换套大点的房子，但他坚决不肯："贡山穷，住房紧。我又不是什么金贵人，住习惯了，不用调。"

这套房子一住就是十几年。如今，墙壁、天花板已被冬天取暖的火塘熏得黑黢黢的，只有墙上、柜子上摆的奖状、荣誉证书、参会照片，显得提神醒目。

高德荣成天在外奔波，马秀英在家里忙前忙后，细心地照顾着每个孩子。高德荣偶尔回来，也多是跟那些独龙族孩子们亲热，自己的孩子倒成了外人。高迎春和弟弟高黎明心里有说不出的委屈。妈妈安慰两个孩子："爸爸说了，他们是独龙族的未来，是我们的兄弟姐妹，要照顾好他们。我们虽然进了城，可不能忘本啊。"

有一次，高德荣语重心长地对几个独龙族学生说："过去，我们独龙人没有文化，祖祖辈辈吃树叶、啃树皮，这样繁衍下来了。只有受了教育，有了知识，才能真正像人一样地生活。现在，国家免费让你们到县城来上学，一定要珍惜啊。"这番话给高迎春和高黎明留下了很深的印象，也慢慢地理解了父亲。

谁都知道，高德荣喜欢穿一件用麻布制成的带彩色条纹的"独龙褂"，外面再套一件有些褪色的藏蓝色西装。这两件衣服破了，他也不舍得换，让老伴马秀英缝了又补。好多次马秀英劝他扔了，再换一身，他就是不同意，还振振有词地说："会节约的人才是懂生活的人。与其花时间去打扮自己，还不如把时间花在工作上。"

一双一百来块钱的皮鞋，一块戴了几十年的手表，这些都是高德荣的标配。他走南闯北，也不嫌寒碜，还自诩为："高德荣套装。"

云南怒江傈僳族自治州委宣传部常务副部长稳宜金，是高德荣在贡山多年的老同事和好友。到州府办事，他有时会到稳宜金家吃饭、聊天。甚至为了省钱，高德荣就在他家客厅的沙发上过夜。

几十年来，高德荣一心扑在工作上，很少顾家，但老伴马秀英从无怨言。每当谈起丈夫，马秀英会羞涩地捂着嘴笑笑说："他就那样。风风火火不着家，我也习惯了。"她说话时，偶尔会摸一摸脖子上的项链。

这条项链并不是什么名贵材质，但马秀英十分珍惜。这是丈夫几年前到北京开会时给她买来的。别人夸好看，一定很名贵。马秀英就脸红了，不好意思地说："他也没给我买过啥东西，不管钱多少都是份心意，我就一直戴着了。"

肖建生清楚地记得，有一次下乡前，高县长在车子旁搓着手不上车。后来，他一副拿定主意的样子，对屋里的老伴喊："老婆子，没钱了，给拿点钱吧。"高德荣每次下乡都惦记着那些困难户的生计，他的工资，大半都"捐"给了贫困户。

独龙江乡实在太偏僻。出山就是一条路，下乡的路可千回百转。每次出门，高德荣都会让肖建生随车带上他那些"宝贝疙瘩"——锄头、斧头、砍刀、撬杠、铲子、锤子、绳子、被子、药品，有时还有锅碗瓢盆、油米酱盐。

独龙江流域雨水多，经常上有飞石、下有激流，前有断桥、后有塌方，行车时进退两难，是常有的事，遇到紧急情况，这些"宝贝"就派上了大用场。而每当有情况，他总是第一个冲上去察看、处置，抬石头、铲泥土，指挥大家抢通道路，尽快越过危险地带。

高德荣对自己近乎苛刻，对子女同样严格。

1997年，高迎春考上云南省电大经济管理学院，到昆明读书。离家在外，特别想家。她知道爸爸经常到昆明出差，多么盼望爸爸能抽点空到学校来看看她啊！可是整整一个学期过去了，爸爸只是抽空打个电话过来，要她好好学习、不要想家。

假期回到家，女儿央求妈妈有机会搭爸爸的车到昆明看看她。妈妈摇着头说："你爸爸那个人，老百姓的事情再小也是大事，自己的私事再大也是小事。搭公家的车去昆明看你，这样的事情，在他面前提都不要提。"

"公是公、私是私。"高德荣对此毫不含糊。

没想到，第二学期开学后，高德荣还真的看过女儿一次。他交给女儿一个装满土豆片的纸箱和一封信，说是妈妈带给她的，放下就匆匆忙忙走了。高迎春打开信，妈妈在信中说，最近补发了几个月的工资，女儿爱吃土豆片，就买了些让爸爸带给她。

高迎春嚼着妈妈带来的土豆片，眼泪禁不住流下来。心中感叹：我亲爱的妈妈竟然不知道昆明满大街都是这样的土豆片！从小到大，照顾我们姐弟俩生活、关心我们姐弟俩学习的一直是妈妈。我们花的钱也是妈妈的工资；而爸爸的工资，这家两百、那家三百，都被他接济了独龙江那些贫困的老百姓。

高黎明参加贡山县公务员考试连续两年都没考上。有人说你父亲是县长，给你安排个工作不难吧。高德荣只说了一句话："好好用功，多看看书。"直到第三年，高黎明才考上。

2004年，高迎春要结婚了。正当她兴高采烈地筹备婚礼时，妈妈告诉她："你爸爸说了，不准大操大办，更不能以他的名义请客啊。"无奈之下，举行婚礼那天，高迎春只请了她和丈夫的同事、朋友和农村的亲戚，爸爸的同事、朋友和身边的工作人员，她一个也没有请，连肖师傅也没有通知。

为了这事，她落了肖建生一顿埋怨。

亲情"风暴"

车子沿着怒江边崎岖坎坷的山道艰难前行。肖建生越想这些，越感到委屈，越觉得憋气。他和高德荣一路无话。

这条路不知走了多少次，高德荣从来没觉得像今天这样漫长，直到晚上十点多才回到贡山。

肖建生也和高德荣一样，是个很有个性和脾气的那种人。车子开到宿舍楼下，高德荣下了车，习惯性地说了句："明天八点去独龙江。"

憋了一路气的肖建生毫不客气地说："老县长，对不起，明天我不来了。你另请高明吧。"

"你……"高德荣被肖建生怼得一时说不出话来。

"你不要家，我还要家呢！"肖建生又甩下一句狠话，一加油门，扬长而去。

他俩以前也闹过别扭，肖建生也朝他拍过方向盘、摔过车钥匙，可那都是为了他的安全和身体健康，伤皮不伤筋，更不会伤心。可这次，句句戳得心疼啊！

高德荣怔怔地站了半天。

肖建生驾车飞驰而去，想想跟着老县长付出了这么多年，竟落这般结局，不觉鼻子一酸，两行热泪滚落下来……

第二天一早，高迎春和弟弟高黎明兴冲冲地来到父母这里。高迎春一进门，看到爸爸一个人正低头吃早餐，高兴地说："爸，回来了。妈呢？今天中午咱们去饭店，好好庆贺一下。"但又立刻发现气氛不对。爸爸不吭气，妈妈在里屋没出来。她走进里屋，看到妈妈阴着脸，正给爸爸收拾衣物。小声问："妈，怎么着了？"

"不在州里待，要回独龙江。"马秀英无奈地说。

"你怎么没劝劝他？"高迎春急切地问。

"昨天回来，我就劝他。你爸说，上级照顾我们独龙族，其他兄弟民族支援我们独龙族，是因为我们落后。戴着落后的帽子一点都不光彩，太难看了。我劝不住他。"

高迎春一听急坏了，跑出来问："爸爸，你这是干什么呀?!"

对高德荣的异常之举，妻子马秀英和女儿高迎春无法理解。

"独龙族落后，乡亲们穷得叮当响。我在办公室里'做官'坐不住，心不安啊……我想好了，还是回独龙江。"高德荣放下碗筷说。

"落后也不是一天能解决的，非你去不可？"

"趁我现在还有力气，还能带着他们干几年。我不去谁去？"

"难道你不去，独龙江就没人管了吗？那里有书记、有乡长！"高迎春和父亲争执起来。

高黎明一看势头不妙，也不敢插嘴，急得直挠头皮。

"是啊，不少人也这么说，我也曾这么考虑过。"高德荣把饭碗推开，停顿了一下说，"当然，少了我高德荣独龙江照样能转。但是，独龙江毕竟是全国最贫困的地方，虽然人数少，也是全国的五十六分之一呀！那里需要人呀。我相信乡里的领导班子，但是，我在那里土生土长，我了解得更清楚，我能帮上忙。多了我一个高德荣，独龙族就多了一分凝心聚力的热量，就多了一分摆脱贫困的力量，就多了一分快速发展的能量。"

马秀英看父女俩要吵起来，急忙劝阻丈夫："孩子也是为你好。独龙江的路那么差，你整天在山路上跑来跑去。一到大雪封山，万一有个病有个灾的，出都出不来。孩子们担心你呀。"

不敢插嘴的高黎明看看表，上班时间到了，趁机说了句"我上班了”，便悄悄离开。

“再说了，到州里工作的又不止你一个。你这一辈子付出得够多了，又不亏欠谁的。”高迎春还是想说服父亲，可越说越有气，“爸，你为什么非要这么做？你图什么？!”

“好了，春啊！不要再和你爸犟了。”马秀英又急忙制止女儿。

“亏欠？”高德荣的神情立刻变得严肃起来。他朝妻子摆摆手，示意不让她插话，语气沉重地说，“孩子，要说‘亏欠’，我欠党的，这一辈子也还不完，是共产党给了我这一切；我欠乡亲的一辈子也还不完，我从小是吃百家饭长大的。没有共产党，我们独龙族活得不像人；没有共产党，我高德荣又算什么？!”

高迎春正想解释什么，高德荣又打断了她：“我知道，你们心里委屈，也想为我好。但你们不知道，我离开独龙江心里是啥滋味。要问我图什么，就是图报答。”高德荣的眼圈泛红了。他又对女儿说，“我生下来就吃不饱。三岁那年，为讨粮食，你奶奶去了缅甸，再也没有回来……”

说到这儿，高德荣声音哽咽了。

“爸！你别说了……”高迎春捂着脸跑进里屋，俯在床上难过地哭起来。

阿媄的照片和来信

高德荣背起行李，毅然走出家门，心中不免悲叹：最亲近的人都让我得罪了，被人理解真难啊！

马秀英抚摸着女儿的头发，劝慰说：“孩子，不要怪你爸爸，他这一辈子就认这个理。”

"爸爸调到州里,我多希望你们能像其他老人一样,每天散散步,看看电视,享享清福,安度晚年。"高迎春抽噎着说。

"没办法,他认准的,谁也变不了。"

"独龙江那么苦。爸年纪大了,身体又落下那么多病……"

"是啊!我也担心他。"妻子马秀英心里最清楚,高德荣由于长期透支,身体状况大不如以前。去年在独龙江突然晕倒,被大家送回县城。经检查,不仅血压、血糖、血脂高,心脏也出了问题。从此,他就离不开药了。

"你爸爸也离不开人照顾了。迎春啊!你到州里治病,妈也帮不了你,你要学会照顾自己。"马秀英为女儿擦去眼泪,叹口气又说,"这一辈子嫁给他。他就是风,我就是一颗蒲公英。风把我吹到哪里,我就在哪里跟他安家。"

马秀英突然看到高德荣的药包还放在桌上。"唉!你爸把药包忘了。快!给他送去。"

高迎春拿起药包急忙往外跑。马秀英又忙喊住她:"等等,看看里面还缺什么药,多给他带一些。"

高迎春打开父亲的药包,看到里面有一张照片和一封信。她拿出来说:"妈,你看。"

马秀英也怔住了,这是她从没见过的一位老人的半身照,身着独龙族民族装束,面容慈善而安详。高迎春打开信,只见上面这样写着:

嘎木力都:

你托松旺来看我,还带来这么多好吃的东西,可我的身体不行了,什么也吃不下了。看到你和妻子孩子们一家的照片,我很高兴,多想回去看看呀!我想念你们,想念独龙江的家。

我亲爱的嘎木力都,我心里有句话想对你说,一直没说出口。

当初来葡萄县是为了讨点粮食回去，没想到后来十几名乡亲都回不去了。那个时候只想活着，没办法走了这一步。

这辈子总觉得亏欠了你们许多许多。我的嘎木力都，请你原谅你的阿嫫。

托松旺把这张照片带回独龙江，放在家里。死后让我回家看看，陪陪亲人们，补偿我的亏欠。闭上眼我也能心安了。

想念你们的阿嫫：妮

2005 年冬　于缅甸坎底

高迎春飞快地冲出家门，大声喊着："爸爸，爸爸……"

高德荣匆匆走出宿舍楼，打开电话正想要联系县政府办公室有没有去独龙江的便车，抬头看到肖建生开着车过来，"吱"的一声停在面前。

肖建生接过高德荣的行李，为他打开车门。他俩相视一笑。高德荣坐在了副驾驶上，抬腕看表，正好八点。

"肖师傅，我请你吃早餐。"这是高德荣和别人闹别扭后表达和好的一贯用语。

"又是老一套，你也来点新鲜的。"肖建生会心一笑，又说，"还是赶路吧。"

汽车沿着独龙江公路飞快地消失在高黎贡山的深处，一路洒下高德荣的歌声：

迷人的独龙江哟，我心中最美的地方；
生在你的怀抱，是你把我抚养；
一粒草籽一颗青豆，都是我生命的芬芳；
一枚石子一溪清流，都是我欢乐的时光；

美丽的独龙江哟，我魂牵梦萦的故乡；

归来把你紧紧拥抱，母爱温暖在我身上；

喝一口碧绿的江水哟，甘甜的乳汁心田流淌；

我用奋斗的岁月，实现你的心愿；

我用无悔的付出，守护你的安康；

我的阿媄独龙江哟，你的梦想就是儿女的远方。

……

第十一章　打开山门天地宽

打通"时空隧道"

江河在转折处必将激起波澜，人生在逆袭中总会绽放光焰。

高德荣日思夜念的那个梦想——贡山县"西出"的交通规划，终于迎来希望。

2009年，新华社的一个记者采写了一篇"独龙江交通难"的内参。温家宝总理看后作出批示：彻底解决独龙族出行难的问题。引起各级领导和有关部门的重视。

在党中央和国务院的高度重视和亲切关怀下，云南省委省政府在实施"独龙江乡整乡推进独龙族整族帮扶"的重大决策中，把独龙江公路改造列为优先重点项目。

2011年1月29日，独龙江公路改扩建工程正式启动。

独龙江公路改建后，提挡升级，比原来缩短了十七千米。

与此同时，被高德荣称之为"时空隧道"的穿越高黎贡山六点七千米的特长隧道，作为整个工程中最重要、最艰难的控制性工程，同步施工。

四川武通路桥工程局武警交通三支队与大理道路桥梁有限公司分别

由隧道两端展开了大会战。

武警交通三支队是一支隧道工程建设领域里的劲旅，曾在西藏墨脱公路嘎隆拉隧道建设中一展雄风。

"墨脱公路隧道建设已经是我们遇到过的最艰难的工程了，想不到，独龙江高黎贡山隧道工程更艰难，建设施工条件更苦，这是从未遇到过的。"武警交通三支队的官兵们表示，"再苦再累也要修通隧道，彻底结束大雪封山的历史，让独龙人民过上幸福的生活！"

项目部总工段兴清楚地记得，独龙江公路隧道施工区域内塌方、泥石流、雪崩现象极为频繁，给施工带来了极大的困难。大雪封山期间，交通中断，施工材料只能依靠封山前的储备。

在三年多的施工过程中，高德荣不知多少次来到施工现场，和武警官兵们一起研究解决遇到的难题。在高寒缺氧、山体地质错综复杂的艰难情况下，施工队伍克服了沿途塌方、险情不断和物资供应困难等不利因素，攻克了"大断层、裂隙多、强涌水、高纵坡"等诸多世界性技术难题，成功地战胜了一次次塌方、一起起泥石流和一次次雪崩，确保工程质量，确保如期完成施工任务。

2013年底，高黎贡山隧道即将贯通，独龙江迎来打开山门的日子。一个特困地区人口较少民族从此迈上了发展的快车道。

站在"时空隧道"洞口前，高德荣凝望着远山群峰，尽情地感受空气里充盈着的浓郁喜悦。他深情地说，隧道贯通，独龙族将真正实现"一跨千年"的梦想。

总书记批示暖人心

独龙族人民听到隧道即将贯通的消息，喜不自禁。大家一致要求，要把高黎贡山隧道即将贯通的喜讯报告给习近平总书记。

高德荣和贡山县委书记、傈僳族女干部娜阿塔得知大家的想法，非常支持。他们决定给习近平总书记写一封信，来表达独龙族群众对党和国家的感恩之心。

"要用短短的几百字来表达我们说不尽的心情。大家字斟句酌，非常用心。"当时的乡党委书记和国雄回忆起给总书记写信的情景，心里仍然荡漾着幸福感。

> 尊敬的习总书记：
>
> 您好！
>
> 独龙族是从原始社会直接过渡到社会主义社会的人口较少的民族。新中国成立以来，党中央国务院、省委省政府及各级党委政府高度重视独龙族的发展进步……县城至独龙江乡公路隧道即将开通，这标志着全国56个民族之一的独龙族同胞祖祖辈辈大雪封山半年的历史结束，独龙族同胞有望早日实现与全国其他民族兄弟一道过上小康生活的"中国梦"……

信中汇报了当地经济社会发展和人民生活改善的情况，重点报告了多年期盼的高黎贡山独龙江公路隧道即将贯通的喜讯。

此时，正值中央督导组一行赴贡山调研工作。高德荣将报喜信庄重地面呈中央督导组人员，请他们带给习近平总书记。

2014年1月3日，独龙族同胞们等来了一份"意外之喜"。

当晚，中央广播电视总台新闻联播播出了习近平总书记收到独龙族群众来信后，作出的重要批示。这也是给独龙族乡亲们的"回复"：

> 获悉高黎贡山独龙江公路隧道即将贯通，十分高兴，谨向独龙

族的乡亲们表示祝贺！独龙族群众居住生活条件比较艰苦，我一直惦念着你们的生产生活情况。希望你们在地方党委和政府的领导下，在社会各界帮助下，以积极向上的心态迎战各种困难，顺应自然规律，科学组织和安排生产生活，加快脱贫致富步伐，早日实现与全国其他兄弟民族一道过上小康生活的美好梦想。

"当时很激动，我们也没有想到习近平总书记会这么快给我们回复。"娜阿塔说。

独龙江沸腾了，独龙族人民一遍遍地学习着总书记的批示，对"加快脱贫致富步伐，早日实现与全国其他兄弟民族一道过上小康生活的美好梦想"，更加坚定了信心。

独龙江公路，承载着独龙族群众的希望，是独龙族群众走出大山的"天梯"。独龙江公路高黎贡山隧道，创造了云南公路隧道建设史上的"三个之最"：海拔最高、施工条件最艰苦、里程最长。

为了早日打通隧道，建设者们付出了常人难以想象的艰辛和心血。

高德荣深切地感到，路，对于独龙江来说，不仅是脱贫路、小康路，更是独龙江人民的"生命线"。

高德荣感慨道："官兵们连续三个春节没有回家过年，为了让独龙族群众能够通上公路，这些年吃了不少苦，为独龙族人民筑就了一条'生命线'。他们是新时期最可爱的人！"

"独龙"出山天地宽

2014年4月10日下午一时二十八分，随着"轰隆隆"一声炮响，全长六点五八公里的高黎贡山独龙江公路隧道全线贯通。

独龙悠歌

"胜利了！""我们再也不会被封山了！"第一次坐车踏进高黎贡山隧道的四十多名独龙江乡干部群众按捺不住激动的心情，久久欢呼。

当天，贡山县举行了隆重的隧道贯通仪式。

"你们打通了独龙族同胞生产生活和经济发展的命脉，感谢党和政府对独龙族同胞的关怀！感谢你们三年来的辛勤付出，谢谢你们！"高德荣一边激动地说着，一边为工程建设者们戴上刚刚采摘下来的杜鹃花——这是独龙人民心目中的"英雄花"。

数百名独龙族群众自发地穿上民族服饰，载歌载舞，隆重庆祝这一历史性时刻。

高德荣和独龙族的乡亲们满含深情地又一次唱起心中的歌：

> 遥远的独龙江哟，
> 永远在祖国母亲的心上；
> 独龙族是党疼爱的好儿女哟，
> 党的恩情比山高来比水长；
> ……

独龙江公路高黎贡山隧道的贯通，标志着我国五十六个民族之一的独龙族聚居地——独龙江乡终结了千百年来大雪封山的历史。

从此，独龙族人民踏上了奔小康的"快车道"，边疆的发展建设也将插上了腾飞的翅膀。

"饮水思源，感谢党恩！""独龙族人民永远跟党走！"独龙江峡谷最醒目的两幅标语，也是独龙族人民源自心灵深处的真情表达。

山门打开天地宽。改造后的独龙江公路从原来的九十六公里缩短为七十九公里，独龙江前往贡山县的车程将由十小时左右缩短至两个半小时。独龙族与外面世界的连接也将变得更加通畅，对于促进独龙江旅游经济文化发展、巩固国防屏障等具有极其重要的现实意义。

高黎贡山隧道贯通，一条路畅通了一个民族的出行梦。它像一条灿烂夺目的彩虹，跨越高山峡谷，紧紧连接着山外的繁华世界，承载着独龙族人民的向往。独龙江从千年神秘走向开放、包容和富裕的新时代，融入中华民族的复兴梦。

幸运的独龙女孩

随着"轰隆隆"一声炮响，在高黎贡山的"肚子"里打开了一条六点七千米的特长隧道。

高黎贡山隧道是"时空隧道"，也是"生命隧道"。人们没有想到，就在隧道贯通之际，一场跨越千里的爱心大营救，又把独龙江与北京紧紧连在一起。

2014年4月10日，就在人们欢庆高黎贡山隧道贯通的时候，又一场"生命争夺战"意外发生了。

上午十一时，高德荣接到乡长李德明从乡医院打来的电话：孔当村普卡旺村民小组，五岁的女孩普艳芳不幸被家中电炉引燃裙子烧伤。由于烧伤面积大，伤势太重，必须立即送往县城抢救。

时间就是生命。高德荣赶到工程指挥部，与武警交通部队一总队三支队副参谋长周勇和项目部总工段兴紧急协商，决定启用刚刚贯通的独龙江隧道。

其实，刚刚爆破打通的隧道并不具备通车条件，担负施工的武警交通部队官兵和云南路桥公司的队员们，听说一个被意外烧伤的女孩急需送到贡山县治疗，特事特办，立即清除碎石，快速抢修出一条通道。

在工程车辆的护送下，转运小艳芳的车开始穿越隧道。隧道内施工机械的灯光全部打开，为车照明。贡山医院的救护车已经等候在隧道的另一端。小艳芳很快送到了贡山医院。

虽然小艳芳无法体验成为雪山隧道第一个穿越者的快乐，但那一刻，注定将成为她命运的转折。

经过贡山县人民医院检查，由于烧伤严重，必须尽快送往北京治疗。在武警部队的关怀下，决定把小艳芳送往北京武警总医院接受治疗。

于是，从独龙江畔到首都北京，上演了一场跨越千里的爱心大营救。

在武警交通部队一总队三支队副参谋长周勇和指挥部新闻干事陆钰陪同下，急救车连夜赶往保山，从保山机场直飞昆明，又转乘飞机直抵北京。

东方航空公司破例拆除几排座位，为小艳芳搭建了临时病床。一路为小艳芳揪心的空乘人员准备了爱心餐盒。当乘客们得知一个独龙族女孩遭遇的不幸，当即在机舱里发起了爱心募捐。

在首都机场，武警总医院救护车早已在停机坪等候。

一路上，原本下班高峰期拥堵不堪的机场高速，这一次居然一路绿灯。原来北京交管部门提前一天得知了小艳芳烧伤的消息，通过交通广播网不断滚动播放为独龙族小艳芳让路的新闻，沿途车辆主动避让，开辟了一条"爱心通道"。

年幼的小艳芳承受着如此巨大的伤痛，一路上咬牙坚持，居然一声也没哭喊，这令医生们深为感动。

4月30日，北京武警总医院烧伤科主治医师白晓东给小艳芳做了第一次植皮手术，修复了全身百分之二十五的皮肤，是创面的一大半；5月15日，小艳芳进行了第二次植皮手术，取皮、植皮约占全身面积的百分之三十。

手术很成功，小艳芳的病情开始好转，这是每一个牵挂小艳芳的人特别欣慰的事情。

小艳芳在院治疗期间，始终被社会各界给予的爱心呵护着、温暖着。许多人听说了小艳芳的故事，隔着病房的门窗看望她，向她竖起大拇指为她加油。

全国学雷锋先进个人、北京雷锋车队队长王凤进得知住在北京武警总医院的小艳芳是一位来自边疆的独龙族女孩，特地让老伴专门为小艳芳做了一罐热乎乎的鸽子汤，端到病房来。有些小朋友还将他们心爱的玩具赠送给小艳芳。小艳芳还收到了许多慰问信。

在小艳芳烧伤的两个多月里，持续的关爱和祝福一直未曾远离。社会各界为小艳芳捐款四十多万元，那些没有留下姓名的一份份捐款，带着首都人民对一个独龙族女孩的美好祈愿。

这份爱心，这缕温暖，来自祖国的心脏——首都北京，并穿越积雪皑皑、冰雪消融的高黎贡山，传到了山清水秀、世外桃源般的独龙江秘境，也传递到祖国的四面八方。

这份爱心，这缕温暖，编织了一个来自祖国西南边陲的少数民族女孩与共和国大家庭的美丽故事。

这是个美丽多情的秋天，温暖的阳光透过明净的玻璃窗抚摸着小艳芳稚嫩的脸庞。

经过两个多月的生命接力，普艳芳终于出院了。在首都机场起飞的那一刻，小艳芳的母亲悄悄地流下了眼泪。这一切，她觉得像梦。

"妈妈，你怎么了？"幸福的独龙族小女孩为妈妈擦去眼泪。也许她还不能理解母亲的眼泪，但她一定不会忘记她经历的痛和爱。

一路上，与死神较量过的小艳芳展现出原本乐观、开朗的一面，不停地拍打着叔叔们送给她的气球玩具，嚷着叫让妈妈用手机给她放动画片，还说她爸爸像极了"光头强"。

在武警交通部队隧道施工队干部陆钰和陈洪胜的护送下，小艳芳回到了日夜思念的独龙江。

在进入高黎贡山隧道口时，小艳芳的爸爸妈妈说要下来照一张合影。他们要让"生命隧道"成为孩子的一份永远记忆。

秋日的独龙江波浪起伏、一路奔流，如同流淌在山川大地上的深情……

一条路、一座隧道的畅通，改变的不只是一个独龙族女孩的命运，还有整个独龙江族同胞"一跨千年"、走向未来的方式。

一条路、一座隧道的畅通，打开的是一个民族的新天地，折射的是一个伟大的国家与一个民族守望相助、心手相连的精神情感，激发出来的是推动五十六个民族共同进步、实现中华民族伟大复兴的磅礴力量！

下　篇　一跃千年

独龙悠歌

云南省创新"整乡推进、整族帮扶"独龙江精准扶贫模式，向贫困发起最后的决战。

"决不能让困难地区和困难群众掉队。""全面实现小康，一个民族都不能少。"领袖的亲切会见和殷切嘱托，让云岭各族儿女倍感温暖，激人奋进。

独龙族率先实现小康，一跃千年！

喜讯又一次飞向北京。总书记回信：脱贫只是第一步，更好的日子还在后头……

第十二章　精准扶贫"独龙江模式"

决战序曲

2007年6月5日，对彭学军来说是一个特别敏感和难忘的日子。他在贡山县城建环保局工作了八年，这天是世界环境日，也是他到独龙江乡报到的日子。

彭学军是一位怒族干部，1979年出生；1997年在昆明建筑学院上学期间入党；毕业后分配到县城建局工作，后任贡山县城建环保局副局长。

"让我到独龙江乡任党委书记，有点意外。组织上谈话说，独龙江是一个深度贫困地区，情况你是了解的。主要任务就是发展、脱贫，让独龙族同胞尽快跟上来。"

究竟有多"深度"？到独龙江报到后，才知道远比他想象的还要贫困。

"独龙江公路多年失修，路况很差，只有一些农用车很艰难地把物资运进去。路上走了两天，翻越高黎贡山垭口时，还被雪封着。"

见到县委常委、县委办公室主任彭学军是在他的办公室里。圆脸，沉稳，是那种一接触就让人感到和善亲切的人。

谈起在独龙江的几年，彭学军感慨颇多。他说："我在独龙江的几年，有许多难忘的场景。其中，感受最深切的是，李纪恒同志六次前往独龙江。"

2007 年 11 月 15 日，省委副书记李纪恒带着十几个省直部门的负责同志到独龙江专题调研贫困状况，研究制定独龙族脱贫方案。这是他第一次前往独龙江乡。

天公不作美。高黎贡山刚下过一场雪。车队出发时，天空阴沉，又飘起了雪花。

高黎贡山的风云说变就变，反复无常。县委书记祝玉华有些犹豫，但他懂得，领导的行程一旦定下来是不能轻易改变的。

车队还是按预定时间向高黎贡山进发。雪花飘飘洒洒，丝毫没有停止的意思。山路弯曲陡峭、坑洼不平。车队不断有车爆胎，走走停停。

这是九年前，省委书记令狐安到独龙江调研后，省主要领导又一次来独龙江，乡里的干部职工们很期待。一大早，大家就把街道清理了一遍。

哪知，雪越下越大，韧劲十足；上山的路越来越陡，狭窄崎岖的道路上开始结冰。前往独龙江的车队小心翼翼，行进速度非常缓慢。

下午三点多，高德荣和彭学军来到孔当村北面的山坡上等待，直到傍晚也没见到车队的影子。

天渐渐地黑下来，山乡的灯光显得格外明亮。突然又停电了，顿时一片漆黑。高德荣急得搓手跺脚，但也没有办法。独龙江进入枯水季节，小水电站经常因水量不足而停电，房间里只好点起了蜡烛。

漫天雪花越飘越急，寒风从河谷里吹来。高德荣不停地遥望远方。虽说天气寒冷，大家心里都揣着一团火。

此时，前往独龙江的车队即将到达三千多米的高黎贡山垭口，天已黑透。山路一边是陡峭的悬崖，另一边是望不到底的深渊。道路结冰，车队在山路上行驶极易发生漂移，十分危险。祝玉华已两次停车向李纪恒建议返回，而李纪恒执意要到独龙江。

引导车里的对讲机又一次传来后面车辆爆胎的报告，车队被迫停下来。这已经是途中第九次爆胎了。

祝玉华走下车，看到眼前的路况，惶恐不安。他鼓起勇气，再一次恳请返回。"李书记，太危险了。我们要对领导和同志们的安全负责。"他连说了几个"不能再走了，不能再走了"。

李纪恒走下车，望着前方白雪皑皑的垭口问："还有多远的路程？"

"不到一半。"祝玉华回答，"后面的山路更难走。书记，我们不能再走了"。

"·百年前，清朝有位官员叫夏瑚，徒步进入了独龙江，还走到了葡萄县；差不多十年前，令狐安书记也是徒步走进独龙江的；今天，我们乘车反倒半途而废了？"

"李书记，天气不行啊！"祝玉华解释说。

李纪恒看了看后面的车队，无奈地说："听人劝，吃饱饭。好吧。"然后，他挥了一下手，不无惋惜地说，"唉，让独龙族同胞失望了！"

祝玉华立刻通过对讲机向车队下达了返回的口令。因山路太窄，车辆倒退了近两千米，在一块稍微宽的地方，驾驶员们才一个个把车头调过来。

在独龙江等候的高德荣和彭学军始终看不到车队的踪影，焦虑不安，直到接到车队返回的消息，高德荣似乎一块石头落了地，连声说："好好，安全就好。"他一直为车队的安全提心吊胆。尽管有些失望，大家已经感受到上级对独龙江的高度关注和扶持的决心。

令人意想不到的是，高德荣用了一夜时间翻过雪山，从独龙江乡徒步到县城。天一亮见到高德荣，李纪恒被他这种坚韧不拔的意志打动了。他听取了高德荣的汇报，深深感受到独龙族人民走出大山的强烈愿望。

这次虽然没有走进独龙江，李纪恒同志后来感慨地说："正是因为这次无功而返，独龙江三个字便根植于我的脑海中。"

他通过民政扶贫资金给独龙江乡批了一笔款。独龙江乡用这笔资金改建了卫生院和完小学校。

第二年四月，高德荣带着彭学军和乡长李德明来到昆明，向李纪恒当面汇报工作，也是借机会邀请李纪恒再次到独龙江来看看。

这是高德荣第二次与李纪恒当面交流。李纪恒知道高德荣作为一位少数民族干部，已经是州人大常委会副主任，但他申请回到独龙江带领乡亲们脱贫，对工作如此执着，称赞他："有情怀，敢担当，是一个自信、很有自尊心的独龙族干部。"

第一次到省委领导的办公室，当面汇报工作，彭学军和李德明有些紧张。老县长向他俩交代，向领导汇报要简明扼要。

彭学军汇报了民政的资金拨款的使用情况和乡里组织老百姓发展草果产业的情况。然后邀请李纪恒到独龙江调研指导工作，时间不到一分钟。之后，又把一个装有材料和照片的资料袋递给李纪恒。李纪恒说，一定要来的。

李纪恒让乡长李德明谈谈，李德明说没事。也许李纪恒担心他们之间团结有问题，又问彭学军："你们平常团结好吗？"彭学军连忙回答："我们团结很好。请领导放心。"其实，李德明是独龙族干部，不善言谈，显得羞怯。

彭学军说："省领导能听取一个边远贫困乡的汇报，我感到省委对独龙江的情况很关心、很重视。"

2009年7月底，胡锦涛同志在云南考察时提出："要进一步加快人口较少民族脱贫致富步伐。"随后，云南省委省政府把独龙江的扶贫工作提上了重要日程。

2009年10月10日，李纪恒第二次前往独龙江。从贡山县城出发，经历了九个小时的颠簸后，他终于如愿以偿来到独龙江。

在乡政府所在地孔当村口，高德荣亲手为李纪恒穿上了独龙族的民族服装，用独龙族的最高礼仪迎接远道而来的客人。李纪恒与高德荣紧紧拥抱在一起。

李纪恒一行风尘仆仆，从孔当村到巴坡村又赶到位于中缅边界的马库村。他走村串户，每到一户人家，都坐下来抱抱孩子，握着老人的手问候，与独龙族群众座谈，了解生活生产状况。独龙语不好懂，高德荣时而给他作解释。

在马库村，许多老百姓围过来。李纪恒对大家说："我代表省委省政府来看望大家。党中央、国务院非常关心独龙族群众。我这次来就是要了解情况，征求意见，和大家一起想方设法把独龙江发展起来，让群众过上好日子，这是我们各级党委政府的责任。请乡亲对我们的工作多提意见。"

大部分独龙族群众依然住着简易的木垒房、茅草房、竹篾房，还有的人家住在山洞里；多数群众吃粮基本靠退耕还林补助粮，花钱靠农村低保。人均收入还不到九百元。独龙族群众依然过着刀耕火种的生活。

许多村寨路不通、电不通，更没有网络，缺乏最基本的公共服务配套设施。独龙江公路因翻越高黎贡山雪线，大雪封山长达半年之久；通村公路等级低，无养护能力，通畅能力弱。教育、科技、文化、卫生等各项社会事业建设严重滞后；师资力量薄弱，独龙族群众受教育年限仅四点七年，文盲率高达百分之三十三点零七；缺乏脱贫致富技能，科技普及率低，缺医少药现象突出。独龙族群众长期处于贫困状态。

"全面实现小康社会，是我们党提出的第一个'百年目标'，仅剩十年的时间了，我们还有一个民族如此贫困落后！"李纪恒眉头紧蹙，神情凝重。他感慨道："独龙江人民世代为我们守护着国境线，却没想到他们还生活得如此艰辛，我们有愧于独龙族乡亲们，一定要下决心从根本上解决这里的贫困问题。"

整乡推进、整族帮扶

2010年1月19日，云南省关于《独龙江乡整乡推进独龙族整族帮扶三年行动计划》正式启动，标志着省委、省政府开启了独龙江全新的帮扶模式。

在党中央国务院的亲切关怀下，一场由国家多部委鼎力支持、省直三十二个部门合力、上海市对口帮扶、社会各界广泛参与的扶贫决战，在我国西南边陲——独龙江畔全面打响——围绕实施安居温饱、基础设施、产业发展、社会事业、素质提高、生态环境保护与建设"六大工程"整体推进。

这是在国家层面上，为彻底改变独龙江贫困落后现状，而进行的最后决战。

怒江州委成立了独龙江扶贫工作领导小组，州委书记任组长，高德荣为常务副组长。

从此，高德荣，这个没有名头的扶贫干部终于有了名正言顺的"头衔"。他高兴地说："这个头衔我要，因为独龙族群众还没有脱贫。"

自从二十年前令狐安到独龙江调研后，省委决定抽调省民委、州、县得力的干部组建中共云南省委独龙江民族工作队，进驻独龙江开展扶贫工作。此后，不同地区、不同部门、不同民族的干部一批批来到独龙江进行扶持。

省第一任扶贫队长叫杨仕堂，是普米族，由兰坪县通甸镇党委书记提拔为怒江州扶贫办副主任，2002年进驻独龙江乡，蹲点扶贫了两年。

他和十几名扶贫队员从高黎贡山山外运来铁皮，请来技术员，修缮了一批四面透风、简陋的茅草房，改善群众的住房条件。

贡山县政府党组成员吴国庆曾三次进驻独龙江扶贫。他清楚地记得，为解决吃粮问题，杨仕堂带领工作队动员独龙族群众改变刀耕火种兼狩猎为生的原始生活方式和"火烧地"的原始种植模式，开展退耕还林，通过国家下拨粮补解决群众的吃粮问题，并发给一定的补助金。

杨仕堂还组织群众发展养殖，引进了一些山羊。这些措施，为发展农产业探索了路子。对保护独龙江生态也起到了重要作用。

第二任队长和越成同志，是傈僳族，由营盘镇党委书记提拔为怒江州扶贫办副主任，在独龙江蹲点扶贫三年。三年中，他母亲在家中长期生病卧床不起，可他一心扑在独龙江扶贫事业上，很少回家。

两任队长先后带领三十多个队员在独龙江乡与独龙族干部群众一起奋斗，取得了明显的成果，为后来独龙江脱贫攻坚打下了很好的基础。

2010年，云南省委、省政府以"决不让一个兄弟民族掉队"的政治高度，启动实施独龙江乡"整乡推进、整族帮扶"工作后，确定了年年有变化、三年见成效、五年大发展的目标任务。

独龙江畔一场轰轰烈烈的脱贫攻坚战正式拉开了序幕。

攻坚战怎么打？由人来打。

怒江州先后抽调一百一十八名工作队队员进驻独龙江乡六个行政村二十六个自然村，全力以赴开展帮扶工作。在我国的扶贫历史上，其力度实属罕见，其模式前所未有。

各级抽调精兵强将成立独龙江帮扶工作队。其中贡山第一批七名队员进驻独龙江一线开展工作。

这年，三十四岁的普米族年轻干部熊汉峰，被州委任命为工作队队长。从此，他成为"开山"第一个进入独龙江、"封山"最后一个走出独龙江乡的扶贫干部。

正是一支支扶贫团队，在独龙族"千年"跨越发展中勾勒出最为浓墨重彩的一笔。

州委驻独龙江乡工作组常务副组长、驻村工作队大队长高松，已是第七任扶贫工作队长。他说："最初遇到的困难是难以想象的。能在这里坚守就是一种贡献。何况他们为独龙江扶贫工作舍身入死、艰苦创业，依旧无怨无悔，情洒独龙江的山山水水。"

余金成，是兰坪县人，后来任独龙江乡党委书记。2009 年，他第一次到独龙江，是贡山派驻独龙江乡帮扶工作队中最年轻的干部。那天，他和吴国庆等扶贫工作队员一起乘车奔波了九个小时。

"一边是高耸入云的山体，一边是悬崖深不见底。车子在坑洼积水的独龙江公路上颠簸，令人腿肚子发软，心也揪紧。独龙江之行，步步惊心。"余金成回忆说。

乡政府的办公室还是简易房，没有宿舍，没有宾馆。调进来的年轻干部五六个人住一间房子，晚上睡的是通铺。

独龙江没有网络，乡里的电脑只能打字办公；没有移动信号，无线联络只能靠卫星电话，而且信号是 2G，信息发长一点都是延迟的。家人或者朋友发来信息也收不到，没法对外联系。电视只能看到中央一台和三台，调好一点才能看到中央六台，其他频道都没有了。没有娱乐，生活感到很枯燥。

"当时最流行的就是 QQ，在 QQ 的虚拟空间里还可以玩'种花''种白菜'的游戏，网络世界已经把人们的生活提升到一个非常丰富和多彩的空间。"余金成说，"但是，到独龙江后这些都没有了。"

但是，独龙江的一批批扶贫队员把"整乡推进、整族帮扶"的责任扛在肩上，没有丝毫的懈怠。

彭学军回忆起当时的经历，感慨道："最困难的还是搬迁。"

2010 年开始，首先实施安居房工程建设。四十一个村民小组，散居独龙江两岸一百千米的山峦地带，相对集中的村落只有六个行政村。如何动员村民们搬到山下集中建房居住，是扶贫工作队和乡党委政府面临的难题。

乡里干部职工和扶贫队工作的同志们分成一个个小组，分片包干，走家串户，做动员工作。村民们听说政府要盖新房子，搬下来集中住，既高兴又顾虑，甚至不少人心怀恐惧。一些寨子的群众看到扶贫工作队的同志来了，就躲起来或关门不见。扶贫工作队员向他们耐心说明集中居住、整合土地使用的种种好处，争取群众的理解和支持。

但是，一些年纪大的村民不愿意搬。他们说，祖祖辈辈在山上住惯了，不想离开原来老房子。有的提出烤火怎么解决，养鸡养猪怎么办等各种各样的现实问题；还有的要求按原来的老房子建新房。

根据独龙族群众的意见，指挥部组织专业部门，把独龙族的传统习俗和现代生活的要求结合起来，对方案、规划进行了反复修改，统一设计。在主房旁边又加了一间可以烧火塘的配房，增加了独立的洗澡间和厕所。

在进行村庄规划时，整合土地，统一规划，集中建设。原来的四十一个自然村合并成二十六个村，老百姓很满意。

在独龙江实施的"整乡推进、整族帮扶"行动，一直是各级领导的重点关注。

2011年春天，云南省在文山州召开了一次全省扶贫工作大会。李纪恒讲话时突然问："独龙江的书记来了没有？"

"到！"彭学军先是一愣，立刻站起来回答。

"好，你坐下。"李纪恒又说，"独龙江是全省最贫困的地方。目前正在实施'整乡推进、整族帮扶'三年行动计划，这是省委省政府层面的高位推动。你们任务艰巨啊！"

晚上，李纪恒和大家围着桌子一块吃饭，又看到了彭学军。他拉着彭学军的手走上餐厅的舞台，动情地说："同志们！独龙江是我们云南西北最贫困的地方，那里有我们的少数民族独龙族同胞。来，今天，我们唱一支独龙族的歌，给他们鼓鼓劲。"他拉着彭学军一块唱起来：

独龙江啊独龙江，

那是祖国一个美丽的地方；

要是有人来问我，

独龙江是个什么样？

现在那里还很贫穷，

但是我要告诉你，

未来的独龙江，

一定是人人喜爱、人人向往的好地方。

……

封山季"六不封"

2012年6月，彭学军离开独龙江，调任县委常委办公室主任。县政府办公室副主任和国雄接任乡党委书记，直到他2016年2月调任怒江州府市场监督管理局任副局长，离开独龙江。

和国雄是怒江州兰坪县营盘镇人，白族，2002年大学毕业后参加贡山县公务员考试，进入县人民政府办公室，曾跟着高德荣做文秘工作。

和国雄中等身材，讲话时脸上总是一副思考的神态。回想起在独龙江的岁月，他说，那几年正是"整乡推进、整族帮扶"攻坚的阶段。"那是一生中最难忘的时光。"

高德荣是州委独龙江扶贫领导小组副组长，熊汉峰任县里扶贫工作队队长，也是独龙江扶贫指挥部的指挥长，又兼任着乡党委副书记。乡党委书记和国雄任副指挥长。他说："我们工作队与乡党委交叉任职。事实上，就是在老县长的指导下，大家一起干。"

2012 年，大规模的建设，路、房子、桥梁全面铺开。几十个建筑公司、设计单位，近两千名施工人员，集结独龙江畔，几十个建设项目，同时开工。独龙族脱贫攻坚"六大工程"全面推进进入高潮。

这一年是独龙江乡公路开通十几年来封山季最长的一年。独龙江遭遇到了罕见的多雪多雨的天气，恶劣的自然条件和封山造成物资短缺，给独龙江的整个帮扶工作带来了严峻挑战。

面对困难，高德荣召集州委独龙江扶贫工作队、乡党委政府的领导成员及各项目施工负责人会议，研究工作推进方案。

高德荣幽默地说："封山了，我们的工作不能停。一万年太久，只争朝夕。独龙族要早日跟上全国的步伐，不仅不能等，还要跑起来。"他提出，要以封山不封思想、不封责任、不封工作、不封学习、不封联系、不封感情的"六不封"精神，坚持推进"六大扶贫"工程，使独龙江乡"整乡推进、整族帮扶"工作持续取得成效。

就这样，为了凝聚团队、打造团队，建设一支学习型团队，我们扶贫工作队提出了"六不封"。和国雄说："至今受益匪浅。"

不封思想：工作队购买了很多书籍，让大家传阅。熊汉峰也会把队员集中到他家，一起看新闻联播，谈论国家大事。他说："我们必须学习时政、了解形势，才能做好党和政府政策的宣传工作。"

不封责任：队员个个肩上有担子，人人身上有责任；都是帮扶项目的推动者。

不封工作：工作图、阴雨表，每日重点工作都上墙；每月召开一次碰头会。工作队也是农村工作经验丰富、技术精湛的指导队。

不封学习：每个队员必须坚持写日记，一个月上交一次，写工作、写学习、写感想，不断总结提高。吴国庆，一个正科级干部，一年写了三万多字的工作管理日记，记录着队员的管理情况、学习心得、工作日常等，成为"日记"之最。

另外还有不封联系、不封情感：每年快到春节，队长熊汉峰都会亲自带队到队员家里走访慰问，看有什么需要帮忙或解决的，第一时间为队员解除后顾之忧，让大家放心投入前线工作。

各级扶贫干部分片包干，深入全乡六个行政村中的各村寨小组，直接联系到户，与群众"同吃同住同劳动"。听民声、访民情、解民忧。组织党员、入党积极分子、民兵、共青团员积极投身到各项工程建设、产业发展等帮扶工作当中。

"不要总想着伸手要，要多想想如何放手干。"高德荣鼓动独龙族的干部群众积极投身脱贫攻坚大决战中，而他早出晚归，每天奔波在独龙江畔，比小伙子还有干劲。

人们称赞说："老县长是独龙族永不熄火的发动机。"

女儿名叫"余茹萱"

怒江州扶贫办干部余秋尚出生在贡山茨开镇王前村的一个贫困家庭，傈僳族。无论如何不曾想到，他这个从小就被扶持的贫困对象，参加工作后竟和扶贫结下不解之缘，经历了扶贫的风风雨雨，见证了一个"直过"民族脱贫之路。

在他的记忆里，上小学时冬天没有鞋子穿，老师很心疼，给他申报了希望工程，从此，成了被扶贫对象。希望工程给了他鞋子、衣物、文具盒等，还有学费，温暖了一个又一个寒冬。

余秋尚从小就被"希望"温暖，他懂得"希望"意味着什么。他勤奋刻苦，2007年考上了大学；2010年毕业后，他又考上了贡山县林业局普拉底乡林业站。

干劲十足的他，"三把火很旺"，第二年便成为独龙江帮扶工作队的一员——贡山县林业局派往独龙江乡的第三轮帮扶工作队员，进驻靠近西藏的迪政当村。

余秋尚走进百姓家里，只感受到一字：穷，或者说两字：很穷，居然比他小时候更穷。他说他在迪政当村"一口气住了五年"。

"一口气"是现在洒脱的说法。其实，没那么简单。没电、没手机信号，与外界基本断绝；自己生火做饭，生火做饭还可以，关键是柴火。但村民好，很朴实，每年都会背柴火给他。村民们说："你是为我们做实事来了，我们帮你也是应该的。"他不懂独龙语，但结束驻村时，他已经听得懂独龙语百分之七十了。每年从12月至翌年的5月间，大雪封山。封山期间除用卫星移动通信与外界交流外，基本处于与世隔绝的状态。这半年叫"封山期"。特别是春节，无法与家人团聚。他在独龙江过了三个春节。

余秋尚说，体会到苦苦想回家却回不了家的痛苦，就会明白回家过节的真正含义。还有滚石、塌方、蚂蟥咬、毒蚊子叮、被毒蛇伤等潜在风险，每一样都是对驻村工作极限的考验。

他在民情日记中写下了"五次生死瞬间记"：

2012年1月21日，雨。在接近熊当小组和迪政当小组边界之间，徒步经过，遭遇突如其来的泥石流，避开速度如电影镜头高潮时的生死决战，好在只是树枝划到了手，反应慢一秒，就可能在工作队员名单中消失。

这年，履新未久的习近平总书记就来到河北省阜平县专题调研指导扶贫开发工作，勇敢地承接历史责任，再一次向世界宣示了中国共产党人的使命。

2013年7月11日，雨。下乡到迪政当村木当小组，途遇河水暴涨，淹没了下半身，一脚踩空，差点被冲走，幸好被村民及时挽救。

这年，习近平总书记在湘西十八洞村视察，提出"精准扶贫"重要论述，扶贫工作向"精准"深入。

2014年4月6日，雪，翻越高黎贡山垭口时，凌晨三点左右。突遇雪崩，下颚和脸部受伤，车子埋了一半。幸运之神又一次偏爱我，让我死里逃生。

驻村工作结束后，由于这次历险留下的阴影，余秋尚晚上经常反反复复做噩梦，他曾一度怀疑自己是不是精神上出了问题，好长一段时间才完全释怀。

英雄，总是以群体的方式体现。在独龙江扶贫工作中，许多扶贫队员经受了一次次与死神擦肩而过的惊险，但依然秉承信念，苦干实干，没有一个人退缩。

这年，独龙江公路隧道贯通，彻底结束了持续半年的大雪封山的历史，从此，独龙族人民真正走向了现代文明之路。余秋尚感叹道："我也不再经历漫长的'封山期'，可以和家人一起祥和地过春节了。"

五年里，余秋尚走遍迪政当村每家每户，甚至用了一个星期时间，到了西藏边界处在原始条件下生活的一户独龙族村民家里住了几天，动员和组织独龙族群众投工投劳，组织种树、整治院坝、水沟、挡墙、猪圈等，督促建设安居房、厨房、球场、活动场、活动室等。

"我也结拜了一位独龙江大哥，叫李金光，成为一生的挚交。"余秋尚深情地说，"我写了一篇《独龙族汉子与傈僳族拜把子的故事》，但是不知后来放哪儿去了。"

余秋尚经历了从一人被扶贫，到一家被扶贫，又到一村被扶贫，最后，又从被扶贫蜕变成扶贫者的一段不平凡的岁月。

2019 年，他的小宝宝女儿出生。为记忆一个时代的波澜壮阔和他这段特殊的人生经历，他特意为孩子取名"余茹萱"。即意为剩"余"贫困人口，"如"期"宣"布脱贫。

他说，他希望孩子将来能够懂得扶贫济困的不易与荣光。

"想起来就掉泪"

2008 年 11 月，潘德云开着一辆大货车，拉了一车钢筋、水泥等建设物资第一次进入独龙江。吸引他的是每吨六百元的运费，他盘算着一趟能挣两千元。但没有想到从贡山拉到独龙江乡，路上遇到多处塌方，一路走走停停，直到第三天傍晚才冒着越飘越急的雪花赶到独龙江乡。

潘德云是来自四川攀枝花市的一位退伍军人，在部队入党，曾是酒泉卫星发射基地警卫部队防化连的一名侦察兵。他在部队学会了开车，退伍后搞运输。没想到，他往独龙江送了一趟货会遇到这么多波折，也没想到会留在独龙江做工程。

"第一趟拉货进独龙江，来回跑了七天。实际算下来，一吨材料的运输成本五六百元，根本没有赚到钱。"潘德云说。

傍晚到达孔当村时，一位穿着灰色棉衣的"小老头"握着他的手称赞道："你们不简单，能把这车急用的材料拉进来。你们辛苦了！"这是一车钢筋水泥，独龙江建设学校等着用。

"小老头"热情地把潘德云招呼到家里，和乡里的几名干部一起围着火塘吃了一顿火锅煮牛肉，还喝了"小老头"自己酿制的苞谷酒。在雪花飘洒的那个夜晚，对他这个异乡人来说，"小老头"的热情，让他倍感暖心，终生难忘。

后来，他才知道，那"小老头"就是被乡亲们称为"老县长"的高德荣，还是州里的副厅级干部。

也是在那一次吃饭时，他从高德荣和乡干部的谈话中，得知独龙江即将实施独龙族脱贫帮扶"六大工程"，有大量工程项目要做。他认为这是一个机会，决定留下来做工程，在独龙江打拼一番。

潘德云说："第一次进独龙江，感觉就好像攀枝花的二十世纪六七十年代，我们七八岁、十来岁的时候就跟这个一样。我们的房子都是瓦房，虽然是土墙，但是都比这里的房子好得多。小娃娃冬天光着脚，穿得破破烂烂，没有棉衣。看到这些，心里相当地难受。我们把一些吃的东西送给他们。从那时起，我就觉得，虽说我是来打工挣钱的，可我也是党员，有责任帮助独龙族同胞改变落后状况。"

潘德云在独龙江打拼的最初几年里，首先遇到的是运输困难。独龙江的老公路年久失修，用木料码起来的路基挡墙经过多年的车辙水浸，许多路段出现坍塌，随时都会发生危险。一旦遇到雨天，经常被泥石流冲断或堵塞，建筑材料的运输成本极其高昂。

2010年，独龙江"整乡推进、整族帮扶"大规模铺开，进入独龙江的施工队有几十家，施工人员有一千多人。光吃喝拉撒就是一个很大的困难。

潘德云做的第一单工程是普卡旺小组的安居房，几十幢。他发现设计的房顶坡度有问题，容易漏雨。他从小跟父亲学建房，懂得设计。他向指挥部提出了改进意见。指挥部认为有道理，采纳了他的意见，修改了原来的方案。

最艰苦是2010年初夏，连续下了五十八天的雨，严重影响了施工进度。"乡政府组织独龙族群众投工投劳，帮助施工队搬运物资。我们自己组织了十多人的搬运队，及时搬运物资。我们克服种种困难，提前完成了安居房承包工程。让独龙族群众搬进了崭新的安居房。"

潘德云带领的施工队近百人，算是最大的施工队。每年的12月份封山之前就要把建设用料拉进来，还要把民工半年的生活物资全部备好。

"最难的是在 2012 年，封山时间长。我们提前把大米、干菜、粉条、海带等冬季的生活物资全部拉进来，应对漫长的封山季。"潘德云痛苦地回忆说，"没想到，我有一位年轻的工友会精神失常"。

封山期间虽然气温低，但雨水少，对独龙江来说，是一年中比较理想的施工季节。但是，人们习惯了四通八达的交通和畅通无阻的通信联络，一旦交通、电话、网络统统不通，长时间不能与外界联系，如同掉进一个与世隔绝的"黑洞"。那种压抑、憋屈、烦闷感会越来越强烈，一些年轻人承受不了，就会出现精神障碍。

"那是春节前夕，跟我从四川老家来的一位工友，是我一位很好的兄弟，三十多岁，平时很开朗。后来，他几天不说话，突然找我大吵大闹，要翻山回家。我们劝阻他，这么高的雪山饿不死也会冻死的，你出不去。"

当时，发生了两个民工因不堪忍受封山期间的烦闷，私自翻山出走，结果失踪。乡里动员了几十人上山寻找，也没找到。

独龙江乡政府加强了封山期间的人员管控，要求施工单位每天都要把民工信息报给派出所，随时登记。派出所隔几天就来检查民工的在位情况，不许任何人擅自出山。

潘德云的这位工友内心压抑，有时大哭大叫："我要回家！我要回家！"几个人抱不住；有时呆若木鸡，一天不说话，也不吃不喝。

潘德云只好安排几个工友轮换着守护他。后来，他竟然趴在地上，从石头缝里挖蚯蚓吃。

有人以为他是故意的。后来，他吃一只就哈哈大笑一阵子，还大声嚷嚷着："好吃好吃。"谁也劝不住他。

"他疯了！他疯了！"大家惊恐地叫起来。

"兄弟，你不要这样，你不要这样。我给你做好吃的，你想吃什么我给你做什么。"潘德云把这位工友抱在怀里，一边劝说，一边伤心地哭起来。

潘德云日夜陪伴他、安慰他。过了十几天，这位年轻的工友才慢慢恢复了正常。

"后来，独龙江公路改造竣工了，隧道开通。有一次，我开车经过这里，突然想起那位工友。心想，这个隧道多好啊！这条公路多好啊！再不封山了。眼泪就往外掉。"说到这里，潘德云的眼里盈着泪花。沉默了良久，他才接着讲起来。

"这几年，一些工程队陆续撤走了，老县长让我们留下来，承担一些后续的工程。房子在使用中出了问题，漏雨、厕所不通、灯泡不亮、锁坏了，我们都会上门义务服务。政府投资这么大，独龙族同胞住上新房不容易，不管是群众反映还是政府要求，我们尽力做到有求必应。包括政府安排我们淘厕所、清理排水沟。有的项目资金没到，我们垫款先做。所以，我们的工作得到了独龙族群众和扶贫指挥部的认可。"

指挥长熊汉峰离开独龙江时，曾对他说："潘老板，我们应该授予你独龙江'荣誉公民'称号。"

潘德云说："其实，我不想什么荣誉，就想独龙族同胞尽快过上好日子。"

2019年10月，老县长带人查看从雄当到迪布里的进藏公路进展情况。这是潘德云正在做的项目，一个三千多万元的工程。这是老县长最上心的工程，也是云南进藏的一条新路线。这条路打通后，独龙江的旅游将加入滇西旅游大循环。

老县长看了很满意，肯定地说："你们考虑得很到位，遇到大树都躲开了，保护了森林；路基也做得夯实。"

几年前，因为有个施工队要砍掉一棵独龙松，老县长大发雷霆：

"谁砍我的树，我就把谁送进去！修路遇到树必须躲着走。"

中秋节到了，老县长自己花了两万多元买了两头独龙牛送到施工队。潘德云说："老县长，你这是干啥子个吗？"

"修路有功，慰问同志们。"老县长笑笑，放下走了。

潘德云说："我来独龙江承揽工程整整十年了，每年春节老县长都自己花钱买猪买鸡等置办年货，到那些完成工程好的施工队去慰问。"

如今，独龙江不仅环境美了，独龙族人的精神面貌也发生了根本变化，干部群众的素质也大大提升，待人接物，懂得礼节礼貌，就连几岁的娃娃都懂得用普通话问候外来的客人。

潘德云又说："这些年，我们施工人员与独龙族的干部群众结下了深情。在这里打工，心情也特别好，处处感受到温暖。"

边陲攻坚战

2012年5月，县里把民委干部孔玉才派到独龙江驻村扶贫。他在献九当村组织安居房施工，仅用四个月就建起来了。老县长和指挥部的领导看了很满意，说："献九当村走在全乡前头。"

接着，指挥部就把他调到马库村，说是马库那边进展缓慢，需要加强组织领导。

马库村地处独龙江下游中缅边境，也是独龙江乡里最偏远的一个村，条件比较艰苦。"我心里犹豫。虽然老婆没工作，孩子刚上幼儿园，但想想爷爷对自己的教育和期望，想想自己是在党的培养下成长起来的一名独龙族干部，没有理由讲价钱。"

他说："我是在党的培养下考上了中专。在学校里读书的几年里，省民委给我们少数民族学生一个月两百块钱的补助，生活用品包括被子、牙刷、牙膏都给我们准备好。我毕业后，又通过考试，到丙中洛乡政府工作了三年，然后又到捧当乡政府工作了三年，再之后到县民委工作了一年。这次安排我到独龙江乡参加'整乡推进、整族帮扶'大决战，也是对我的考验和历练。我怎能打退堂鼓？"

孔玉才毅然前往马库村，没想到马库的条件那么艰苦、那么困难。

去马库的毛路刚刚挖通，经常塌方，材料运不过去，房子一直建不起来。他去报到的时候，碰上连日大雨，交通中断。中途，他在一户老百姓家的竹篾房里住了九天。

"天晴了。我终于赶到了安置点施工现场。"他说，"工地不通路、不通电、没有手机信号。指挥部给施工队配备了一部卫星电话与外面联络。七十多栋安居房建设工程，只有七八个人在干活。施工队走了好几拨，民工说是这里太苦，受不了。"

孔玉才望着施工现场，眉头拧成了一个疙瘩。临来时，老县长给他交代："马库条件差，工作难度大。你要有充分的思想准备。尽快打开局面，把进度赶上来。"

独龙江乡的"整乡推进、整族帮扶"工程是国家投资、云南省主导的重点项目，时间紧迫，任务艰巨，一刻也不能耽搁。

村委会副主任江仕明向他建议说："施工队招人很难，唯一的办法是动员村民投工投劳。"

在村里召开的动员大会上，孔玉才对大家讲："乡亲们！国家投入大量资金，兄弟民族来帮我们建设，我们不能袖手旁观、坐享其成。自己的家园自己建！美好的生活要靠自己创造。有人出人，有物出物。"

大家一起唱起了《独龙人爱听党的话》，歌声回荡在青山绿水间。群众的积极性迅速调动起来了，很快组成了由村干部、党员和群众参加的帮工队，施工队增加到一百多人。

"江仕明是一位党员，是一位非常能干的同志，责任心强，在班子里面也是一位有思路、能干事的领导成员。他身先士卒、以身作则、作风扎实。他带领村民积极参加安居房建设，起到了非常好的带头作用。"孔玉才说，"同时，我们加强指挥部、施工队和村委会之间的组织协调，提高工作效率，加快施工进度。"

就这样，大家齐心合力，推进安居房建设。马库村的工作很快打开了局面。

有一天，一名民工施工时被钉子扎进脚里，血流不止。"马库没有医院，怎么办？钉子是生锈的钉子，不及时处理的话，患上破伤风是很危险的，我们要对支援独龙族脱贫工程的外地民工负责。"

"没有车，我立即组织人抬着他直奔巴坡。大约跑了六千米，手机里才有信号，从巴坡村过来车把受伤民工接到了乡医院救治。他身上一分钱都没有，我们工作队和村干部，还有他的工友，都给他掏钱。他感激地说不出话来。"孔玉才说，"虽说他是一个外地外族的打工人，这种不同民族兄弟之间团结一心、互相照顾的场景，很令人感动。"

为了保证封山期正常施工，我们组织了几十名由民工和本村群众组成的突击队，人扛马驮，抢运了一个月，备足的冬季施工材料。第一年，我们就实现了时间过半、任务过半。老县长说："马库的进度，我放心了。"

2014年7月，马库村七十户人家二百五十多人，高高兴兴地全部搬进了安居房。

这天，孔玉才正组织民工拆除村寨的老房子，老县长赶过来了。他一看就吼起来："停下！不能这么干！"

大家以为发生了什么危险。老县长说："这些竹篾房、木垒房是我们老祖宗留下来的独龙文化，是民族的符号，是我们将来开发独龙族文化旅游的资源，怎能一拆了之?!"老县长要他们选择一些保留下来。

"老县长总是比我们想得远、看得远。如今，独龙江的老房子成为乡村旅游的一大亮点。"孔玉才说。

为了把边境上的马库建设成文明乡村，指挥部决定：在原来安居房规划建设的基础上，进一步提高档次，每家增加了室外标准的独立厕所和洗澡间，实现人畜分离，改变了独龙族的千年陋习。

原来的安居房没有设计火塘，独龙族有些上了年纪的老人离不开火塘。独龙江降雨比较多，冬天必须要生火，这也是独龙族的一种火塘文化。为尊重民族习惯和风俗，把现代生活和传统习俗结合起来，家家配上了火塘。群众高兴地说："扶贫工作暖人身，更暖人心。"

千年贫穷落后的独龙人一步登上人间天堂，有道不尽的幸福感。

2016年3月，孔玉才当选独龙江乡乡长。他拿出爷爷孔志清写的一本回忆录，感慨地说："爷爷任乡长经历过新旧社会两重天。如果他活着就整整一百岁了。我这一代经历了由穷变富、奔小康的两个时代。独龙江发生了天翻地覆的变化啊！"

孔玉才望着窗外波涛滚滚的独龙江，又说："独龙族自身有了发展的能力，离不开国家的扶持和兄弟民族对我们的帮助。多年来，许多兄弟民族的同志到独龙江来扶持我们，像一家兄弟姐妹一样，不遗余力，作出了许多牺牲，我们非常感激他们。否则，不可能有独龙族今天的幸福生活。"

走进新家园

安居房建起来了，动员村民搬迁又成了难题。

龙元村就有这样的一对夫妇，再穷也不愿意搬迁。他们舍不得菜地里的青菜、萝卜，更害怕改变现有的生活习惯。都说住惯的山坡不嫌陡。再穷也是祖祖辈辈居住的地方，何况这儿安葬着先祖的灵魂，埋着自己的衣胞，还有一条带不走的看家老黄狗。

这条狗，对于龙老汉来说可不是一般的狗，而是救命"恩人"。

龙老汉经常上山采草药。高黎贡山的草药是很有名的，据《高黎贡山药用植物名录》记载，高黎贡山有药用植物两百科、一千二百九十八种。如贝母、黄连、茯苓、秦归、野生三七、野生天麻都是相当名贵的。

几年前，有一次，龙老汉上山挖贝母，遭遇黑熊，正当双方对峙不下，只见这条老黄狗，奋不顾身地冲向了黑熊。黑熊被这条勇敢的老黄狗给吓跑了。

工作队员们一次次到龙元村做龙老汉一家的工作，动员他家搬到江边的安居房去，这样才有生活保障。可他总是摇摆不定，有时同意搬，时而又反悔。大家心里明白，世代居于深山，故土难离的情感在独龙族群众心里扎得很深。思想转变不是一朝一夕的事。

队员们又一次来到他家，耐心地劝说。火塘里的柴火烧得噼啪作响，龙老汉慢慢抬起低着的头，思想终于转变，签订了搬迁协议。

不久，一家家一户户独龙族群众，沿着开满山花的小道，搬出了深山，走进了新村，走进了他们的新生活。

通过五年的帮扶工作，独龙江乡"六大工程"基本实现了基础设施大夯实、人居环境大改善、社会事业大改观、特色产业大发展、素质能力大提升、思想观念大转变、经济发展大跨越的历史性改变。

如今的独龙江畔，万物更新，欣欣向荣，到处是人们辛勤的影子。他们用自己的双手播种着心中坚定的信念和永远不变的希望，播种着真挚的情和无私的爱。

2014年11月，中共云南省委书记、省人大常委会主任李纪恒第五次来到独龙江宣讲党的十八大、十八届四中全会精神并调研扶贫开发工作。这次与李纪恒一道而来的，还有刚到云南上任不久、时任代省长的

独龙悠歌

陈豪同志。

伴随着独龙江乡整乡推进独龙族整族帮扶项目接近尾声，走进独龙江乡，可以看到的是一排排色彩鲜艳的新房子错落有致地镶嵌在风光秀丽的独龙江两岸，宽敞整洁的柏油路通向各村寨。此时的独龙江发生了天翻地覆的变化。

陈豪称赞说："独龙江帮扶模式是一个成功范例。""独龙江帮扶模式"也成为全省乃至全国精准扶贫的典型经验。

所到之处都能强烈地感受到，在党中央、国务院和云南省委、省政府的亲切关怀下，在兄弟省市的无私帮扶和州、县党委政府的坚强领导下，独龙江焕然展现出一幅新美的动人画卷。云南省按照习近平总书记的要求，兑现了"决不让一个兄弟民族掉队，决不让一个民族地区落伍"的庄严承诺。李纪恒和工作组的同志与独龙江群众彼此越来越熟悉、越来越亲近。安居房里的火塘边，听独龙族群众你一言我一语，讲述着生活的变化。一阵阵笑声回荡在江畔。

听说省委、省政府领导带领工作组来看望大家，当晚，独龙族群众身着盛装汇聚到卡雀哇广场欢迎远来的亲人。围着熊熊篝火，李纪恒、陈豪与群众一起手牵手跳起了欢快的民族舞。

篝火晚会是少数民族群众的一种文化活动，也是领导干部深入基层、联系群众的亲民活动和开展思想宣传鼓动工作的好时机。

手拉得很紧，心离得更近。在篝火晚会上，李纪恒讲述了自己五进独龙江的感触。他说，以前每一次来独龙江，我都带着沉重的心情来，带着更沉重的心情离开。他还记得当时他第一次来到独龙江时唱的歌："迷人的独龙江啊独龙江！如果有人来问我，这是什么地方？我会忧伤地告诉他，这是贫困落后的独龙江！但是我要告诉你，未来的独龙江一定是人人向往的地方！"

这一次，当看到独龙江乡的变化，他又唱出了新的歌词："可爱的独龙江啊独龙江！如果有人来问我，这是什么地方？我会骄傲地告诉他，这是人间的美丽天堂，这是人人向往的独龙江！"

老县长高德荣带头唱起了"我可爱的家乡，插上了高飞的翅膀，靠的是伟大的共产党，独龙人民跟党走，团结奋斗奔小康。"以此来表达独龙族同胞的心情。

欢声笑语在高山峡谷久久回荡……

第十三章　我奋斗，我快乐

"秘密基地"

清晨，高德荣披衣出门，环顾江峡。

云雾在群山间缭绕，山峰仿佛被托举在空中；江水透碧如玉，轻唱着奔向远方。

为了尊严和梦想，为家乡发展的这颗心，他执意背着铺盖，回到了他心心念念的独龙江。

高德荣在江边一条溪谷里用手扒拉出一块坡地，盖起一处院落。在他住的那间竹篾笆房的中间，端端庄庄挂着一幅一位独龙族老人的照片，格外醒目——这就是他的阿妈。

门口挂了两个军用背包、几件很旧的迷彩服、两件稻草编成的蓑衣、一副过溜索用的钢轮和一把腰刀。屋里除了一个火塘、几张板床和一台旧电视机外，别无他物。

后来，这里被人们称为"秘密基地"。之所以"秘密"，是因为必须乘溜索过江，比较隐秘。

高德荣在院子里种了菜，养了猪、鱼，还在房前屋后种上了草果，摸索种植技术，开始谋划独龙族脱贫致富的产业发展。

从那时起，他像钉子一样，深深钉在偏僻贫瘠的独龙江乡，与独龙族同胞朝夕相处，为独龙江的发展、为独龙族同胞的生活富裕而奔忙。他的内心是踏实和安宁的，他的精神是愉悦和振奋的。

谈起高德荣，巴坡村党支部书记王世荣说："很多独龙族人根本不知道他是什么官，只知道他来到这家的田间地头，又去那家的火塘边，家长里短，问寒问暖。谁家有难处，总会看到他的身影。他是一位可亲可敬的老人，与我们想在一起、生活在一起。我们离不开他，他也离不开我们。"

乡里的干部们说："独龙江的每个村委会、每个村民小组的情况，他甚至比我们还熟。到老百姓家里，他从不摆架子，与大家亲得很。"

身高不到一米六，肤色黝黑，笑容憨厚，眼里透着几分精明，不主动看人，衣着举止土气。别说"县长"，看上去顶多是个"乡长"，乡亲们都亲切地称他"老县长"，这样亲切，他喜欢听。

有一次，有人问起他辞职的事，高德荣说："我坐在办公室里能干啥？下半辈子一眼就看到了头。我在这里天天兴奋。"

有人又说："你应该享受生活。"

他却回答："我更愿意享受人生。"

后来，高德荣种植的草果发芽了；再后来，又结果了。他坚信，在独龙江发展草果是一个不错的选择，决定大面积的推广，便和乡里的干部一起研究制订了草果发展规划。

其实，高德荣种草果已有将近二十年的历史了。

二十世纪八十年代中期，高德荣在独龙江当乡长时，就开始研究适合独龙江发展的种植业。他还订阅一些农业科技杂志，进行各种种植试验。

1988 年，他听说怒江州泸水市群众在山坡地头种植的一种香料，也是中药材，叫草果，是一种效益不错的经济作物。他专门跑去实地考察，并背回来一些草果苗，尝试种植。但是由于大山的隔阻，运不出去，没有发展起来。

高德荣任贡山县长后，就在普拉底乡发展草果。"那时候全州不多，我们普拉底先种起来。"在他家的火塘边，老县长回忆说，"2005年通过试验种植，草果在普拉底乡初见成效，而且很有市场前景，更重要的是其种植无须开荒，既可保护生态又能带来效益。长久来看是个'绿色银行'"。

草果是一种经济作物，长得像草，两三米高，果实结在根部，红灿灿的，是上好的香料。

2005年6月，州委书记来贡山调研，得知普拉底乡有六千人口，种了四千亩草果，人均收入竟然达到了两千元，认为这是脱贫致富的好路子。他鼓励说："贡山县普拉底乡能不能搞出一个万亩草果之乡？"

结果，普拉底乡发展了一万一千亩，人均刚好二点四亩，一亩收入一千块钱，二点四亩就是两千四百块。第二年，草果价格暴涨，每斤十块钱。普拉底乡又搞了一个草果节，乡亲们都说："金果银果不如普拉底的草果。"把当时分管农业农村工作的副省长也吸引来了。他看了高兴地说："别看草果小，它是百姓的金元宝。"

当时，普拉底乡成为怒江州产业发展的典型。

老县长在"秘密基地"试种的草果成功了。他把群众召集过来，进行培训，把发展草果产业作为独龙族脱贫致富的一条新途径。

"自己先学会、先弄懂、先找到市场，再推广给乡亲们，这样大家就能少走弯路，尽快致富。"高德荣看到有的村民有畏难情绪。他把大家叫到火塘边，语重心长地对大家说："无论干什么事，都要有信心。咱们独龙族长期落后，要跟上时代的发展，除了学文化、提高素质，树立信心很重要。只要有了自信心，我们独龙族人就能靠自己的双手发展起来。"

草果红遍富起来

2007 年 7 月 13 日，高德荣从泸水市用四辆卡车把一千七百棵草果苗拉回了独龙江。他把草果苗无偿地分给群众，还亲自用他的小车送到农户家里，手把手地教群众种植管理。有一次草果种植遇到了虫灾，他亲自跑到省农科院请专家想对策。

经过几年的"折腾"，草果种植终于见了成效。老百姓看到这个是可以赚到钱的，积极性也高了起来。

在高德荣的带动和帮助下，独龙群众种植热情高涨，面积不断扩大，草果产量连年翻倍。

巴坡村委会主任王世荣回忆说："老县长第一次给我们村发放草果苗时，都是亲自把草果苗发到每一户村民手中，并详细地讲解种植方法。怕讲得不清楚，他还把大家召集到种植基地搞培训，手把手教大家种草果。"

巴坡村从 2007 年开始种植草果，2010 年挂果，当年收获了六吨；2011 年达到三十吨。2012 年虽然遭受雨水过多的影响，但也还有三十四吨的产量。到 2013 年，巴坡村的草果产量就达到了一百吨。

巴坡村的木利光已经种了多年草果。他说，自己年龄大些，当初学得慢，去老县长的基地学了十多次，还拿回来许多苗。"有这样的好事，我们当然感激他。"

高德荣拿出六千棵草果苗，送给了马库村民。原本是件好事，但村民们没见过草果，积极性不高。

马库村的老百姓一直靠种玉米和放养山羊维持生计，大家也都习惯于这样的劳作方式。有人说，种玉米能吃粮，养羊能吃肉，种草果能当饭吃吗？换不来钱怎么办？有人还把果苗拔下来丢进火塘里。

高德荣听说后，带着草果苗再一次来到马库村，挨家挨户做工作，说服村民进行补种。他说："我们不能老是等、靠、要，要把上级给我们的钱当成种子钱，一块钱要变成两块钱、三块钱，这样独龙江才有希望。"老县长在村里待了一个星期，直到大伙儿安下心来种草果，他才离开。

2012年3月，马库村的草果再次喜获丰收，老百姓尝到了甜头。

这几年，每到进入草果收获的季节，放眼望去，独龙江两岸的坡地上，一丛丛草果树郁郁葱葱，根部结满了红彤彤的果实，就像一粒粒硕大漂亮的红宝石。漫山遍野的草果年年产量翻番，乡里的干部群众上上下下忙得歇不住脚，笑得合不拢嘴。

随着独龙江乡整乡推进、独龙族整族帮扶工作不断深入，当地基础设施条件不断改善，大量外地客商纷纷涌入。

2012年，贡山县供销社部门在独龙江乡成立了草果加工厂，就地收购，就地加工。独龙江草果加工厂一季收购加工草果达到一百二十吨。

孔当村肯迪小组的肯永丽，以前一家人都住在简陋的茅草房里，靠种植一点玉米和打鱼为生。2011年在高德荣的帮助下开始种植草果，2013年草果喜获丰收，如今种植面积达到了三十亩。在草果丰收采摘的节令，肯永丽一家人忙不过来，把亲戚都请来帮忙采摘。

2017年，唐小聪的六十亩草果卖了六万元，全家乐滋滋地开了个小吃店。如今，他看好独龙江的旅游产业发展，正准备用自己的积蓄将小吃店改造成可住宿的农家乐呢。

这几年，独龙江的中华蜂养殖也渐渐成为独龙江的特色产业之一。从开始微不足道的养殖数量到如今每村三千多箱的超大规模，不能不说是前所未有的大发展。

我国是世界第一养蜂大国，养蜂历史悠久。独龙江适合养什么样的蜜蜂？能不能发展成产业？高德荣动起了心思。

通过对各种蜂种进行了多年的观察、研究和比较，他发现，中蜂对大自然起着重要的生态平衡作用，发展中蜂既能适应独龙江地区地理、气候条件，又对当地植物资源具有保护作用。

在发展草果产业的同时，将草果种植和蜜蜂养殖结合起来，草果花为蜜蜂提供蜜源，蜜蜂为草果传粉，提高了草果挂果率和产量，二者互利共生共发展，有效促进了农户增收，真正让贫困群众尝到"甜蜜"，实现产业发展双赢。老县长称其为"甜蜜事业"。

如今，种植草果、养殖中华蜂、独龙牛、独龙羊等一批批产业相继发展成气候，已成为群众增收的重要途径。乡亲们的生活眼看着一年比一年好起来。

女儿有个小小心愿

"整乡推进、整族帮扶"攻坚战行动全面展开后，担任怒江州委独龙江扶贫工作领导小组常务副组长的高德荣，深知肩上的责任，一天到晚，从未停下奔忙的脚步。

他几乎把自己的所有时间倾注到独龙江的每个日子里。逢年过节，高德荣总要和扶贫工作队的同志一起度过，或是和县领导一起去慰问坚守在一线岗位的工作者。

"别说爸爸到独龙江以后一家人没一起吃过年夜饭，即便是他在县里任职那些年，大年三十也都是很晚才回家。"与父亲一同吃年夜饭的情景还停留在女儿高迎春童年的记忆里。

"慰问同事，慰问下属，就是没空'慰问'一下家人，陪陪我们。"

说到那些父亲缺席了的年夜饭，高迎春的泪水再也没能控制住，从小到大对父爱的缺乏仍然令已经为人妻、为人母的她感到委屈。

一家人团聚的时间屈指可数。她说，她最幸福的日子就是八岁的时候，跟着父亲从县城翻越高黎贡山徒步走回独龙江。

八岁以前，高迎春从来没有走出过独龙江。高德荣当区长，后来又当乡长，经常去贡山开会。女儿多次期盼爸爸能带她去一趟县城，但是又不敢说。

暑期，高德荣正在县城开会，女儿好久没有见到父亲了。乡里恰好有一位长辈要带两个年纪与她相仿的孩子去县城。马秀英知道女儿的心思，就托付这位长辈带上了她。

临行前，马秀英把准备好的干粮装进独龙族特有的"四方篓"里，挂在女儿的肩上。女儿跟着长辈徒步向贡山县城走去，饿了就吃干粮，晚上就睡在树洞里，第三天下午才到贡山县城。

高迎春来到爸爸开会的地方，不一会儿，爸爸急匆匆地走了出来。她高兴地扑上去，爸爸一把将她抱在怀里。

但是，爸爸没时间陪她，只好买来一摞小人书，把她关在宿舍里。

两天后会议结束，高德荣带着女儿返回独龙江。女儿满心希望走不动的时候，爸爸能背她一程。可是，爸爸身上背着给乡医院里的一大背篓药品。忽然之间她的希望化为泡影。

"沿着人马驿道，我跟着爸爸走了几天。走累了，想让爸爸背着，爸爸看我实在走不动了，就把我抱在怀里走几步。爸爸也走不动了，再把我放在地上，说，你瞧，前面有个漂亮的花蝴蝶，哄我去追。"高迎春深情地回忆说，"在雪山垭口马帮歇脚房里的那个夜晚，爸爸燃起火塘，把我抱在怀里睡了一夜。那是我一生睡得最香也是最温暖的一个夜晚。可是，一觉醒来，我看到爸爸的眉毛上挂着白霜，两眼红红的。我还天真地说，爸爸的眼睛被火塘烤红了。"

高迎春平静了一刻，哽咽着说："那几天，和爸爸一起翻越高黎贡山，是我一生中最幸福的日子。尽管一路上被蚊子、蚂蟥叮咬，吃了不少苦，受了不少罪。"

难得的一次父爱，成为高迎春一生最美的记忆。

2012年，马秀英退休了。她决定搬进独龙江乡去照顾丈夫。马秀英的决定让高迎春既欢喜又忧愁，喜的是妈妈是医生，在父亲身边除了照顾他的饮食起居，小痛小病还可以处理；愁的是妈妈年纪也大了，大雪封山期间，假如有什么意外，他们姐弟俩进不去，两位老人出不来，怎么办？

但女儿非常体谅父亲，即使抱怨也明显透露着发自内心的骄傲和惦念。

2013年春节，大雪封山，全家不能团聚。一直等到国庆节长假，高迎春和丈夫带上六岁多的儿子兴冲冲地赶到独龙江乡去探望父母。

一进那幢竹篾房里，高迎春一眼就看到了墙上挂着的奶奶的那幅照片，慈祥的面容，安然的表情。她知道，这是父亲离不开的亲情陪伴，也是一位独龙族老人的灵魂守望。

高迎春心里默默地念叨：父亲，你属于独龙江、属于独龙族；今天，你终于属于家庭了、属于我们了。

看着老父亲在闲暇时与孙子逗闹的场景，高迎春又忍不住流下了热泪。这次来独龙江，高迎春没有过多的奢望，只有一个小小心愿，就是能和父亲吃一顿团圆饭。可是，女儿还是想错了。

她和丈夫、孩子在独龙江待了四天，高德荣最终也没能抽空在家吃上一顿饭。他每天都要走村串户，动员独龙族的群众种植草果，发展产业。

好在，女儿一家懂父亲。其实父亲也很愿意享受一家人在一起的天伦之乐，只是他更牵挂的是独龙族的发展，是乡亲们脱贫致富。父亲带着他种植草果的学员们早出晚归，就连吃饭也在不停地谈论产业发展。

"父亲很少跟我说话，却特别疼爱小外孙，特意带孩子去参观普卡旺小组刚刚建起来的安居房。我也跟着去看过一回。"高迎春感叹道，"这里变化真大呀！我们小时候居住的茅草房，在党和政府的关心下，全都变成了崭新的木板房，家家户户院子里飘扬着鲜艳的五星红旗。"

每户人家都有两栋房子，一栋自己住，另外一栋是两个标准间，专门作为旅游接待用房，用于发展独龙江的旅游产业，增加农民收入。

高迎春说："看着父亲心满意足地微笑，我越来越理解父亲的苦心，理解他为什么非要回到独龙江。他这些年来的努力、付出和奉献都是值得的。"

那天晚上，在"培训基地"学习的三十多名独龙族乡亲第二天就要"毕业"回家了，高德荣特意杀了鸡，准备了一些自家酿的酒，为他们饯行。

高迎春记得当时的情景：乡亲们围坐在父亲身边，听他讲政策、讲法律、讲科技，讲家庭成员之间和睦相处的道理。喝高兴了，乡亲们唱起了独龙族民歌，跳起了独龙族舞蹈。父亲开心地唱起了他作词的那首歌：

> 美丽的独龙江哟，我可爱的家乡；
> 处处鲜花开放，沐浴着温暖的阳光。
> 美丽的独龙江哟，我可爱的家乡；
> 插上了高飞的翅膀，靠的是伟大的共产党。
> ……

听着父亲的歌声，高迎春的眼睛又一次湿润了。

她懂得，父亲所做的一切都是为了整个独龙族群众不再贫困，能够过上更好的生活；让更多的母亲不再背井离乡、骨肉分离。父亲的爱是大爱，不仅仅属于自己一家人。独龙族是一个大家庭，他心里装的是所有独龙族兄弟姐妹。父亲正带领着大家庭一步一步赶上全国奔小康的大部队，正在越来越和谐地融入全国五十六个民族这个大家庭。

"五十六个民族五十六朵花，五十六个兄弟姐妹是一家。"高迎春深情地说，"在共产党的领导下，中国这个大家庭一定会越来越繁荣、越来越昌盛。我们独龙族的日子也一定会越来越好过，越来越幸福。"

我奋斗，我快乐

自打高德荣把办公室搬到了独龙江，司机肖建生也成了一名"扶贫工作队员"。

他开车拉着老县长上山下寨、走村串户。一些驾驶员打趣地说他："你给厅级干部开车，却把车开成了拖拉机，把自己开成了一个老农民。"

每年独龙江进入封山期最令高德荣忧心，他担心村民的生活，不知道独龙族同胞们是不是能吃饱穿暖，有没有人挨冻。这时的高德荣是坐不住的，他会沿着独龙江挨家挨户走一遍，心里才算踏实。这又苦了跟随他的肖师傅。

有件事说起来，肖师傅心中至今还觉得对妻子和孩子有所亏欠。爱人临盆那天正下着大雪，肖师傅原本应该留在家陪伴妻子，守候孩子降生。可恰巧，高德荣打来电话，说要下乡走访群众。肖师傅心知肚明，高德荣这一下乡不知何时回来。看看妻子，摸摸她的肚子，叮嘱了一番，尽管心里极不情愿，还是跟高德荣下乡去了。四天后肖师傅回到家，孩子已经出生四天了。原来他前脚出门，后脚孩子就降生了。

这件事肖师傅和家人多少有怨气和情绪。高德荣听说肖师傅的孩子出生了，手里拎着两只鸡，赶到了肖师傅家，一口一个"对不起"。原来高德荣并不知道肖师傅爱人要分娩这事。肖师傅全家被高德荣的举动逗笑了，怨气也全消了。

有几次，高德荣带着肖师傅外出，美其名曰去钓鱼，还煞有介事地准备好鱼竿等工具。可结果到了那里，鱼竿一扔，高德荣却移栽树苗了。肖师傅的"钓鱼游"也就毫无悬念地变成了"种树行"。

哪里新修了公路急需种植行道树，高德荣的心里比谁都清楚。以钓鱼为借口把驾驶员"骗"出去，"老县长"之意不在于"钓鱼"而在于"种树"，要不怎么会鱼竿在江边撂了几天，不见钓鱼的人，也不见鱼儿上钩呢？唯有道路两旁立起了不少新树苗。

平日里高德荣从早到晚两头摸黑地忙，一有空儿就见缝插针去栽树，还发动乡党委、政府干部职工和群众一起植树造林。他希望多种树，植被茂密，大山常绿，灾情少发。在"老县长"看来，只要万众一心，定会造就独龙江的美好明天。

后来，独龙江乡整乡推进工程全面展开，肖建生就更"惨"了，只要能到的地方都开车去过。没有路，就只能走路。高德荣走起路来连小他十岁的肖建生都跟不上。肖建生经常累得车一停下把头趴在方向盘上就睡着了，而高德荣，脚一沾地就忙开了。

肖建生谈吐幽默，是个办事认真实在、很有亲和力的人，独龙江人都喜欢和他在一起。有他在的地方，就有爽朗的笑声，但是肖师傅心里也有难言的苦衷。

按说，高德荣是享受副厅级待遇的干部，跟着这样的"高官"还捞不到"实惠"，恐怕很多人不信；如果说跟着"老县长"，什么好处都没沾过，日子还苦不堪言，这话就更少有人相信了。

肖建生给高德荣开车多年，至今都没有属于自己的半间瓦房，一家人一直在县城租房住。起初迫于家庭压力，没有办法的肖师傅不止一次向"老县长"反映过自己的困难。可高德荣听完总是不作声，也就没有了下文。时间久了，肖师傅渐渐摸清了他的脾气，再也不提了，有困难也会在他面前装得跟没事一样。

可是，每每想到家里患有重病的妻子，正读小学要人照顾的孩子，常年奔波在外的肖师傅心里很不是滋味，有时候干脆背着"老县长"偷偷掉泪。

其实，高德荣不是不知道肖师傅心里的苦楚，只要有机会，他都会让肖师傅去县城办事，顺便也回家看一眼。但这样的机会毕竟还是太少了。独龙江帮扶项目千头万绪，肖师傅也是个把月才能回县城一趟。可是，每到年底临近大雪封山之际，"老县长"都会打发肖师傅赶回家，多陪陪妻儿。

虽然，老县长为肖师傅所想所做的这些并不能解决根本困难，但是，肖师傅心里明白，"老县长"是个有原则的人，也就只能帮他这些。

"十几年没沾什么光，但我也感到很自豪。"肖建生也没忘记，他跟着老县长最幸福的时刻，是作为工作人员到北京参加全国"两会"。他看到了天安门，参观过军事博物馆和八达岭长城，也住过京西宾馆。

有一天，肖建生在昆明接到老县长的一个电话。老县长说："肖师傅，你在哪里呀？"

"我在昆明。"肖建生在电话里回答。

"你在昆明干吗呢？"

"想做点生意。老县长，我跟你开车这么多年，没沾过什么光。老婆有病，孩子没考上大学，我也快退休了。家里需要钱，我想挣点钱。"肖建生说到这儿心里发酸。

老县长在电话那端半天没说话，最后说了句："你回来，到我家来一趟吧。"

就这样，肖师傅来到老县长家里。马秀英忙里忙外，肖建生一口一个"马姨"，像在自己家里一样，帮着烧水做饭。

肖建生不知老县长有什么事。但老县长用惯了肖师傅，还会经常让肖师傅给他开车跑远路。

聊起跟老县长开车多年，肖建生心生感慨。他叹口气说："跟'老头子'在一起，虽然物质层面相当地清苦，精神层面是丰富了。"

"什么叫合格的共产党员？'老县长'就是。有人说他'不近人情'，其实，他是有底线有原则的。他也是一个情商很高的人。他不辞辛劳，忘我工作，把心思、感情和精力都放在了群众身上。我不仅佩服，而且心疼。"肖建生又说，"这几年，老县长天天不是在工地就是在草果基地，一天工作十几个小时。这种高强度的工作，铁打的身体也受不了。2014年6月，麻必当电站上面的输水渠堵塞，发不了电。他带人爬到上去清理，刚上去整个人就走不了路，差点晕倒了，是工作人员背下来的。去医院一检查，才知道空腹血糖比正常值高了一倍多。"

熟悉老县长的人，常见他抓起一把药就往嘴里送，疲态尽显。他的老伴马秀英说："他身体越来越差，但还是忙得没有个头，那么拼命。他是独龙族的儿子，独龙族的事对他比什么都重要。"

肖师傅往火塘里添了几根木材。只见他苦笑了一下，又充满深情地说："这么多年我从来没后悔过。假设可以重来，我还选择做老县长的司机。虽然日子过得苦，但心里是快乐的、充实的，自己无怨无悔……"

肖师傅的话中，有苦涩，有理解，更有敬佩和执着。

独龙江通路了、通网了，独龙族同胞搬进了安居房。高德荣显得很开心。他常说，这都是党和国家的扶贫政策给独龙族人民带来的福祉，拔掉了独龙族人民的"穷根"。但是，独龙族人还要靠自己的双手种下"富根"，通过自我发展才能彻底摆脱贫困，永远走在小康路上。

高德荣先后荣获"全国优秀共产党员""全国民族团结进步模范个人""全国脱贫攻坚奖""全国道德模范"等荣誉称号。

2014年12月29日，中共中央宣传部授予高德荣"时代楷模"荣誉称号。表彰决定这样评价：

> 高德荣同志致力于独龙江发展、致力于少数民族脱贫致富，长期驻守在半年以上大雪封山、条件极其艰苦的独龙江工作，为推动当地经济发展和民生改善倾注了大量精力、作出了突出贡献，被当地干部群众誉为"人民的好县长"……不愧为广大基层干部的杰出楷模。

而高德荣却在人民大会堂举办的他的先进事迹报告会上发言说：

> 我从一个独龙族穷苦孩子成长为党员领导干部，深深懂得，如果没有党组织的培养，就没有我的今天！不论在什么地方、在哪个岗位工作，不忘恩、不忘本、不妄为的信条不会改变，上不负党、下不负百姓的决心也不会改变。我的所作所为，只是履行了一名共产党员的责任和义务。

2018年，独龙江乡种植草果达到四万多亩，人均近十亩。全乡草果收获近三百吨，按每公斤六七元算，就是两百多万！仅此一项，独龙族群众就实现了脱贫目标。

老县长欣慰之余，也担心产业单一风险大。他说："草果有两个风险，一是市场价格的风险，二是雨水的风险、气候的风险。我们必须发展多种经营。"

自2016年，高德荣又利用独龙江大峡谷得天独厚的丰富植物资源，带领独龙族群众积极开发多种种植养殖。如今，羊肚菌、重楼、葛根、黄精等一批新的种植产业和独龙蜂、独龙羊、独龙鸡、独龙牛养殖业，也蓬勃地形成了规模。

"没有产业的支撑，老百姓的脱贫是稳定不了的；产业稳定不了，肯定还会返贫。"高德荣还特别强调，"发展产业，必须是与生态和谐的产业。总书记说，绿水青山就是金山银山。独龙江的发展绝不能伤害生态环境，这是我们要坚守的底线。"

他经常告诫乡亲们："独龙族人民不能总是在党和政府的扶持下过日子。我们要用勤劳的双手建起'绿色银行'，以后用钱都到山上取。"

高德荣充满信心地说："下一步，独龙江种植业、养殖业要向产业化、规模化发展，实现连片种植，种出规模、种出效益，走出一条永远富裕的路子。"

春节到了，有人给高德荣送来几副春联，他都没相中，自己挥笔写了一副，贴在竹篾房的门上，闪闪发亮。

上联是：我奋斗

下联是：我幸福

横联是：迎新年

行人所见，无不叫好。人们一致称赞老县长："独龙族最美奋斗人。"

第十四章　全面实现小康，一个民族都不能少

感恩歌唱给总书记

人民领袖爱人民，总书记牵挂着独龙族。

2015年1月20日的春城，暖风和煦，阳光灿烂。正在云南考察的习近平总书记在这次紧张的云南之行中特地抽出时间，把一年前将高黎贡山隧道开通的喜讯写信向他报告的几位独龙族干部和群众代表，专程接到昆明来见面。

这是一次惦记在心、期盼已久的见面——

下午六时三十分许，刚考察完昆明火车南站建设工地的习近平总书记走进灯火通明的会议室，"我们并不陌生，因为有书信往来"，一见面，总书记就亲切地说。

习近平总书记和独龙族"老县长"高德荣、贡山县委书记娜阿塔、县长马正山、独龙江乡党委书记和国雄、乡长李永祥以及独龙族妇女李文仕、董寸莲一一握手致意。

两张绘有画像的圆簸箕挂在墙上，独龙毯、手织马褂、弩弓、芒锣、铁皮小锄头……长条桌上摆放着独龙族特有的生产生活工具。一间宽敞的会议室里，洋溢着浓郁的独龙族文化气息。

独龙悠歌

　　高德荣高兴地向总书记介绍独龙族的生产生活工具。习近平总书记仔细察看，不时询问。听说"纪事"的刻木上有一封信，总书记饶有兴味地了解信的内容；看到反映独龙族人过江溜索的照片和实物。"真不容易啊！"总书记不由感叹，"这些东西，可都是文化啊。"

　　会议室另一侧的长桌上，摆放了笋干、草果、野生蜂蜜等独龙江特有物产。习近平总书记走过去，一一了解产业发展情况。

　　习近平总书记拉着高德荣的手坐在一张长藤椅沙发上，同大家围坐在一起，观看反映独龙族生产生活巨变的短片。

　　习近平总书记一边看，一边同身边的高德荣、娜阿塔交流，不断询问：高黎贡山隧道建设得怎样？原来出山要多长时间？独龙族干部群众生活发生了怎样的变化？总书记关切地询问大家。

　　沧桑巨变，大家无不激动。高德荣告诉总书记，新中国成立前，独龙江人翻越高黎贡山走到贡山县，来回要半个月；新中国成立后修通"人马驿道"后，一个来回要六七天；1999年独龙江简易公路贯通后，七八个小时可到县城，却仍有半年大雪封山。

　　高德荣说："在总书记关怀下，隧道去年四月就全线贯通了，两个多小时可到县城。如果不贯通，今天我们怎么可能坐在一起呢？要知道，以往的现在正是大雪封山的时候。如今，独龙族又一步实现了大跨越。"

　　高德荣代表乡亲们表示，独龙族虽在边疆，但会永远跟着共产党走，把边疆建设好、边防巩固好、民族团结好、经济发展搞好。

　　你一言，我一语，现场气氛十分融洽。习近平总书记认真倾听……

　　纹面是独龙族以前的一种习俗。年过花甲的纹面女李文仕和董寸莲格外激动。这是李文仕第一次走出独龙江乡、第一次坐飞机。

　　回想起见到总书记的情景，李文仕说，在党的光辉政策照耀下，独龙族人民的日子发生了翻天覆地的变化。我已经年过六十了，还第一次坐上了飞机,见到了总书记。今后要教育子孙后代听党的话,一定要好好读书,跟着共产党走。

李文仕生于1946年4月,家住迪政当村雄当小组。1958年,十二岁的李文仕因村里没有学校,便到龙元小学读书,并由老师取名"李文仕"。

第二年家里因生活贫困,聪明好学的李文仕不得不辍学,跟着大人到山上劳动。李文仕为此哭了好几天。即便如此,在偏僻贫困落后的独龙江,李文仕也是极少有文化的人了。

1966年,二十岁的李文仕,经过短期培训后,担任了村里的赤脚医生。"可惜,由于生活太苦,自己没有坚持下来。"李文仕回忆说。二十世纪六十年代中期,李文仕曾两次步行十一天代表独龙族妇女到当时的怒江州州府所在地知子罗参加会议。李文仕说这是她去过的最远的地方,这段经历也是这辈子最难忘的记忆。

多年来,生活幸福的她渴望有机会能够走出大山,到外面去看看。但她做梦也想不到,能来到昆明见到习近平总书记。

2019年6月的一天,在迪政当崭新的安居房里,李文仕放下手中编织的独龙毯,幸福地回忆起见到习近平总书记的情景。

"和总书记在一起,我们很激动。我们能用什么表达心情呢?我们只能祝福他身体健康;只能用心中的歌表达感激的心情。"

她和董寸莲情不自禁地用独龙语一起唱起自编的"感恩歌":

> 高黎贡山高哟,独龙江水长,
> 共产党的恩情比山高哟比水长,
> 哟哟哩,哟哟哩——
> 五彩云儿飘哟,我们的歌声多嘹亮,
> 独龙人民心向党,齐心协力奔小康,

独龙悠歌

　　哟哟哩，哟哟哩——

　　……

　　不知不觉，时间已经超过晚上七时。

　　看到时间不早了，习近平总书记对大家说："我今天特别高兴，能够在这里同贡山独龙族怒族自治县的代表们见面。独龙族这个名字是周总理起的，虽然只有 6900 多人，人口不多，也是中华民族大家庭平等的一员，在中华人民共和国、中华民族大家庭之中骄傲地、有尊严地生活着，在中国共产党领导下，同各民族人民一起努力工作，为全面建成小康社会的目标奋斗。"

　　他接着表示："你们生活在边境地区、高山地带，又是贫困地区，在新中国成立以前生活在原始状态里。新中国成立后，在党和政府关心下，独龙族从原始社会迈入社会主义，实现了第一次跨越。新世纪以来，我们又有了第二次跨越：同各族人民共同迈向小康。这个过程中，党和政府、全国各族人民会一如既往关心、支持、帮助独龙族。"

　　总书记指出，独龙族和其他一些少数民族的沧桑巨变，证明了中国特色社会主义制度的优越性。前面的任务还很艰巨，我们要继续发挥我国制度的优越性，继续把工作做好、事情办好。"全面实现小康，一个民族都不能少。"

　　"你是县长？你是乡长？"指着来自独龙族的县长马正山和乡长李永祥，习近平总书记说，"随着经济社会发展，独龙族兄弟姐妹自身能力也要增强，县长、乡长就属于独龙族自身培养的人才，我们要自力更生，奋发图强。"

　　总书记亲切地对高德荣说，您是时代楷模，不仅是独龙族带头人，也是全国的一面旗帜。有你们带动，独龙江乡今后一定会发展得更好。他又说："我来见大家，就是鼓励你们再接再厉，也是给全国各族人民看：中国共产党关心各民族的发展建设，全国各族人民要共同努力、共同奋斗，共同奔向全面小康。"

去过五次独龙江乡的云南省委书记李纪恒说："总书记心系独龙江。我们一定要奋发努力，走向更美好的明天。大家有没有决心？"

"有！"整齐的回答声，在会议室里响起。

告别的时候到了，人们纷纷走上前，簇拥在总书记周围。

习近平总书记同乡亲们挥手作别，走出会议室。乡亲们恋恋不舍地一直跟着走出十多米远……

这次特殊的会见，让参加会见的乡亲们感慨万千，对未来更加充满信心。

"'不能让一个兄弟民族掉队'，总书记这么重视少数民族和民族地区发展，我心里充满了希望，每个民族都有希望，我们的中华民族大家庭充满希望。"高德荣激情满怀地说。

领袖的殷切嘱托，极大地激发了独龙族群众脱贫致富的信心和决心，也让云岭各族儿女倍感温暖，激人奋进。

云南省打响了脱贫攻坚、全面小康的最后决战。

婵娟西行

对她来说，这的确是个意外。无论如何她不会想到一场声势浩大的国家行动会波及她这个小小的温馨之家。她的心境和生活顿时失去了往日的平静。

2016 年早春的一天，组织决定派她到怒江州贡山县独龙江乡担任驻村扶贫工作队长。

一年前，也是这样的早春，习近平总书记来到云南考察，要求云南

"坚决打好扶贫开发攻坚战，加快民族地区经济社会发展"。"决不能让困难地区和困难群众掉队""全面实现小康，一个民族都不能少。"并在昆明亲切接见了独龙族等少数民族群众代表。

那时，她为领袖的关怀感动不已。

2015 年 11 月 29 日，中共中央、国务院发布了《关于打赢脱贫攻坚战的决定》，向中国人民和世界庄严承诺，2020 年全国农村贫困人口实现脱贫，全国人民一道奔小康。

那时，她为共产党人实现自己的百年承诺而进行的最后决战倍感振奋！

她也曾想过，作为一名党员，自己如何参与这场决战，或为它做点什么，甚至产生过跃跃欲试的种种念头。但她不曾想到会以这样的方式、这样的姿态，到独龙江这样的地方——站到决战的最前沿。

她从小生长在城市，对农村几乎一无所知。"驻村扶贫，我能干些什么？"她心中一片茫然。

对她和她的家庭来说，也是一个艰难的选择。

父母就她一个女儿，年迈多病，需人照顾；儿子正上小学，需要接送看护。更让她为难的是，爱人是昆明某部防化连的指导员，战备训练异常紧张。

"那天心里太纠结了。"她说。

她爱人却淡定地对她说："是军人就要执行命令，是党员就要服从组织。既然这是组织的决定，你应该服从。"

其实，爱人的态度是在她预料之中的。父母会怎么想呢？

母亲和父亲婚后一直分居两地。"我出生时父母给我起名叫龚婵娟，就是希望一家人能够永远团团圆圆。"

龚婵娟，云南省文联戏剧协会干部，1979 年生，汉族。1998 年毕业于红河州民族师范学院，2002 年 5 月入党。

"扶贫是国家大事。既然是组织上安排的，你就要服从。"老父亲对女儿说，"家里的困难算不了什么，我们能克服。你放心去吧"。他还说服妻子，坚定地支持女儿。

2016年春季开始，云南省大批组织省直、州、市、县机关干部下派贫困地区驻村扶贫，龚婵娟是其中的一个。

2月25日，云南省文联省杂技家协会秘书长邓辉带队，挂职贡山县委副书记、省驻贡山县扶贫工作队总队长；龚婵娟、何睿、吴金洪驻独龙江乡马库村，龚婵娟任扶贫工作队长、村第一书记。

他们告别亲人，踏上了西行之路。

"到独龙江，我觉得是一种缘分。直到现在我还时常回忆起在独龙江的种种。对我来说，那是终生难忘的一段岁月。"龚婵娟深情地回忆起在独龙江的扶贫经历。

从昆明乘汽车到独龙江，经过怒江州府所在地六库，然后沿着怒江公路北上。"这条路又窄又险，不是贴着波涛滚滚的江边，就是攀上陡峻的悬崖，颠簸得直想吐。过了福贡再往上，路越来越窄，又陡又险；一路上经常看到有石头落下来；还有下雨塌方的地方。坐在车里，提心吊胆，脚指头不自觉地往下抠，抠得发疼，总怕掉进江里了。"

到贡山后，由于路基塌方，又等了两天。从昆明到独龙江整整走了四天。

2016年3月1日，龚婵娟准备赶到马库村去报到。夜里的一场暴雨把她挡在了乡里。乡党委书记和国雄调到州里工作，老县长高德荣邀大家一起吃饭。

老县长热情地说："欢迎你们！你们文联来了，就要好好想办法把我们的文化工作开展起来。"然后，他又说，"我们需要的是扶贫干部的身影，而不是声音"。

龚婵娟听着既扎耳，又感到很有哲理。她说："我们文联是做文化工作的，既有身影，也有声音。"

"那好啊，我们既要你们的好身影，也要你们的好声音。"老县长说完，哈哈地笑起来。

"但是，我却感到了扶贫工作的压力。"龚婵娟说。

当时有人要和老县长拍照。老县长幽默地说跟他拍照是要有介绍信的。

"老县长跟我父亲同岁，是一个很慈祥、很睿智的老人。他对问题思考得很透彻，说出来每一个词都很到位、很精准，给我的第一印象特别深刻。我还是觉得离这个老头远一点好，因为他讲话太厉害。"龚婵娟说到这儿笑起来。

她冒着大雨，搭乡里的消防车赶往马库村。半路上车坏了，等了好长时间才修好。好不容易才来到祖国的边陲——马库村。

马库村地处贡山县独龙江乡最南端，与缅甸葡萄县木克嘎村接壤。境内有三十九、四十、四十一、四十二号界桩，距村委会最近的四十一号界桩，仅有三公里。

这里有全国最独特的一所学校，叫"马库军民小学"。

1960年，中缅边界正式划定后不久，按照刘伯承元帅的指示，中国人民解放军边防部队开进了独龙江，以宣誓共和国主权的存在。

其中，在最靠近国境线的马库村驻扎了一个排，为独龙江边防连队的前哨排。前哨排了解到，马库村四个村寨几十户人家，从来没有过学校，独龙族孩子也从来没有上过学，村寨里也没有一个识字的人。

前哨排的官兵们决定帮助当地的独龙族群众建一所小学校。他们的想法得到了连队党支部的支持。指导员王月堂来到马库，带着战士们从山上砍来木料、割来茅草，奋战四十多天，盖起了一栋房子。他们又自己动手，做了一批桌椅板凳，派出一个文化程度较高的战士担任教员，办起了独龙江的第一所小学。

附近村寨的孩子们不懂得到学校来读书，战士们就一家一户说服动员，把一个个独龙族孩子接到了学校。有的学生家庭困难，战士就用自己微薄的津贴为孩子们买来纸、笔等文具。

钦兰当、迪兰当离得比较远，他们把小孩子们安排在学校食宿，既当老师，又当保姆，还为孩子们洗衣服、理发、剪指甲，就像父母一样。

起初，这所小学没有列入教育部门编制。有一年，独龙江乡还是公社的时候，全公社小学生统考，前九名全部是马库小学的，于是得到了教育部门的认可和表扬。便把这所小学命名为"马库军民小学"。

前哨排还开办了群众夜校，开展扫盲工作。前哨排的干部战士们换了一茬又一茬，这一制度却一直坚持着。

为了帮助独龙族群众发展生产，部队专门设立了"群众工作组"，经常派部队战士到各村寨宣传党的政策，帮助群众制订生产规划，传授内地的先进经验，发展农副业生产。许多干部战士还利用出差、探亲的机会，从内地带回蔬菜籽种和优良猪种，手把手地指导当地独龙族群众种菜、养猪。

部队还派出医疗组，经常到边远山寨巡诊治病、送药上门。在简陋的条件下，抢救垂危病人，为患者施行手术，精心护理，转危为安。军民建立了感情。独龙族群众还主动向部队反映当地治安情况，协助部队加强边防巡逻。

文明走进山寨，走进独龙人的生活。独龙族人民夸赞边防官兵是"好大军"，是党派来的"造福人"。

所以，马库是独龙族"直过"较快的村寨，也是历来党的群众基础好、党组织健全、党员作用发挥较好的支部。现在，全村四个村民小组，有八十一户、二百六十八人。其中，有四十一名党员，平均每七个人中就有一名党员。

但是，龚婵娟来到村里感到很不适应。群众虽然都住上了新建的安居房，配套设施却仍未健全。村里经常停电，只能点蜡烛，手机也充不了电。冷清的夜晚，山高峡深，到处黑黢黢地，偶尔传来不知道是什么的叫声，特别令人害怕。上卫生间要跑几十米。一天晚上去厕所，打开门，一条狗蹲在门口。她以为是只狼，吓得惊叫了一声，赶紧又把门关起来，不敢出去。

"条件艰苦，离家又远。也不知道能够为老百姓做些什么事，感觉很难熬下去。"龚婵娟心里一片茫然。

扶贫工作队副队长余金成是独龙江乡副乡长兼乡党委宣传委员，吴金洪和女队员何睿都是九〇后。他们先走访了村里的小组长、党员，并召开群众代表会议，进行交流和沟通，梳理出十条老百姓亟待解决的问题。这十条大都是生产、生活和文化方面的基础建设，列为"马库十项"工程。"这十项任务就像十条杠子一样，一直在心里扛着，成为我们的工作方向和目标。但是如何才能实现？我们的压力一直很大。"

生死之间

2016年进入4月，暴雨连续下了一个多月。由于受"厄尔尼诺"的影响，持续强降雨导致贡山县独龙江乡迪马公路多处发生泥石流、山体滑坡等地质灾害，独龙江乡通往马库村的唯一一条公路被山洪冲垮，车辆无法通行，电断了，通信也断了，和外界几乎失去了联系，生活物资进不来，给当地群众的生产生活带来严重影响。

缅甸离马库最近的村寨是木克嘎村，周边区域有一千多村民，也是独龙族，缅甸称为日旺族，他们自古就是一脉相承。

木克嘎村属于缅甸的葡萄县。从那里到葡萄县需要七天，走到马库只需两个小时，所以，他们整个生活物资一直依赖于马库这边供应。木克嘎村就有七八个孩子在马库小学读书；几年前，还有几位缅甸姑娘嫁到了马库。两国边民你来我往，亲情浓浓，交往比较频繁。

木克嘎村兵站的站长叫松旺，遇有困难就过来向马库这边求助。他们属于缅甸克钦邦的地方武装，不能出边检站。在马库买不到的东西，这边老百姓会帮他们送到边界。

村主任布向军家有两辆运输车，专门给缅甸那边的老百姓拉货。车上都贴着缅甸语，是一路平安这样的话。龚婵娟经常跟他开玩笑说，你是最早做进出口贸易的。有时候他们扶贫工作队员进出马库也会搭他的车。

松旺有事到布向军主任家去的最多。他们碰在一起，也会围着火塘边喝酒、边聊天。江仕明书记告诉他："这位女同胞是省里派来的扶贫队长。"松旺向龚婵娟和扶贫队员们竖起大拇指。大家就会一起商量如何来帮助缅甸胞波。

2017年，马库村小学更换了一批新课桌。村里决定把多余的几十套桌椅捐给缅甸那边的木克嘎村学校。那边的学校缺少课桌，他们非常感激。

"松旺会说英语，每次见面叫我 sister。我就称他 brother，跟他讲几句英语。"龚婵娟说，"他没有接触过普通话，说独龙语或怒江的方言。交往多了，他也慢慢会说些普通话了。有时候我们会随巡边员查看四十一号界桩。遇到他时，他会叫我一声 sister，就竖个大拇指。我们非常友好。这两年，松旺经常找老县长学习种草果，请我们帮助他们发展草果种植。"

两国边民之间的交往很纯朴、很友善，你来我往，亲情融融，一方有难八方支援。由于一个多月连降暴雨，独龙江地区遭受严重的自然灾害。马库村的粮食、油、盐等生活物资严重紧缺，生产生活都受到了影响。

以往，每当出现塌方、交通阻断的情况，老县长会组织人员送粮食和生活用品过来。但是，这一次因通信中断，没法对接。

这时，村主任布向军的对讲机也收到缅甸木克嘎村的松旺的紧急呼叫，说是缅甸那边生产生活和药品等告急。因为网络中断，松旺只好使用对讲机与布向军联系。

这种情况不能再等了。龚婵娟和余金成决定徒步前往巴坡村，与乡里取得联系，尽快将救援物资运到马库。

没想到一场危险突然发生。

途中，有一段路基冲垮了，上面不时有滚石落下来，下面是滚滚江水。这段路非常危险，雨又下起来，他们小心翼翼，手脚并用，通过这段坍塌的斜坡。

龚婵娟："那天是暴雨蓝色预警。我的眼镜被雨水模糊了，什么都看不清，全身湿透着往前爬。快要到达对面的时候，只觉脚下踩的一个石头一滚，我的整个身体跟着往下滑去。出于人的本能，我就乱抓。还有人在那边拼命地呼喊，我听不到他们在叫什么。滑下去十多米，我慌乱中抓到了一个泥石流堆里露出来的半截树根，才停住。"

余金成："我在前面，刚爬过去，听到响声，回头一看。那一刻，我的脸色肯定是惨白的。"

龚婵娟："余金成不顾危险，过来拉我。我已经停住，没有再下滑，仍在很危险的地方。他让我腾出一只手来拽住他，他使劲地拉着我，要我不要慌张，身体贴住山体，增大摩擦力。整个过程都很危险，我如果站不稳，就可能连他一块儿拽下去了。"

余金成："幸好有两个路过的独龙族群众，拉住我们。上来后，我越想越后怕。心里说，真的是老天有眼了，否则我怎么交代？龚姐的孩子正读小学，老公在昆明部队，他父母年迈多病……"说到这儿，余金成哽咽地讲不下去了。

来到安全的地方，龚婵娟突然泪流满面、浑身颤抖，使劲地在那儿哭，雨水泪水流在一起，整个人都是湿的。她边流泪边自言自语地说："太幸运了，今天没有滑下去，没有死。"她不顾一切，拿着手机在拼命地摇晃。她想打电话，却没信号。

"那一刻，我只想打电话听听我爸妈的声音。我可能不会告诉他们我经历了什么，但是我想告诉他们我很平安。那个时候想到的最多的就是家人，就想听到他们的声音，但是电话是打不通的。"

"我们往巴坡方向走，我的腿走路都是软的。看到我的状态，余金成一直在安慰我，我的情绪慢慢稳定下来。后来到一个小溪沟边。他说：我洗一把脸。我看到，他也是一脸泪水。"

"他说他脖子怎么会这么疼？我发现一条软软的虫子叮在他的脖子上，已经叮进去了，尾巴在外面摇着。我说惨了，肯定是蚂蟥，怎么办？怎么办？揪也揪不下来。他问我有没有打火机，可以烧。我说我根本没有打火机。无奈之际，我想起我背包里面有一小瓶六神花露水。"

"我来马库的时候做过攻略，蚂蟥还是怕这些化学制品的。我就用六神花露水给他喷了一下，那只蚂蟥还真的自己扭动着出来了，一股鲜血从伤口里立刻涌出来。他说肯定是他刚才在小溪边洗脸的时候，蚂蟥就叮上了。"

"我从来没有走过这样的路，也从来没有经历过这样的危险。越想越后怕。可能现在还有一种心理阴影，晚上经常会做梦，走着路，突然一脚踩空掉下去的那种梦境，自己把自己吓醒了。"

到了巴坡村，手机有了信号，他们与老县长高德荣取得联系。第二天，老县长调集十五台车辆，带领由几十名党员、群众组成的救灾突击队，拉着救济物资，赶赴马库村道路塌方点，两头接力，将八千斤大米、一百零七桶食用油、一百零四袋食盐和一些日常应急药品，还有孩子们的学习用品运到了马库，解了马库受灾群众的燃眉之急，也使缅甸胞波的生活物资供应得到保障。

"其实，在独龙江碰到这种惊险是常有的事。"龚婵娟沉静一会，感慨道，"如果说这次历险对我的生命观产生了什么影响，那就是对待生命和时间的态度更加珍惜。我想得更多的是，倍加珍惜在这里的扶贫决战时光，不能虚度。要和独龙江的干部一起，为独龙族群众多做一些实事，为独龙族整族脱贫多作贡献。"

马库变酷了

第一年扶贫，围绕"马库十项"，扶贫工作队调动各方面的资源和群众的积极性，集中力量解决群众饮水、村路、群众活动场所、环境整治等生产生活急需解决的问题；扩大了草果种植面积，推广重楼、葛根的种植技术和扩大养殖独龙牛、独龙羊的规模。群众收入有了大幅度增长，村容村貌也发生了很大变化。

四十六岁的江志高，是马库村独都自然村人，过去住在山上，栖身竹棚，常年赤脚，结婚十多年还没有床，全家睡在火塘边。在扶贫队员的引导下，江志高和妻子已经习惯了刷牙、叠被子、整理家务。"现在，每次进家门，都要换鞋呢！不光是我们，全村人都会刷牙、换鞋了。"江志高开心地说。

不久，老县长陪着州委书记到马库村调研，对扶贫工作给予肯定和鼓励。因为第二天要参加乡里召开的脱贫攻坚推进会。老县长招呼龚婵娟和村里的一位女干部一块坐他的车去乡里。

老县长带她们来到草果基地参观，给她们讲了一些草果、重楼、羊肚菌等中药材种植方面的知识，还从草果基地里掰了一些玉米，说是带回去，到他家吃晚饭。

一到老县长家里，他就和老伴马秀英张罗起来。不一会儿，炒了两个蔬菜，又端上来两大盆热腾腾的煮玉米，摆在竹篾房客厅中间的一个小方桌上，满屋香气扑鼻。

"这个玉米是我种的，你们尝一尝这个玉米。这个小玉米是最原始的品种，很少，在外面你花钱都买不到的。"老县长得意地说。

"老县长，我来独龙江一年多，从来不敢到你面前晃。你要看到我们扶贫干部的身影，我肯定是要先做事情的。"龚婵娟对高德荣说，"你还说了，跟你拍照要有介绍信的。我没有介绍信。老县长听了开心地笑起来。他那笑的样子非常慈祥、天真，让人觉得十分可爱。"

他边笑边摆着手说："不要了不要了。我看到你们的身影了，还想听到你们的声音。"

"那次就在他饭桌那儿拍了照，后来还真用上了。我去财政厅为建设边疆'美丽乡村'争取资金的时候，就把这张照片和申请报告一起报上去了，证明我们的扶贫工作得到了老县长的认可。"

通过一年的努力，"马库十条"逐项落地，为群体脱贫解决了一些实际问题。扶贫工作队还为村里建了一个多媒体电子图书馆。到马库的人都说："马库变'酷'了！"

这一年，龚婵娟被为"优秀扶贫队长"。她觉得还是挺值得的，也是挺满足的。

按照原来的计划，驻村满一年，就该换人了。但是，单位人事部又找她谈话，说云南省下了文件，要求驻村扶贫队员至少连续干满两年。

龚婵娟回来跟家人商量，她丈夫和父母都说，既然组织有要求，你就再坚持一年，但是你自己要多注意安全问题。

2017年，龚婵娟又回到了马库。除了她和余金成、李晓峰等扶贫工作队员，村里又来了一个独龙族村村委员，叫陈志美，是位大学生。

龚婵娟说：“陈志美堪称独龙族的一位美女，不仅人长得漂亮，而且聪明能干。她还教我学独龙语。后来，余金成回乡里任职了。我和李晓峰等几名扶贫队员，又承担起如何把马库村建成'美丽国门'的艰巨任务。”

美丽国门

2017 年 3 月份春节过后，龚婵娟看到云南省财政厅关于扶持"边境美丽乡村"建设项目的一个文件，她眼前一亮。

马库，地处国境边界，四周是原始森林覆盖的群山，蓝天白云，流水清澈；哈滂瀑布像一银丝带从山峰上飘下来；村寨里，家家门前都插着五星红旗。这里有独特的人文风情和美丽的自然风景，马库很符合建设美丽乡村的条件。

龚婵娟抱着试一试的态度，和村党支部一块研究，写了一份关于马库村边境美丽乡村建设的可行性报告。因为"马库十项"已经基本完成。经扶贫工作队和村党支部研究，又列了八个项目，预算大约两百多万元。有枣没枣打一杆。龚婵娟决定找省财政厅碰碰运气。

她知道老县长的影响力，还听说过老县长到中央和省财政部门"跑"钱的一些故事，就把与老县长的一张合影也夹在材料里。她说："我不是打他的旗号，是想证明我们的扶贫工作。这也是个小策略。"

但是，她连财政厅在哪儿也不知道。到了昆明五华山，等了半天，人家还以为她要上访呢，不让她进去。她连忙解释："我是独龙江的扶贫工作队长，我是来替老百姓要项目的，我不是来闹事的。"人家告诉她来错了地方，财政厅在隔壁，这是省政府。

折腾半天，到了隔壁财政厅。"梁副处长接待了我。看了我的材料，他说：这样吧，我也不好答复你，你把材料留下，你就先回去吧，等有消息了我们再通知你。"她一听，肯定没戏了。星期五，她买了票打算乘长途汽车回独龙江了。

早上，龚婵娟正逛菜市场，准备买点咸菜带回独龙江。她突然接到梁副处长的电话，说下个星期就要讨论马库这个项目，已经把她的材料给处里汇报了，处里说不错，是个很好的项目，是可以实施的。但是梁副处长说她不了解程序，这种项目应该是通过乡、县、州财政，整合以后再报省财政厅，现在中间的环节全部跨过了。厅研究了一下，这个项目特事特办了。要她赶快跟乡里面联系，让乡里通过县里、州里报上来，把中间这些环节补齐了才行。

龚婵娟喜出望外，高兴得直想掉泪，真有点天上掉馅饼的感觉。虽说几经周折，在乡、县、州里领导的支持下，终于列入了省里的项目盘子。"特别是省财政厅的尹处长，是位女同志，一再交代下面有关部门，这是特事特办，是专项的，不许截留，一定尽快落实到村里。"

六月份，资金就下来了。怒江州财政部门的负责同志对龚婵娟说，一个村里扶贫工作队长能到省里争取两百万元，这在整个怒江州有史以来还是第一次。

"我们利用这笔资金，立刻上马亟待解决的项目。再加上老百姓自己投工投劳，全面改造了基础设施，包括生产路、党员活动室、篮球场、公共浴池等。村寨建设实现了全面升级。"

财政厅要求很高。不能说项目放到那里就不管了，最终还要跟财政厅去汇报的。而且，相关的监督部门监督很严。

2017年10月份，财政厅的杨副厅长由老县长陪着到马库调研，检查马库村"边境美丽乡村"建设落实情况。杨厅长当场肯定："做得不错！"后来，省州县住建部门的负责同志也到马库调研，一致认为可以作为一个样板推广。

2017 年底，马库村在全州率先脱贫。老百姓种草果，收入翻倍。经过上级复核，马库村年人均可支配收入达到了五千七百多元。收入最高的一家人均达到一万八千元，最低的也有四千多元。

这一年，全乡除了迪政当村，脱贫了五个村。马库村年人均收入是最高的。"我们又引导扶持群众开发种植了羊肚菌，这是个短、平、快的好项目，三四个月一茬，见效快，经济价值比较高。马库村已经脱贫奔小康了。"龚婵娟自豪地说。

到过马库的人都说，马库越来越"酷"了。

谈起马库村的发展变化，大学生村干部陈志美甩了一下一头秀发说，我觉得，马库扶贫工作中很有意义的一件事，就是在集体经济发展中引入竞争机制。

马库村的观景台超市和"姐妹小吃"店都是集体经济。有几户群众都想经营。扶贫工作队和村"三委"商量，采用竞拍的方法确定经营者。这样比较公平，也能培养独龙族群众的市场竞争观念。

2017 年 9 月，马库村举行了竞拍会。这也是独龙江乡有史以来开先河的一次竞拍会。

那天，村委会的会议室里挤满了人，家家户户都有代表参加，马雪莲、狄玉芬等五户报名参加了竞拍。

大家推选扶贫队长龚婵娟担任拍卖师。龚队长很专业地开始报价。租金起价每年两万元，每次加价五百元。竞拍者一次次举牌报价，没想到现场竞争十分激烈。当马雪莲报价两万五千元的时候，没有人再竞。

只见龚队长很潇洒地手起锤落，一锤定音。马雪莲赢得了"姐妹小吃"店的经营权，超市的经营权被狄玉芬赢得，双方当场签订了合同。

这样，每年村就有了几万元的收入，怎么使用？扶贫工作队和村"三委"研究决定，不搞平均分配，而是用于公益岗位补贴和精神文明建设的奖励。

马库的群众富起来了，就面临着文明程度的整体提升问题。村里面设立了一些公益性岗位。比如，卫生保洁，每个月三百元或者五百元给你增加收入，这个钱是从村集体经济来。公益性岗位也是竞争的。在马库不是说谁家最穷就给谁。村里的清洁员，一定是勤快的人家，能胜任这项工作的来做，并且一定乐意为大家做事情。其他村民监督，你做不好就下岗，换别的人来，所以马库的卫生是全乡一流的干净。

村里有收入以后，全村开展了卫生评比，改变了千年陋习。我们村干部和扶贫工作队的同志一起，到独龙族群众家里，挨家挨户教他们怎么样整理床铺、怎么样叠放衣服，衣服不要一大堆放到柜子里面，告诉他们怎么收纳、家里面怎么摆放，沙发上的垫子要铺好，整个室内都要干净整洁。

老百姓干净到什么程度？进家要换鞋。每个月评选一次卫生清洁流动红旗。流动红旗到谁家，就给谁发奖品。家家争着挂红旗。每家都有一面镜子，村里走出来的每一个人，都是衣冠整齐、干净整洁。慢慢地，老百姓的这种意识就强了，千年的陋习换新风。

谈起马库村的变化，村党总支书记江仕明是一位亲身经历者。

"马库是边境村寨，也是我们的国门。国门形象就是国家的形象。为了把马库建设成边境文明村寨，打造美丽国门，我们党总支、村委会和扶贫工作队组织开展了一系列提升活动。"

他说，扶贫工作队长龚婵娟很有工作思路。在她的主导下，我们坚持脱贫攻坚和基层党建"双推进"，确定"三队两个一"的工作模式。村里组建三支队伍：一是党员志愿服务队；二是护村队；三是文体队。龚队长还为这三支队伍设计了队旗和带有独龙牛牛头标识的Logo。

"两个一"是指每日播放一次《新闻联播》，每周组织一次升旗仪式。驻村工作队利用村内"小广场大喇叭"，每日播放《新闻联播》或《新闻和报纸摘要》，宣传党的路线方针政策，把党和政府的声音传播到边疆山寨，并采取"微党课"的方式，由党员轮流开展国旗下的演讲，进行爱国主义教育。通过开展这些活动，群众的凝聚力更强了，脱贫致富的干劲更足了。

由党员志愿服务队承担了村里的一些公益性劳动。每个月的党小组活动日，党员志愿服务队都会到孤寡老人家里送柴火、收拾家务，或疏通村里面经常堵的小水沟。

义务护村队由二十名村干部和退伍军人组成，统一配发服装，每周日坚持一次队列和战术训练，组织巡边、巡山和村内日常治安巡逻。这支队伍里涌现了许多感人的故事。

队员迪志新和父亲已是两代护碑员。如今，他又带着儿子一起巡界。每到节假日特别是国庆，他都会带着儿子去巡查一次四十、四十一、四十二号界碑，最远最难走的三十八、三十九号界碑，他和儿子也会去。巡查四十二号界碑，要翻过西边的一座山。有一次，途中下大雨，迪志新又发高烧，但他依然走到界碑查看一切正常后才返回。还有一次被毒蛇咬伤，脚肿得好粗。如不及时治疗，会有生命危险。村医没有特效的药，不知道怎么治。村里老年人用当地的一种草药为他治好了。他被誉为"界碑的守护人"。

我们始终把农村基层党建作为脱贫攻坚的动力引擎，紧扣边境民族地区实际，引领党员干部和广大群众牢固树立"国门意识""国家意识"，激发群众脱贫的信心和内生动力。

文体队由村内文体爱好者组成，负责村内文化阵地建设，每日组织村民跳广场舞，每月进行一次"听党话、感党恩、跟党走"教育活动，每半年开展一次大型文体活动。

民间艺人江良曾是一位宗教信仰者。看到村里这几年的巨大变化，他感慨道："共产党才是贫困的救世主。"他创作了一批反映脱贫攻坚和独龙族风土人情的文艺作品，如《太阳照在独龙江》《独龙人民跟党走》

《草果之歌》等歌曲一直被群众热唱。

"在县委常委、宣传部长茶凌云的支持下，我又把马库村建成了一个文化阵地建设、爱国主义基地建设和基层党组织建设的示范村。"龚婵娟说，"在村委会外面的长廊两边竖起图片宣传牌。按照'忆往西、思今朝、展未来'三大主题，展示马库的巨大变化，成为听党话、感党恩、跟党走教育的好形式。"

2018年6月，马库村的文艺骨干、民间艺人参加了全省举办文艺人才培训班。独龙族同胞自信地登上舞台，他们表演的独龙族歌舞惊艳全场。

这几年，在扶贫工作队的帮助下，马库村全部脱贫摘帽，实现了"两不愁三保障"。

我们马库村还依托生态环境，打造秀美特色旅游村落，马库村现已建成一个游客服务中心、哈滂瀑布观景区。

2016年、2017年，马库村基层党建工作连续两年被怒江州委组织部列为"基层党建示范点"，荣幸入选全省一百个"美丽乡村"建设示范点。

如今，马库村成为"边境国门党旗飘，独龙村寨换新颜"的"美丽国门"，也逐渐打造成为贡山县旅游"新名片"。

但在马库群众的心目中，像当年帮助他们办小学的解放军官兵一样，他们说，如今，"最美最亲的，是兄弟民族的扶贫人"。

2018年1月27日下午三点，中共中央政治局常委、国务院副总理、国务院扶贫开发领导小组组长汪洋来到独龙江调研，在孔当村的腊配小组召开座谈会。

座谈会上有六名驻村扶贫工作队长或者第一书记作了汇报。扶贫队长龚婵娟是其中之一。她说："终生难忘。"

"汪洋副总理让我谈谈扶贫的感受。我说，这两年，我最大的幸福感和成就感就是老百姓把我们当亲人看了。刚驻村时，由于语言不通，入户走访还得带'翻译'，现在不同了，田间地头碰到了，连七十多岁的爷爷也会用普通话和我打招呼了，平时工作之余我给老百姓培训普通话，村干部们教我说独龙语，大家都亲切地叫我们'独龙亲人'。"

汪洋副总理说："这个汉族姑娘到这个地方来，能够住得下来，干得起来，而且还干出成效来，是相当不容易的。我们的扶贫干部也好、当地干部也好，就是应该跟老百姓相处的像一家人一样。你把做的任何事都当作是在为家人做事，你就不会觉得苦。"

这些话让我们参加座谈会的扶贫队员很受感染和激励，至今难忘。

"独龙能松"未了情

"想想两年一路走过来，对那里的独龙族乡亲和那片山水是难以割舍和放不下的。"龚婵娟说，"当初的生活十分艰苦，却得到了独龙族群众亲人一样的体贴和关怀。有时候，我们入户走访，来不及做饭，就到村支书江仕明家蹭饭吃，或在他家开伙。有时和他一家一块包饺子。觉得这种感情特别亲近，处得像一家人一样。"

"江仕明的母亲年近八十岁了，老太太很慈祥，不怎么爱说话，但每次坐到火塘边，她都会摸摸我的手凉不凉，帮我捂手。我也会拉着她的手，捂在一起，坐在火塘边聊天。她就像我奶奶一样，那种温暖是一种享受。"

"入冬时节，连续下了几天雨，洗的外套不干，我就穿了件小衬衣，冷得瑟瑟发抖。她又过来握着我冰凉的手捂在胸前。那一刻，我眼眶通红，差点掉下泪来。觉得这儿有我的亲人，我为他们做多少事情都是值得的。"

"还有一次，我一直胃痛，吃药也不见效。江仕明的老母亲托亲戚从缅甸木克嘎村那边买来一盒董棕粉，调制了一小碗让我喝。董棕粉有暖胃的功效，喝下去确实好了许多。她教我调董棕粉。先用温热水化开，化成糊状，再用很烫的水冲进去，边冲边搅，变成棕色、透明就熟了。她还给我讲割董棕树的故事。"

"一棵董棕树有几十米高，在我国是二级保护植物，现在不允许割了。老一辈独龙人割董棕树，先要区分是母树还是公树。中间有花蕊的是母树，母树才能出浆，公树是熬不出来浆的。割母树的时候，人要先围着树转三圈。独龙人用这种仪式感的方式表示对董棕树的感恩和对大自然的敬畏。"

"割下来的树，是不能从上面跨过去的。尤其女人不能从树上跨过去。否则，那个树就不出浆了。所以，独龙族割董棕树是非常讲究的。"

"做董棕粉有一套晒干、提取、熬制等很复杂的程序。董棕树长五六十年才会有浆。只要砍伐下来，这棵树就死掉了，再也不会长了。现在缅甸那边也很少了，所以董棕粉还是很珍贵的。"

"她家有一个电饼铛，她还教我做董棕粉粑粑。她做的董棕粉特别好吃。她还说，董棕粉虽然在缅甸还有，但我们也不能随便吃了。董棕树越来越少，应该好好保护它。"

"2017年5月份，不知什么原因，我拉肚子，像肠炎一样搅着疼，三四个星期一直不好。肠炎宁吃了好几瓶，还有其他药，都不管用。"

"江仕明的老母亲知道后，让江仕明去山上采了一些黄连，是一些黄色的小草根。她说，野生的黄连是很苦的，你不要怕，要直接嚼了吃进去，会很管用，我就嚼着就吃下去。她又给我喝了点董棕粉，第二天就好了。但我觉得那一次吃的黄连是甜的。黄连是苦的，心里边很甜，我真的太感动了。"

2018年初，美丽乡村建设中，江仕明以身作则、处处带头。他被评为"五星级党员";他家也被评为"五星级文明户"。

那是 2018 年 1 月 6 日,两年扶贫生活就要结束了,我接到去六库参加怒江州新春茶话会的通知。在江仕明书记家吃过晚饭,像往常一样,和他一家人围在火塘边拉家常。

江仕明问我,龚队长,回去以后你还要回来的吗?明天村里群众要为你送行呢。我说,你们不要送,我还要回来的,我的一些生活日用品都还放在这儿呢。

他老母亲一直捂着我的手不放,不时撩起衣襟揩下眼角。我分明看到老人家眼含泪花,温暖的火光在眼里不停地跳动。

那一刻,我真想喊一声,奶奶,您要多保重!可我嗓子噎得说不出来,我不想在这种场合流泪。待我平静了以后,我们说起村里的工作和下一步要做的事情。

当我起身告辞时,奶奶又抓着我的手用独龙语说:"独龙能松。"我没明白是什么意思。江仕明用粉笔写在了墙上。他说,这是老母亲给你起的名字,翻译成汉语就是"独龙族大女儿"。一股暖流涌遍全身。我和奶奶双手紧紧地握在一起,久久不愿松开。

至今,在火塘旁边的墙壁上仍然留着一行由英语和拼音组成的文字:"独龙能松。"

春节前夕,龚婵娟被邀请到州里参加了新春茶话会。会后,她回到了昆明。三月份春节过后,新一批扶贫工作队接替马库村的工作。省文联领导在单位主持了工作交接,没让她再回独龙江。

"我觉得,回去告别,我肯定要哭,一定是那种跟亲人告别哭得稀里哗啦的场面。"回想在马库的日子,龚婵娟情深意长地说,"两年的扶贫决战,我们圆满完成了任务,也与独龙族兄弟姐妹结下深厚的情谊。这是一生的幸运,无怨无悔;也是我一生中最宝贵的财富,我会珍藏一生。"

老婆爱上烟火味

马库村在独龙江乡的最南端，最北端是迪政当村。迪政当也是脱贫难度最大的一个村。

扶贫工作队长、驻村第一书记章国华会有怎样的扶贫故事？

章国华是贡山县检察院办公室主任。2017 年 3 月，他作为检察院进驻独龙江的第三批扶贫队员，进驻迪政当村。

"刚到村里，最大的困难是自己做饭吃。"章国华说这话时，就连汪洋副总理听了都笑了。

从小生长在县城的他从来没做过饭。多年来，他妻子和大伯在城里经营一家酒店。他们一家长期在酒店里吃住，在贡山是那种生活条件比较优越的家庭。让他做饭实在难为他了。

做饭难还因为村里经常停电，需要烧火做饭。章国华不得不在烟熏火燎中变成了"厨娘"。

每次回到家里，老婆都捂着鼻子说："快去脱衣服、换衣服、洗澡去，你那个烟火味太难闻了。"因为天天煮饭嘛。

半年之后，他妻子就适应了。章国华一段时间不回家，他妻子就会发微信朋友圈："我又想闻烟火味了，怎么还不回来。"

"她从讨厌烟火味，到喜欢闻烟火味。老婆的转变也是对我扶贫工作的理解和认可。"章国华坐在火塘边说这话时自豪地笑起来。他把独龙江的烟火带到了家里，老婆也和他站到一起加入了扶贫行列。

章国华每次回迪政当，老婆都要给他带上一沓换洗好的衣服和满满吃的东西，名副其实地成为他扶贫攻坚的"后勤部长"。

章国华毕竟是在职场上一路打拼过来的。迪政当的艰苦生活，他很快就适应了。如何带领群众如期脱贫才是他面临的最大挑战。

迪政当村位于贡山县西部的独龙江大峡谷上游，独龙江乡最北部，北邻西藏察隅县竹瓦根镇知美村、吉太村，西邻缅甸克钦邦。

由迪政当、冷木当、向红、雄当四个自然村组成，共六个村民小组。农民收入主要以种植业、林业、畜牧业等为主。2010 年，村民散居在高山深谷，住在四面透风的木楞房里，全村有一百五十多户五百多人，人均纯收入只有九百多元。经过实施"整乡推进、整族帮扶"六大工程，村民全部从山上搬迁到宜居新村，住进了安居房。

但是，由于迪政当村属于典型的高山峡谷地貌，村委会驻地海拔一千五百八十五米，年平均气温只有十三摄氏度，冬季、霜期过长。草果难以生长，产业发展受到制约。

后来，老县长高德荣另辟蹊径，在迪政当试种重楼生长良好。于是，老县长带群众发展重楼种植，给迪政当群众脱贫带来希望。2014 年，通过国家扶贫项目资金，投入了七百多万元，全村种植重楼耕地九十多亩；2019 年，迪政当又发展了两百多亩重楼种植。重楼已成为村民增收致富的支柱产业。如今收获在望。

虽然迪政当村种不了草果，他们与下游的献九当村联合开发种植草果，群众的收入得到大幅度提高。章国华进村扶贫时，村民人均收入已经接近脱贫线。

章国华和扶贫队员，与村支书陈永华一起带领群众经过不懈努力，终于赢得了独龙族群众脱贫攻坚的最后胜利。

2018 年底，迪政当村最后一批贫困人口十五户五十一人脱贫，全村人均收入达到四千五百元。

谈起在迪政当村扶贫两年来，章国华还是有许多感慨："刚来村里的时候，确实不懂农村工作，心里挺忐忑的。随着对工作的熟悉，我感到，只要把村民当亲人、当朋友，把我自己当成迪政当村的一员，就能找到突破口，打开新局面。"

章国华说："其实，对于独龙族这个'一步跨千年'的'直过'民族来说，精神上的脱贫要比经济上的脱贫还要难。"

每周一举行升国旗仪式的时候，他都要在国旗前做一番宣传讲解。然后，驻村工作队和村里干部带领村民一起打扫村里环境卫生，挨家挨户帮着清理庭院、整理内务。慢慢地，村民就学会做了。村容村貌随之发生变化，改变了千年落后的陋习。

有一次，他们入户走访，看到村民老陈提着一瓶酒从外面回来，晃晃悠悠，差点摔到路旁的水沟里。章国华当时上火了，生气地说："告诉你多少次了，不能醉酒！"随手把他的酒瓶抢过来，给他扔掉了。他反倒骂骂咧咧，从此不理章国华了。

不久，他得了胃病，痛得厉害，是饮酒过多造成的，吃止疼药不管用。章国华回县里买来胃药送给他，吃了很快就好了。

一天晚上，老陈提着一盒鸡蛋来到扶贫工作队，对章国华说："书记，谢谢你们！你们像兄弟待我，都是为我好，我对不起你，再也不酗酒了。"

独龙族群众很朴实。他觉得你对他好，他一定给你回报。"有时候，我们早晨起来，看到门口堆着青菜、鸡蛋等一些吃的东西，也不知是谁送来的。过节的时候更是这样。你要拿钱给他，他会很生气。"章国华说，"村民们有个病就到我们扶贫工作队来找药。后来，我从县里带来了好多常用药为村民提供方便。我的宿舍也变成了一个小小的药房。"

在村委会旁边有一家建档立卡贫困户，男的叫李跃飞，他家有五口人，一个老人，两个小孩，日子过得不好，心情也不好。村里实行动态管理，他总爱和村干部闹别扭。"我们做他工作，他也不理。有一次，他老婆上山砍竹子摔倒，手骨折了。我们立刻把他老婆送到乡卫生院住院治疗，还替他付了医疗费，还帮他干农活、料理家务。"章国华讲着他的扶贫故事。

他说，村里开展"最美庭院"创建活动，李跃飞表现最积极，成为第一批"最美庭院"户。他说："扶贫工作队待我们像亲人，不做好，对不起他们哦。"他第一个站出来，在村里"文明公约"上签了字。在他的带动下，村民们纷纷签字。乡村民风迅速改变。他在扶贫工作队的帮助下，积极种植重楼，现在已经脱贫了。

2015年，政府在山下盖起了安居房，村子整体搬迁，龙新华平生第一次睡上床，添置了衣柜、沙发、茶几。这几年养独龙鸡、独龙牛，种植重楼，年收入三万多元，还兼任村护林员。家里冰箱、洗衣机、液晶电视、音响、摩托车一应俱全，他还会用手机网购。他乐滋滋地说："儿子已考取驾照，我们想再买辆'小面包'，换台大电视，买一套新音响。"

如今村容村貌焕然一新，群众的精神面貌变化更大，而且是最根本的变化。

4G网络覆盖独龙江后，手机迅速普及开来，村村寨寨的独龙族群众都玩起了微信。

"每个村每个种植和养殖产业都有个微信群，村民们在群里交流、咨询种植和养殖技术，最近我每天都要在群里回复村民关于葛根种植的几十个问题。"乡农业综合服务中心工作人员褚松鹏说。

独龙族妇女几乎个个会织彩虹般的独龙毯。迪政当村的李春兰近两年用微信卖自己织的独龙毯，每个月收入一千多元。

再回迪政当

汪洋副总理来独龙江，章国华也参加了座谈会。章国华汇报时说："刚到村里时，做饭吃是最大的困难。"会场上不少人笑起来，副总理也笑了。

他说，通过帮扶之后，现在群众住进了现代化的新农村。发展重楼、黄精等特色种植产业，收入上来了，如期实现脱贫有了底气，请党中央放心。

"当我说到，迪政当村是独龙族卡雀哇节的发源地。副总理问我，这个卡雀哇什么意思？我说相当于我们汉族的春节，男女老少，载歌载舞欢庆一年的丰收，还举行隆重的剽牛仪式。然后，他问我，你到村里驻村，家里支持吗？我说开始有想法的。来后，家里人了解了脱贫攻坚的意义，也挺支持的。他还问我几个孩子，读几年级了，孩子学习成绩怎么样。我们的工作经费是怎么保障的，生活补助有没有。我都一一作了回答。他很满意。最后，我表示，我们村委会、驻村工作队一定会带领全体村民撸起袖子加油干，如期脱贫摘帽。他笑着连声说，好好好。"

2019年8月份，县长和国晓和村支书陈永华、章国华到木当入户走访，得知一百零五岁的普尔太老人因行动不便，一直生活在山上老房子里，没有搬下来。她是独龙江乡仅剩下的十九个纹面女之一，还是一个五保户，终身未嫁，由侄女王莲那松负责照顾。经与普尔太老人交流，她有生之年最大的愿望是：出去坐一下车。

扶贫工作队员们与她亲属商量，满足老人的心愿。用了四个多小时，几个年轻人轮换着把普尔太老人从山上背下来，让老人坐上了车，来到熊当小组安置点，住进了安居房。

村医张爱军为老人量血压、测心率，随时观测老人身体状况。老人下来居住后，身体状况一直挺好。

这件事也成为驻村扶贫工作队与一位纹面老人的一段佳话。

回想起在迪政当扶贫的日子，章国华说："最令我感慨的是2019年春节前。我们举行过升国旗仪式，我讲了几句话。我说，我来驻村满两年了，春节之后我就要回单位上班去了。一是感谢所有乡亲们对我工作的支持；二是感谢乡亲们生活上对我的关心。我发过火、骂过人，不要生我的气，我是为了你们好。我做了一些该做的事，但我脾气不好，有时很急躁，请乡亲们原谅。"章国华说着，深深地给大家鞠了个躬。又说："我已经把乡亲们当成了我的亲戚、我的朋友。你们到县城的时候给我打个电话，哪怕喝一杯水或者吃一顿便饭，我们也要见个面。"话没说完，他就哽咽了。

然后，他们继续开展工作、打扫卫生。有几个村民对章国华说："书记，你回去了，我们村怎么办？"他心里一热，说，"还会有人来接替我的"。老百姓的这一句话让他感动了好久。

2019年春节过后，县里驻村工作队队长、第一书记的任命文件发下来了，迪政当村还是章国华。

"我很愕然，想找领导谈谈。法院、检察院系统这几年搞司法体制改革，跟以前的工作方式变化挺大的。迪政当村已经脱贫了，我还是想回单位。这个是实话。"章国华谈起当时的心情，说，"但又一想，这是省里的要求。作为一名共产党员，个人服从组织。说这话好像有点高大上，其实就这样；再想想这两年和独龙族群众结下的情谊，想想乡亲们那句舍不得的话，我打起背包又回来了。"

村民们高兴地说：好了好了，你不走就好了……

第十五章　追梦的独龙儿女

一"网"跃千年

如今的互联网时代，通过网络发布风光视频赢得众多粉丝；通过网上直播推介当地特产热销……可谓一"网"打尽。这是带货网红常见的成长之路。

但是，同样的模式，对于深处高山的独龙族人民来说，在一"网"之间，却是一条不易的跨越之路。

在独龙江乡独龙族文化历史博物馆里，马春海指着陈列在玻璃橱窗里的一部模拟信号手机说："这是 2004 年 9 月 16 日，贡山县县长高德荣在独龙江乡与民政部一位副部长首次通话时使用的手机。"

这款再普通不过、而且很少有人记得的手机，独龙族人为什么如此珍惜？

"对独龙族来说，这也是一件开天辟地的大事件，它结束了我国最后一个少数民族聚居区不通电话的历史。"说起这款手机，马春海感慨万千。

谁能想到？二十世纪八十年代，为了以最快的速度把党中央的声音和外面的信息传达给独龙江的干部群众，睿智的高德荣在独龙江乡任乡长时，不仅用坏了几十台收音机，还发明了"放炮传信"的通信方式——约定：重要会议和紧急会议放两炮，一般会议放一炮；头天晚上放炮，第二天下午开会。

这种原始通信方式也随着1999年独龙江公路开通后"一跨千年"的"第二次解放"发生了变化。

2004年，中国移动实施"兴边富民移动通信工程"。马春海回到故乡独龙江，开始了他的互联网时代的奋斗青春。

这一年，独龙江乡移动通信基站建成，新开通卫星电话通信，可容纳十八部手机同时通话。独龙江终于可以和"放炮传信"、手摇式发报的历史说一声：再见了。

马春海说："这款手机把独龙江与北京联结起来。高县长用它代表独龙族人民表达了对党和国家的感激之情；这款手机见证了独龙族群众告别原始联络方式，也是向现代通信时代迈进的一个历史性标志。"

马春海是巴坡村独龙族人。他说他从事互联网事业的梦想来自父亲的传递。

二十世纪七十年代初，独龙江设立邮电所，除了收发信件，还有一部手摇式电话和一台手摇发电式发报机。马春海的父亲马致荣是第一任所长兼电报收发员。

在马春海的记忆里，直到二十世纪九十年代初期，乡里才有一部公用电视机。每天清晨，准点发出的音乐声，把小镇上的人们从梦中唤醒。那时候他觉得电视里五彩缤纷的生活离自己太遥远。

少年时代的马春海经常在父亲发电报时帮助父亲"摇电"（手摇发电机），至今他还记得他的名字译成摩尔斯电码的代码数字。他高中毕业时，听从了父亲的建议，报考了云南省邮电技术学校。毕业后进入贡山县邮电局工作。

"自从2004年独龙江有了移动电话，独龙江的通信建设加快了步伐。"站在高高的铁塔前，马春海开心地说，"2007 年下半年，独龙江乡移动通信基站建设工作进入冲刺阶段。老县长高德荣从州里把办公室搬到了独龙江，他自告奋勇加入了我们的建设小分队。从独龙江建站选址到'村村通移动电话'工程，经历了运输设备和安装线路的整个施工过程，遇到了许多困难，也经历过不少险情"。

有一次，马春海带着设计人员做规划，到各村基站点实地查看，途中遇到下大雨。他背着设备翻山坡，前面的同事刚过去，泥石流突然下来了，把他冲到悬崖边。同事们吓得一片惊呼。灾难和幸运几乎同时降临，他被卡在石缝里，幸亏没有冲下悬崖。

2009 年，马春海开车带着一名维护员翻越高黎贡山进入独龙江对基站检查维护。刚刚翻过垭口，只听"嘭"的一声闷响，一场突如其来的雪崩压了下来，车内顿时一片漆黑。同伴吓得惊叫起来。"那一刻，我们俩都觉得死定了。幸运的是，老县长带着人员从后面赶上来了，把我们从雪下面扒了出来。"

回想起建站的经过，马春海感慨颇多。他说："老县长十分关心支持通信建设。基站选点，他一定会到现场，和我们一块研究如何覆盖更广、效果更好。老人家年纪大了，走道摔过几次跤，我们劝不住他。最远的基站距乡政府有四十多公里，要徒步走两天。全乡二十一个基站，他全部跑了一遍，亲自把关定点。"

缅甸木克嘎村的胞波听说独龙江正在建设互联网，专门派代表来到乡里协商，希望独龙江的现代通信也能惠及木克嘎村的边民。为了满足缅甸胞波的请求，有利于两国边民的交往和边贸发展，马库村的基站特地选在靠近边境的制高点上。如今木克嘎村那边的村民也搭上了独龙江的互联网"通信快车"。

建设一个通信基站要七八十吨材料、设备，包括水泥、光伏板，需要在各种交通工具间办理"换乘手续"，从卡车到拖拉机，从马匹到溜索，到手抬肩扛，齐声喊着"一、二、三"的口号前行；装天线、接电源、信号调测。由于全年大部分时间都在下雨，一年施工的黄金时间大约只有两三个月，移动人要和道路比"神通"，和雨天比韧劲。

听说建设互联网，独龙族群众出工投劳，热情很高。往山上搬运了那么多设备，一个件都没有少。遇到下雨，乡亲们把衣服脱下来盖到设备上，宁愿自己淋雨；村民还杀好鸡送到施工队，表示慰问。一条条信息高速公路在高山峡谷间搭成。

"终于打通了最后一公里。"马春海欣慰地说，"每开通一个基站，看着群众激动的样子，感觉自己很有成就感，中国移动的初心和使命就体现在这一刻"。

独龙江乡的六个村完成互联网工程设施建设，整整用了三年的时间。

2011年电信开通后，云南师范大学法律系三年级的独龙族学生孔世平，听说家乡开通了电信服务，兴奋不已。他从小在独龙江乡生活，到贡山县城读中学时才见到电脑。高二那年，他第一次用手机打电话，觉得神奇至极，"那么一个小方盒子里会传出说话的声音"。

大学里他才真正接触到网络。第一次登录互联网的时候，他说可以用"震撼"来形容他当时的心情。"你知道吗？从小在一个闭塞的环境里成长，眼界豁然开朗的瞬间，真的让我发懵。"

后来，村里通宽带了。孔世平放假回家买了一台笔记本电脑。他可以网售挣钱，还能随时和老师、同学保持联系。

2012年9月7日11时，这是一个在中国社会主义现代化和全面建设小康社会进程中，值得永远记忆的时刻。老县长高德荣在独龙江乡与千里之外的省领导视频通话。他欣慰的笑容和略带沧桑的话语通过3G视频网络传送到昆明。

风霜雪雨，昼夜星辰，总有这么一群通信人只争朝夕、不懈奋斗，就是为了独龙族人民与这个世界的距离不再遥远。

2014 年，怒江分公司提出"极速 4G、魅力怒江"的建设战略，马春海和同事们又开始了架光缆、爬铁塔、装设备、测信号的奋斗征程。他们一次次翻越高黎贡山，为独龙江乡边远村寨的移动通信基站建设和开通独龙江乡 GSM 移动通信网络付出心血，立下了汗马功劳。6 月，独龙江乡正式开通了中国移动 4G 基站，成为云南省首个开通 4G 的少数民族乡镇。

经过一年多的网络建设和优化，独龙江乡及所有风景区的 4G 网络实现连续全覆盖。从此，中国最后一个不通电话的少数民族聚居区又跨入了通信新时代。

2015 年 11 月 15 日，云南省首个乡镇级"移动互联网+项目办公室"在独龙江乡落地。马春海担任项目办公室负责人。也是这一年，他光荣地加入中国共产党。

谈起独龙江的通信方式的不断迭代，马春海自豪地说："如今，5G 已经来到了独龙江。"

2019 年 5 月，独龙江乡开通 5G 试验基站并成功拨通云南省首个 5G 高清视频通话，信息高速公路的贯通让这个昔日最晚进入现代社会的民族率先进入了 5G 时代。这是贡山县第一家。

调测这天，老县长高德荣特地来到现场和独龙族群众一起体验 5G 虚拟现实。他脱下头上的仪器，激动地说："我看到昆明就在眼前。"

9 月 18 日，独龙江北部公路迪布里移动信号基站建成开通，实现了独龙江北至滇藏交界、南至中缅边境网络全覆盖。

互联网将连起独龙族人民的今天和明天！也把独龙江与祖国各地和世界连接起来。

"5G 走进独龙江，设备都是华为的。远程教育在学校已经开通，远程医疗也可以使用。"2019 年国庆期间，站在独龙江乡的卡雀哇广场上，

独龙悠歌

遥望着江峡飘扬的五星红旗，马春海自豪地说，"我有幸见证了通信改变生活的每个荣耀时刻。独龙族流传的'彩虹搭桥、星星铺路、白云传书'的传说，在我们这一代人手上成为现实！"

如今，移动互联网工程，在政务、电商、旅游、教育、宽带乡村五大领域，为独龙江架设起"信息高速公路"。独龙江的村寨里人人都会网上开店，家家都做电商。长期受交通和信息条件制约，"养在深闺人未识"的独龙毯、草果、重楼、当归、蜂蜜等独龙江乡特色优质经济作物和特产，通过互联网销往五湖四海。

独龙江的游客可以在这里刷屏，时刻传送"秘境"美照；劳作了一天的村民们回到家中，可以使用 IPTV 回放自己白天没有看到的电视节目。网上医疗、网上金融、网上教育、全球眼治安管理等互联网技术，将深刻改变着独龙族人的生活方式，推动独龙族的全面提升、跨越发展、可持续发展，从"输血扶贫"到"造血扶贫"，从"授人以鱼"到"授人以渔"，独龙江通过移动"互联网＋"闯出了一片脱贫致富、跨越发展的新天地。

独龙族整族脱贫的背后，离不开网络信息化的力量。在中国移动的多年努力下，独龙族从中国最后一个通电话的民族成为第一个整族进入4G 的民族，同时又是云南省首个打通 5G 电话的地区，实现了一"网"跃千年！

多年来，马春海总是拖着一身泥巴，和他的战友们，扎根家乡、主动作为，脚踏实地为独龙族这个"直过"民族架起了连接世界的信息"高速公路"，用"互联网＋"信息化建设探索独龙江乡脱贫攻坚新路径。

马春海作为独龙族新一代的奋斗者，曾先后五次被云南省和怒江州行业系统评为"先进工作者"、省公司"优秀共产党员"，并荣获云南省"五一劳动奖章"、云南"最美移动人""云南好人"等称号，荣登

"中国好人榜"。

说起二十年来的经历，马春海说："虽然工作环境很艰苦，但我有幸在平凡的岗位上经历了很多的不平凡，见证了通信改变生活的每一个荣耀时刻，这些都是人生最珍贵的财富。作为土生土长的独龙族，我感到很幸福。"

交通线上的"守护神"

"在独龙江整乡推进、整族帮扶的过程中，独龙江交警中队起到了非常大的作用。他们全力保障道路交通安全，为独龙族脱贫作出了贡献。"这是老县长高德荣心里的独龙江交警中队。他还说："有不少兄弟民族同胞到独龙江来工作，也成为独龙族的奋斗者。"

贡山县公安局交通警察大队独龙江中队长张红辉就是其中的一员。他常年坚守在公安工作的最前沿、最深处。

张红辉是兰坪县人，白族。2013 年 10 月，刚参加工作不久的他就被调到了独龙江。独龙江公路是进出独龙江的唯一一条生命通道，沿江的乡村公路也是独龙江的生命线。

保障独龙族群众的安全出行和独龙江建设的正常运输成为独龙江交警中队的艰巨任务。张红辉心里只有一个念头：根扎在独龙江，将服务深入群众中，让青春在这里绽放。

"我刚进来的时候，进入封山期，生活物资十分短缺，很不适应。但是，独龙江的脱贫攻坚战全面打响，交通保障十分重要。我们只有坚守。"回忆起当时的情景，张红辉还是兴奋地说，"我感觉独龙江的发展像挂了高速挡一样，一直在飞跑！那时，整个独龙江只有七辆面包车，现在已经增长到一百七十六辆，翻了二十五倍。交通管理的责任也越来越大"。

六年来，张红辉一直坚守在交通安全工作的"最前沿、最深处"。他和战友们任劳任怨，为独龙江的群众营造了一条安全、畅通的交通要道。

2013 年，独龙江的乡村公路刚刚打通，机动车辆猛增，但是无证驾驶机动车、车辆违规载人、驾驶室超员现象比较突出。这样的现状让张红辉倍觉意外，更让独龙江交警中队为难的是，独龙族群众从来不晓得交警是什么警种，许多人不懂得《中华人民共和国道路交通安全法》等相关法律，要开展执法肯定是"天方夜谭"。

但是，张红辉并不气馁。他和另一名同事依托乡、村两级的力量，在独龙江乡举办了一系列的宣传活动和一次次摩托车驾考培训。功夫不负有心人，经过长达半年的普法教育和驾驶技术培训工作，独龙族群众的交通安全意识及法规观念逐渐增强。在他们的努力下，独龙江乡境内未发生过一起重大交通事故。

"警察，是一份职业，更是一份责任。群众满意是我们的最高荣誉。"张红辉这样说。

几年来，尽管警力配备力量较少，张红辉身兼数职，加班加点，迅速掌握县级车管所骨干实现电话视频在线教学，大大提高了中队业务管理水平和效率。为加强微型车等重点驾驶员的管理，每月都要组织驾驶员开展系统培训。考虑到独龙族同胞不通晓汉语的实际情况，张红辉把试题和法律法规翻译成独龙族群众通俗易懂的表达形式，并采取"送考下乡"等各项便民利民措施，受到独龙江群众的称赞。

为了方便独龙族群众，交警中队还将部分车驾管业务及违法处理窗口前移至中队，努力做到服务管理末端化、零距离。

2019 年 11 月初的一天，在独龙江博物馆前的广场上，二十多个独龙族青年正在交警人员的指导下练习骑摩托，准备考驾照，近一半是女青年。

看着英姿飒爽的摩托车学员们，中队长张红辉说："2013年，刚到独龙江时，独龙族人没有女驾驶员。2016年，才有两名女生学驾驶，这几年越来越多。一些农村妇女考了驾照，和男人一样开车跑运输。"

随着独龙江的快速发展，独龙族女性观念也大有改变，更多的女性一改封闭时代的羞怯心理，开始大方而自信地走向外面的世界。

由于独龙江的快速发展，车辆越来越多，泥石流、雪崩、滚石塌方等自然灾害影响交通的情况，也会频发。为了随时排除险情，保障畅通，张红辉和战友们以高度的责任心，在一条条生命线上高频率巡逻，而锄头、砍刀、绳子、药箱、干粮、拖车绳、防滑链成了民警巡逻的必备工具，被他们称为中队的"七件宝"。

2018年2月9日，几十辆车和四百六十多人员因暴雪滞留在独龙江隧道口，中队全体人员在风雪中奋战了一天一夜，将全部车辆和人员护送到安全地带，成功脱险。

面对一次次的泥石流、雪崩、滚石塌方等自然灾害，这些道路的忠诚守卫者始终冲在最前面，任劳任怨，一切只为独龙族群众和过往旅客的通行安全保驾护航，营造一条安全、畅通的交通要道。

几年来，他们先后解救被雪困或遭遇泥石流受阻的群众近千人，每一次援救都是一次与灾难的抗争。他们被群众亲切地称为独龙江公路的"守护神"。

独龙江交警中队先后荣获怒江州公安局集体三等功、云南省第二届公安机关"爱民模范集体"、云南省公安厅"集体二等功"、"全国优秀公安基层单位"、云南省第六届"人民满意的公务员集体"。中队长张红辉先后被云南省公安厅记个人二等功、被公安部评选为"全国交警系统第七批执法标兵"，被群众誉为"最美怒江人""最美人民警察"。

2019年12月9日，刚刚执勤回来的张红辉兴奋地说："去年全乡的机动车是八百五十八辆，目前已经增加到九百二十四辆。每年草果一收下来，汽车就要增加一大批。仅11月份就增加了十六辆，12月份还有八户准备买车。正在学驾驶技能的有二十一个人。到年底大概要增加三十多辆车。"他很开心地说，"从这一点就可以看出，脱贫后的独龙族已经全面实现小康，更好的日子还在后头呢"。他话题一转又说："我们的交通安全保障任务会更加艰巨，但我们有信心把工作做得更好。"

2020年，又是一个花开月，张红辉调往贡山县城区派出所任职。离开独龙江那天，他恋恋不舍地说："无论走到哪里，我脚下的路都是与独龙江永远相连接的。"

用"心""情"点亮江峡

夕阳隐去，夜色降临，山峦和村寨的轮廓渐渐掩盖在一片梦幻之中。倏忽间，万家灯火亮起，一团团闪烁、一簇簇辉煌，如金似银倾泻在欢乐的独龙江里，与天上的星星连成一片，宛如宇宙星河，为"人间最后的秘境"又增添了几分神秘感。这就是今日独龙江的美丽之夜。

但，独龙人不会忘记，这样的美丽之夜是"党的光辉照亮的"，是那些供电人用"心"和"情"点亮的。

"1971年6月，独龙江乡有了第一座电站，但它只能给当时的乡政府机关供电。"说起电来，老县长高德荣感慨颇多，"1999年11月，孔目、献九当、龙云、迪政当四个村各建了一座电站，总装机八十千瓦，是省委省政府确定的'村村通电'工程项目，也是令狐安书记到独龙江考察时确定的项目之一。独龙族百姓家里也开始安装小水轮发电机"。

独龙江终于照进了现代文明的亮光。独龙江人民一下子前进了五十年，有力地推动了独龙江的经济建设和发展。

但是，随着独龙江公路建成通车，独龙江的小水电远远不能满足群众生活和经济发展的需求。后来，由于运行维护不足、技术管理滞后，除麻必当电站外，其余电站均已停运。

由于巍峨的高黎贡山横亘其间，加之原始森林延绵纵横，大电网难以进入，火塘、松明、自制发电机发出昏暗的灯光，曾是这里夜晚的全部光亮。

2007年，高德荣从州里回到独龙江时，"整个独龙江乡仅靠一个装机六百四十千瓦的小型电站进行局部供电，全乡自然村通电率不到三分之一"。当地一些村民不得不自行购买微型水电机自行发电照明，然而这种电机极不稳定，供电质量极差。

肖切村村民肖光胜曾用过微型水电机，因电压不稳，家里的电视被烧毁了。住在江边的一些人家大都自己安装一千瓦的小"电站"，经常烧坏电视机，看电视时总是提心吊胆的。

"在这样的灯下，孩子写作业，眼睛都要瞎了。"小电机受水流影响大，电灯忽明忽暗，还经常烧坏电灯。孩子们更愿意点蜡烛。

"没有电，移动电话基站就发不出信号。打不了电话，生活彻底与世隔绝了。"停电也是独龙乡干部们最头痛的事情。他们说："生活在独龙乡的年轻人对与外界失去联系有一种恐惧感。尤其是大雪封山时，外面的人进不来，里面的人出不去，联系全靠电话、网络。"

自2008年开始，南方电网"户户通电"工程队伍挺进独龙江，启动了被誉为国内难度最大、风险最高、单位成本最高的"户户通电"工程，决心"点亮"独龙江，让独龙人不再缺席夜晚的光明。

至2011年，国家南方电网公司投资近五千万元，克服半年大雪封山、山高路险等困难，按照"发供一体化、独立网运行"的独特模式，建立了一个物理上独立的电网，专门为独龙族群众提供可靠的供电服务。这年9月，独龙族同胞终于用上了"正规电"。

村民们感激地说："你们的电来了，我们就不在昏天黑地了。"

"以电代柴"开启了一个民族的光明之旅，点亮独龙族同胞的脱贫之路。

"一个都不能少"，短短几个字背后，需要付出巨大的努力。"比山猴子还厉害的送电人"，这是独龙族百姓对电网人最高的褒奖。南方电网独龙江供电所所长和善聪说："对于到这里帮扶的每个人来说，帮助独龙族同胞共享现代文明，尽快脱贫致富，是大家的信念支撑。"

云南电网公司克服了各种难以想象的困难，在奔腾不息的怒江边，在云雾缭绕的高山下，在深山绝壁的天路上，南网人背起行囊，戴上安全帽，挎上工具包，拉上电线，扛起线杆，在奔腾咆哮的独龙江畔，一棵一棵立杆，一村一村架线。

"在独龙江乡进行通电工作，可以说，是我国条件最艰苦、最危险、单位成本最高的地方。"贡山县供电局副局长马天智如是说。

为了早日实现"点亮独龙江乡村村寨寨"的庄严承诺，员工罗秀山、褚利东等同事们不惜一切代价，爬雪山，过溜索，风餐露宿，奋战在电力工程施工第一线。而在他们的身后，是一串串坚实有力的脚印，一座座傲立雪山林海的杆塔，一条条飞跃千山万壑的银线。

2011年，根据云南电网公司的总体部署安排，怒江供电有限公司决定成立独龙江供电所，安排技术骨干进驻独龙江乡，全面接管独龙江发供电生产管理工作，开启南方电网真情服务独龙江的新模式。

"我们太需要电力的支持了！"老县长高德荣感慨地说，电力是发展的"明灯"，是根基。

2012年9月，独龙江"户户通电"工程完工，独龙江乡全部行政村、自然村和户通电率均实现百分之百。

2013年11月开工的麻必当电站改扩建项目完成，独龙江电网形成了北有孔目电站、南有麻必当电站的单链式独立电网结构。独龙江乡告别"孤网供电"的历史。

第二年，投资一点四亿元建成独龙江乡全国首个二十千伏乡镇微电网，实现孔目、麻必当双电源供电，为独龙江的经济社会发展提供了强大的动力支撑。

2017年10月30日，总投资两千三百零四万元的独龙江乡"互联网+"智慧能源项目工程全部竣工运行。几名独龙族技术人员坐在智能化的操控台屏幕前，就可以监控和操作电站的运行。

独龙江供电所共有员工十九人，其中三十五周岁以下青年员工占百分之七十八，负责独龙江乡两座发电站的运行维护和供电所的日常运营工作，承担着独龙江乡共一千五百八十九户村民的供用电服务。

独龙江供电所所长和秋，2011年大学毕业，投身于独龙江乡"整乡推进，整族帮扶"的建设热潮中。转眼八年过去了，有人问他，是什么信念让你坚守至今？他笑着说："因为我心里始终有一个太古之民的光明梦。"

每年的春天，独龙江乡还未从大雪封山的阴霾中缓过神来，又步入了江河暴涨、泥石流频发的汛期。一旦河水裹挟着大量沙石和腐木流下来堵塞引水渠，供电的"心脏"便会梗阻停止运作。每当此时，独龙江供电所的员工们都要轮流下水捞木排沙，冰冷刺肤的水寒挑战着每个人的意志极限。他们不分昼夜，狂战不休，用全部的"心、情"守护着山乡里的光明。人们亲切地称之为"捞木人"。

南网人点亮的不只是独龙村寨的光明，点亮的更是独龙人心灵深处的幸福之光，用"万家灯火、南网情深"的和美琴弦，弹奏了一曲"辛苦我一人、点亮千万家"的和谐乐章。

在麻必当电站院内，马天智指着玻璃罩里的六台锈迹斑斑的小型发电机，感慨地说道："这是1999年拉进独龙江乡的发电机，它们是独龙江电业发展的见证者。独龙族群众把它们作为一种记忆保存起来。"

独龙江供电所自 2011 年成立以来，全所干部员工"坚守这片热土，把光明送给每一户独龙族同胞"。他们的工作赢得了上级的充分肯定，获得了独龙族群众的赞誉，先后获得中华全国总工会"工人先锋号"、中国南方电网公司"集体一等功""先进基层党组""南网最美供电所"等荣誉称号。原供电所长褚利东被授予中央企业优秀共产党员、云南省劳动模范等荣誉称号。

夜幕又一次降临了，灯火点亮江峡，犹如天女洒落的一颗颗星星，晶亮晶亮，闪闪烁烁。

是谁为这河谷编织了一件五彩缤纷的衣裳？

山乡美丽之夜充满了宁静、温馨与祥和；星星，闪耀在蓝天里；蓝天，倒映在江水里；星星蓝天江水，全都浸透在花香里……

是谁在轻声吟唱《小夜曲》？

致富能手和晓永

高挑身材，一身西装，一顶毡帽，方格围脖，笑起来嘴角上扬起一脸的灿烂，时尚中融合着一份古典美，这就是龙元村龙仲小组"龙仲春花"农家乐老板、独龙族青年和晓永的"酷"象。他就是第一个考取大货车驾照的独龙族青年。

其实，从过去赶马帮到成长为独龙江第一代司机的和晓永，在那片神秘的江峡留下了他与贫穷抗争的足迹。

他说："那时赶马帮，不叫生活，叫'挣命'。"

2000 年，独龙江乡公路建成通车的第二年，交通方便了，但家里生活依然窘困。他说，吃上一顿撒上盐巴的肉仍然是他心里最大的愿望。

2007 年，他购买了一辆两万多元的拖拉机，主要用于拉沙石、百货，在山峡里颠簸着每个日子。2008 年又购买了一辆五万多元的面包车，主要用于拉百货、载客，一年收入三万多元。生活开始好起来。

2009 年，和晓永被聘为独龙江乡交警中队担任协管员，因工作表现突出，被评为县公安局"先进个人"。

2014 年，高黎贡山隧道贯通，独龙江乡从此插上了腾飞的翅膀。全乡通车、通电、通电话、通广播电视、通安全饮水、通 4G 网络。

和晓永从中看到了希望。他把原来的一台拖拉机换成了一辆小型卡车，又从信用社贷款五万元，在龙元村公路旁开办了一家农家乐。这是独龙江乡第一家本地人开办的农家乐，主要销售当地的特色产品，同时为游客提供娱乐及餐饮服务。随着生意日渐红火，他又买了一辆面包车跑客运。

在县民宗局的支持帮助下，和晓永对农家乐进行了改造，开始为游客提供住宿服务这一新业务。2015 年底，贷款就全部还清了。

这几年，和晓永家的年收入都在十万元以上。随着日子越来越好。他又在自家地上建起了一亩的大棚，成功育出了重楼苗和草果苗。他免费向村民提供幼苗和种植技术，动员村民种植重楼和草果，全村种植面积达四十多亩，长势良好。2016 年就开始出果，村民收入大幅度提高。

他联合龙仲村民十户四十八人，成立了贡山县晓永养殖农民专业合作社，主要养殖独龙牛、独龙鸡、独龙蜂，并吸引十多家贫困户参与种植了六十亩草果、重楼、白芨和瓜果蔬菜，投放了二十个养蜜蜂的蜂桶，村民收入成倍增长。他又被贡山县授予全县"农村致富带头人"荣誉称号。

"通过特色种植养殖，带动贫困户脱贫致富，一起奔小康。"村民李华所称赞，"晓永大哥真是太能干了。他教我们掌握了种植重楼、草果技术，免费提供的重楼苗和草果苗，我们种植的成活率都达了百分之九十，且品种好。去年我家就靠卖草果有了收入两万多元，以前想都不敢想会有这样的收入，很感谢他！"

村民木新华在和晓永的新客栈做服务员工作，他开心地说："在家门口上班，我就不需要到处打小工了，即省时间又省心，钱还不少挣，真是太好了。"

"独龙江的老百姓，最怕的就是一个'穷'字。如果能带动乡亲们一起发家致富，那不是更好嘛！"如今，尝到甜头的和晓永决定，带领左邻右舍开办农家乐。在他的带动下，几个村寨都掀起了办农家乐的热潮。

"勤快才有好日子过。"和晓永深有感触地说，脱贫攻坚给独龙江带来了大变化、大发展。好日子是干出来的。新时代的独龙族人更要奋力前行。

独龙江乡的龙元村，碧水环绕，青山滴翠。随着独龙江的旅游升温，和晓永把原来的农家乐改造成两层的"龙仲春花"客栈，把旧车换成了一辆新的旅游中巴客车，迎接大滇西旅游环线的客人。

州委驻独龙江乡扶贫工作组常务副组长、驻乡工作队大队长高松说："在独龙江脱贫攻坚的决战决胜中，新一代独龙儿女迅速成长起来。他们与兄弟民族扶贫队员戮力同心，砥砺奋进，在交通、通信、产业发展、村级组织等各条线上充分发挥先锋队、主力军作用。他们用勤劳和智慧浇灌幸福花，成为美丽边疆的建设者和小康路上的奋斗者。"

从"辛梦缘"到"心梦圆"

独龙族网红白忠平，是独龙江通信跨越发展的受益者。

他出生在独龙江乡献九当村，父母在他小时候便去世了，从小吃百家饭长大的他受过不少苦。2013 年，刚刚高中毕业的白忠平来到了迪政当村，开了个小卖部。"这里景色秀丽，民风淳朴，交通便利，是旅游热点。"白忠平说。

特别是 2014 年独龙江公路隧道贯通之后，越来越多的人来到这里亲近自然、品尝美食。看到这一商机，更加坚定了白忠平在家门口创业的信心。

2015 年，白忠平与同学陈学兰结为伉俪。他们用挖药、开小卖部积攒的两万多元，在迪政当租了几间房子，办起了农家乐，名字叫"辛梦缘"。

白忠平说，之所以叫"辛梦缘"，"辛"是自己独龙语的小名，"梦"是妻子独龙语的小名，象征他们的缘分和爱情。意思是，通过自己的辛苦奋斗，他的第一个梦想实现了，这就是缘分。

农家乐开张后，夫妻俩格外珍惜，起早贪黑，用心经营着。"餐饮、民宿，我们都是用心去做。虽然辛苦，但看着农家乐生意越来越好，心里很开心。"妻子小陈说，他和丈夫一心想盖一处新房子，拥有自己的特色农家乐。

2014 年 10 月，独龙江六个村委会全部实现了 4G 网络覆盖，使独龙江乡整乡推进、整族帮扶计划插上信息化的翅膀。有了网络以后，白忠平感受到了网络的神奇，他不断上网更新自己的知识储备、拓宽眼界。

"你看，那是餐厅、厨房；这是客厅、客房。再过二十多天，多年的梦想就要实现了。"2019 年 11 月 9 日，在独龙江乡迪政当村，白忠平一边整理木料一边描绘着他即将完工的农家乐。

2018 年底，白忠平在乡党委政府和驻村工作队的帮助下，从银行争取到十万元的扶贫贷款。白忠平非常喜欢独龙族传统的木垒房，他把附近村民不要的老房子买下来，拆下来旧木料，重新抛光、上漆后，在江边建了一家具有独龙族木垒房特色的农家乐。"以旧翻新，即节约了木材，又可以把独龙族传统的木垒房以新的方式呈现。游客们肯定喜欢。"白忠平对未来信心满满。

白忠平的精品农家乐，除了标准客房外，还设计了独栋的客房、图书室，并在室内展示独龙族的传统文化，让游客领略到独龙江美丽风光的同时，还能感受独龙族独特的民族文化魅力。

县文联副主席丰茂军得知后，专门为他送来了一些关于民族文化方面的书籍和杂志。丰茂军说："小白的想法很好，我们大力支持。一个小小图书室就是一个传播独龙江文化的阵地。这样既可以传播民族文化，还可以丰富游客的户外生活。"

有了自己的农家乐，白忠平感慨万分。他又给新的农家乐起了个新名字，叫"心梦圆"。他说："意思就是：在党和政府的扶持下，我心中的梦想终于实现了，梦圆了。"

近年来，独龙江乡立足生态优势和旅游优势，把独龙江丰富的自然资源和独特的民族文化转化为发展优势，实现文旅融合。各级政府对独龙族农家乐、特色客栈作为独龙族群众的增收产业重点扶持，拓宽群众增收渠道。目前，全乡扶持新建农家乐六户、特色客栈三户、旅游产品加工户两户。

如今，白忠平有了新的梦想，就是让更多的独龙族群众到店里帮忙，带领更多的人致富奔小康。"只有带领乡亲们共同致富奔小康，才算真正圆了我的梦。"

白忠平看到了独龙江旅游的发展前景，为了做好独龙江的宣传，他凭借多年的网络经验，设立了一个名叫"独龙族独立松"的抖音号，主要推送自己的特色客栈，发布一些独龙江乡自然风光、民生民俗等内容，拥有两万多粉丝。

白忠平说："这个时代是互联网的时代，网络的传播速度非常快，即便独龙江远在深山，也可以通过网络向全国人民介绍独龙江。"下一步，白忠平与朋友还计划打造属于自己的网络直播团队，他对未来充满希望。

离开迪政当时，白忠平再三邀请，明年仲夏时节再访迪政当，"到时候，独龙江的变化会更大，迪政当会更美，我们未来的日子会更红火！"

独龙江与外面的世界已密切相连，现代文明熏陶着独龙族群众，他们正大步赶上城镇居民的生活节奏。独龙江群众明白，脱贫只是第一步，要把家乡建设得更好，就需要开发旅游，让独龙江的绿水青山变成金山银山。

马库钦兰当民族特色村距中缅边境三公里，村旁那个壮观的哈滂瀑布，常吸引自驾游客前来。三十岁的妇女马春香四年前就在家里开了客栈，去年春节有一家四川游客到她家住了半个月，为她家题写了店名"阿香客栈"。她把自己编织的独龙毯铺在客房里，五颜六色，独龙族文化特色十分鲜明，备受客人喜爱。最近，她又去银行办理了贷款，用来装修和扩大客栈。她还说，已经与邻居商量好了，大家合作经营。

距马库钦兰当文化广场不远的"哈滂人家"是安建云和布玉梅夫妻自建的一家比较高档的两层接待宾馆。2019年国庆节期间，游客几乎天天爆满。每到傍晚，这里都会举办一场小小的晚会，布玉梅总会向远方的来客献上她那优美的独龙族歌喉表示欢迎。宽敞的竹篾房大厅里响起阵阵掌声。

"独龙江乡正抓紧创建5A级景区，一个个农家乐正在成长。"在独龙江扶贫的云南省委改革办协调处副处长胡超说，"独龙江的旅游开发正在科学规划，未来的旅游业将成为独龙江的支柱产业。"

只愿边疆绿富美

看上去带着一副娃娃脸、像个中学生的木秋云，如今已是独龙江乡巴坡村委会副主任。

2019 年，国庆节即将到来。清晨，她匆匆洗漱完毕，就赶往村民高建龄的"巴坡客栈"，了解游客进住的情况，并和他一起研究迎接旅游高峰的攻略。

"独龙江开放旅游了，我们要全力做好村间道路清扫和内务环境卫生。现在独龙江农家乐竞争激烈呢！不把环境卫生搞好，就吸引不了游客啦。"木秋云边说边眨巴着一双水灵灵的大眼睛。

"她是我们村农家乐的经营高参。"高建龄边说，边给客人倒水。

正值旅游进入旺季。每天，木秋云拿起手机的第一件事就是看看旅游部门发布的最新旅游信息，然后，在微信群里发布旅游接待注意事项。"下一步，独龙江要吃旅游饭。只有旅游产业发展了，小康路上才有保障。"

1992 年出生于巴坡木兰当小组的木秋云，2014 年从云南工商学院毕业后，参加县里的"西部计划志愿者"，回到家乡巴坡小学支教，恰巧与当老师的爸爸在一个班里任教。她教语文，爸爸教数学。孩子们称他们父女都是"木老师"。

"爸爸鼓励我、指导我，感觉很适应。"木秀云说，她和爸爸教的班在全校的成绩还是挺好的。第二年，她还被评为"优秀教师"。

其实，木秀云在家里还是一个爱掉眼泪的乖乖女。有一次，她家的那头独龙牛带着一头小牛犊回家了，这是它产的第一头小崽子。全家高兴地不得了。

不久，那头牛哞哞地叫着，伤痕累累地自己回来了。父亲说："坏了，小牛肯定让黑熊给吃了。"小秀云竟然伤心地伏在母牛身上哭起来。

谁说女子不如男？木秋云虽说是一个娇娇女，但她还是一个勇于接受挑战的女孩子。

2016 年，贡山县每个村公开招聘一名森林资源管护队小队长。木秋云毅然报名。家里人、村里人都持怀疑态度。一个女孩子带着一群男人，长年在深山老林里巡查，一走就是十几天，怎么能行？令人意外的是，木秋云竟然当选了。

"这个角色并不适合女孩子。为什么想起做护林工作？"

"我喜欢接受挑战。"木秋云潇洒地一甩秀发。

她的护林小队有四十一名护林员，最大年龄的五十多岁，最小的比她还小。从此，木秋云身穿迷彩服，腰挎一把砍刀，身背野营帐篷，开始了巡查山野的奔波岁月。

独龙江流域属于高黎贡山国家级自然保护区，下游是密不透风的热带雨林，上游是高大古老的原始丛林。独龙族人民不仅守护着边境，也守护着森林，因为森林是美丽家园、祖国边疆的一部分。

独龙江乡现有三百一十三名村民成为生态护林员。不少人从过去的毁林烧荒者，变成了森林的守护人，同时，也成为生态脱贫的受益者。

尽管整日里跋山涉水、风雨兼程，木秋云说她小时候就适应这样的生活环境，习惯了在大山里行走。"我对巡山没有太多的抗拒和畏惧之心，还很喜欢。小时候爸爸教书，我会跟着妈妈上山干活，背柴火，种苞米、土豆。到乡里读书的时候，路没通，十多公里，都是来回走着，从不觉得累。"

她还说："现在出去就要走几天，要在山上过夜，也会遇到恶劣天气。爸爸妈妈担心是有的，他们没有阻止我，对我的工作还是支持的。

我们主要是沿途巡护，看有没有乱砍滥伐的，森林有没有病虫害。不方便的就是上厕所，这怎么办？男女之间都要躲到一边去。"她说着笑起来。

巡山遇到危险也是难免的。多是遇到蚂蟥。被蚂蟥叮了，用盐撒在上面，它就自己掉下来。也可以用盐搓一搓两个腿和手脖，这样来预防蚂蟥；经常能见到毒蛇，我们会拿着竹竿把它赶过去；也遇到过狗熊，它在我们旁边徘徊，嗷嗷叫，声音很粗，特别恐怖，你不惹它，它也会攻击人。会经常碰到狗熊来偷吃蜂蜜。

有一次，我们的护林员去野牛谷巡山，发现了一只死亡的麂子。麂子是国家二级保护动物，护林员不能私自处理动物的尸体，必须进行鉴定确认。后来，发现这个麂子是被大树压死的，才做了妥善处理。

两年的护林工作，木秋云有讲不完的故事。

2019年6月，巴坡村委会增选一位副主任，木秋云当仁不让，又一次报名。她的竞选演讲赢得村民代表的热烈掌声。她以高票当选，没有悬念。

"为什么又想起竞选村委副主任？"

木秋云又是一甩秀发："同样是想接受新的挑战。村委会是一个服务全村群众的平台，可以经受更为全面的锻炼。"

木秋云对工作尽心尽职、兢兢业业。她一直把特色种植、乡村旅游业、人居环境提升作为巴坡的重点工作放在心上。

她坚持进组入户，或用大喇叭一遍又一遍宣传特色种养殖常识。

她还负责统计全村产业数据，把全村农户的家庭收入摸得一清二楚。村民王老汉很想养中蜂，木秋云推荐他参加县农业农村局组织的中蜂养殖培训，并争取了八个蜂箱试养。如今，王老汉脸上挂满了笑容，养蜂蜜收入见了成效。

草果是巴坡村第一大产业，户均种植近百亩。2019 年，全村草果种植收入四百一十八万元。很多农户靠种草果发家致富，买了汽车，供孩子读大学。

木秋云说，鸡蛋不能放在一个篮子里。为了增加产业发展的抗风险能力。木秋云和村两委班子引导村民种重楼、葛根、羊肚菌，优化产业结构，拓宽增收渠道。如今，巴坡村二十五度以上的陡坡地全部退耕还林，草果、中华蜂、羊肚菌、葛根、黄精等特色产业蓬勃发展，实现了生态建设和经济发展双丰收。

木秋云还教村里的几户农家乐经营者学会做电商、微商生意。在农家乐开设特产品展销台，方便游客选购。当地的农特产品走出独龙江，百姓致富的路子更宽广。

"木秋云有知识、有能力、有激情、敢担当，一心为村里谋发展，为群众办实事。乡村振兴，就需要她这样年轻的村干部。"巴坡村党总支书记王世荣称赞说。

这几天，木秋云奔走于各村民小组之间，为迎接国庆小长假旅游旺季，发动村民做好道路清洁和环境卫生工作。她还提醒路边打理农田的村民："杂草要及时清理，沟道要挖深加宽。这样，大雨天也不用担心草果地被冲毁。"

木秋云离开高建龄的"巴坡客栈"，来到斯拉洛小组，查看村民种植重楼、羊肚菌等特色农业的管理情况。她说："我最大的心愿，就是希望祖国边疆绿起来、富起来、美起来。"

2020 年又是一个收获的季节，木秋云被一所县中心小学招聘为教师。离开故乡的那一天，她望着碧波荡漾的独龙江深情地说："独龙江是我生命的摇篮，更是我的精神家园。无论走到何方，它都是我放不下的乡愁和牵挂。"

守护界碑的独龙人

独龙江乡辖区内的国境线长达九十七点三千米，边境线及界碑分布在原始森林中或雪山悬崖上。多年来，独龙族群众住守边陲，在建设家乡的同时，也守护着界碑，守卫着祖国的边疆安宁。

已过不惑之年的独龙族村民迪志新就生活在这个边境村寨，他与同村其他界务员一起守护着四十号、四十一号、四十二号界碑。

"什么是祖国？什么是界碑？我们为什么要守护界碑？小时候，父亲经常和我们说这些。"迪志新是一位资深的巡边人，在木屋里的火塘边，他讲述着老一辈守护界碑的故事。

迪志新的父亲曾参与修缮境内国境线上的界碑，熟知巡护界碑的线路，还曾是换防官兵巡护界碑的向导，最早一代主动担负起巡边守界的独龙人。

迪志新从小耳濡目染，在父辈对祖国和家乡的热爱中，他希望自己也早日成为一名守边人。十四岁他就跟随家乡老一辈界务员开始爬坡过坎，进原始森林，上雪山巡护祖国的边界。

1999 年 10 月，迪志新跟随边防官兵历时十六天，完成对三十九号、四十号、四十一号、四十二号界碑的巡护任务。

2014 年，迪志新正式成为马库村界务员，接过父辈巡护界碑的任务。多年来，迪志新和其他界务员用双脚丈量着边境上的每一寸土地，对边境上每一条河流、每一棵树了然于胸。

四十一号界碑是距离马库村最近的一块界碑，虽然只有三公里，但是道路崎岖。迪志新几乎每天都要前去查看，清除界碑旁的杂草，捡拾垃圾。

四十二号界碑矗立在距离马库村三十多千米的山顶上，来回需要四天。他和村界务员结伴而行，每年至少要去查看两次。途中没有路，他们便用砍刀劈开荆棘，砍出小路，晚上就在背风的地方搭个简易帐篷睡觉。说起界务员的职责，迪志新坚定地说："把界碑管理好是界务员的责任，界碑安全，国家才安宁。"

马库村江水碧绿、青山环抱，犹如一幅绝美的水墨画。一大早，迪志新和其他六名界务员准时来到村子中央的球场集合。大家身上都背着一个背包，里面装有干粮、水、药品等必备物品。

"各位界务员，行李那些准备好了没有？"出发前，党支部书记、巡查队长江仕明交代队员，仔细检查装备，做好个人防护。

"准备好了！"大家齐声回答。

"好！出发。"

迎着朝阳，大家沿着崎岖的小路列队前进，一边用砍刀清理道路中间的杂草，一边观察周边的情况，大约用了半小时，巡护队来到了四十一号界碑。

界碑耸立在一片开阔的密林里。他们再一次把周围清理干净，石碑上"中国""四十一"等字样鲜艳夺目。大家仔细检查了界碑的情况后，继续踏上了前往四十二号界碑的路程。

在这支队伍中，带头领队的是江仕明，他是马库村党总支书记。他记事起，父辈们就经常上山巡护界碑，大家都知道，巡边护界就是为了维护界碑的安全，保护国家领土完整。"只要看到界碑上鲜红的'中国'两个字，就非常自豪。"每年，界务员还会给界碑上的字进行一次描红。

江仕明巡视界碑已有五六十次了。"我们生活在边境上，就要主动承担起巡护边境的责任。这个是老前辈的嘱托，我们不能放下。现在，我们村不管男女，有百分之七十以上都到过界碑。"他还说，马库村村民"家家都是哨所，人人都是哨兵"。

这天，迪志新的儿子马小林也跟随队伍一起去巡边。其实马小林现在还不是村里真正的界务员。别看他小小年纪，但他早已跟随父亲前往界碑多次。

马小林说，小时候就经常听爷爷讲述当时成为界碑向导的故事。爷爷时常对他说，没有界务人员的守护就没有今天国家的安宁。当时他就把爷爷说过的话放在心上，心想自己长大了也一定要像爷爷和爸爸一样，成为一个了不起的界务员。

"在我十七岁的时候我父亲第一次带我去界碑，一路上虽然很累，但当我到达界碑的时候我觉得一切都是值得的。当时我就有一个信念，将来我一定会把这件事做好。"

巡边路上，几乎没有生火做饭的时间和条件，饿了，大家就拿出干粮就着白水吃；累了，就在路上席地休息一会儿。临近傍晚，天空下起了小雨，大家就用自带的塑料膜自制简易帐篷，生火取暖，喝些热水，吃点简易干粮。

"我喜欢当界务员，等我老了，让儿子也当界务员，永远都要守好界碑、守好边疆！"几年前，迪志新便带着自己十七岁的儿子跟随自己开始执行界碑巡护任务。他希望等他走不动的那天，儿子能接替他的工作。

马小林说："这是肯定的。如果爸爸走不动了，我一定接过他的背包，继续行走祖国的边界，守好边疆的安宁。"

"老县长说过，我们每个独龙人就是一个界桩。"迪志新表示，"我们独龙族要把守护边疆和保护绿水青山一代一代地传下去"。

经过长途跋涉，迪志新和其他界务员顺利到达了四十二号界碑，他们将杂草清除干净，并认真确认界碑完整无损、字迹清晰、原地未动。然后拿出鲜艳的五星红旗在界碑前唱响国歌。

此时此刻，巍巍青山间那一抹中国红格外耀眼，映红江峡；国歌声格外嘹亮，响彻云天……

第十六章　总书记回信：更好的日子还在后头

"卡雀哇节"报喜讯

十年来，云南省成立独龙江乡帮扶领导小组，先后启动了独龙江乡整乡推进、独龙族整族帮扶"三年行动计划"和"两年巩固提升计划"。

中央、云南省和怒江州有关部门合力攻坚，上海市对口帮扶，在独龙江乡实施了安居温饱、基础设施建设、社会事业发展、特色产业培育、素质提升、生态环保"综合扶贫六大工程"。这是在全国率先创建整族帮扶的"独龙江模式"。

"全面实现小康，一个民族都不能少。"在习近平总书记的关怀鼓励下，伴随着全国脱贫攻坚大决战的脚步，独龙江乡决战决胜的力度之大，前所未有。

随着独龙江乡六个行政村二十八个自然村实现通车、通电，一千零八十六户群众全部住进了宽敞舒适的安居房。安全饮水、广播电视、4G网络，也覆盖到村村寨寨、家家户户。

路畅、人和、产业兴。高德荣引进的草果已经在全乡大面积推广，种植、养殖业全面发展，旅游业开始起步。群众的收入连年大幅度提高。独龙江乡拥有丰富的自然资源，景色秀丽，山峰耸翠。独龙江公路隧道贯通之后，交通运输条件改善。舒适、通畅、安全的交通，为独龙江乡插上了脱贫致富的翅膀，逐渐吸引着山外的人前来投资经商，在外务工的本地青年也纷纷回来创业。

2018 年底，独龙江乡六个行政村全部达到"两不愁三保障"。独龙江乡人均经济收入从 2008 年的八百零五元提高到六千一百二十二元，群众安全住房保障率百分之百，适龄儿童入学率百分之百，4G 网络覆盖率百分之百，广播电视覆盖率百分之百，在怒江州率先整乡整族脱贫摘帽，全面实现小康。

十年一跃，一跃千年！

如今的独龙江两岸，一幢幢别墅式的独龙族安居新房连成一个个美丽乡村，平整的马路通向各村寨。通信公司、电网公司、医院、学校、农家乐、餐馆、酒店一处处别有特色的民族建筑，沐浴在金色的阳光下，幸福的歌声飞满江峡。

元旦刚过，独龙族迎来卡雀哇节。这也是独龙江地区独龙族古老的"新年"。传统的卡雀哇节没有固定的日子，一般由各村寨长老在一年农历最后一个月择一个吉日，多在农历腊月底或次年的正月初举行。

1991 年，贡山独龙族怒族自治县人大常委会根据独龙族人民的意愿，把每年的公历 1 月 10 日定为举办卡雀哇节首日庆典仪式日。按照传统习俗，由独龙江的上游至下游，各村寨依序进入节期，整个独龙江流域的卡雀哇庆典将持续一个月。

如今，在微信里发个信息，乡亲们就欢聚到独龙江乡的卡雀哇文化广场上，但独龙族人家还是保持了用"木刻"向亲朋好友发出邀请的原始方式。传统的卡雀哇节包括祭山神、射面兽、木刻传信、跳锅庄、走亲访友、火塘烧松叶求吉祥、喝木罗酒，还会有歌舞会、剽牛等活动。其中，最隆重的仪式是"牛祭天"，最欢乐的当是"剽牛宴"。

1 月 10 日这天，独龙族群众没有祭山神，而是高唱《永远跟党走》

相聚在一起。剽牛祭天是节日的高潮，以祈祷人畜兴旺和农业丰收。老县长高德荣头戴独龙族头人帽，向来自各村寨的群众代表们一一祝福、问候。那顶头人帽是 2005 年，老县长应邀去缅甸葡萄县参加"日旺节"当地胞波向他赠送的礼物。

只见老县长在众人的歌舞声中走上前，把一头"牛"拴在广场中央的木桩上。几名身着绚丽节日盛装的妇女为"祭牛"披上独龙毯，将链珠挂在"牛"角上。

此时，传统民族乐器响成一片，有的弹起口弦，有的吹起叶笛，还有的敲着芒锣。人们踏着美妙的旋律围着"独龙牛"跳起传统的民族舞蹈。在众人的齐声欢呼声中，几位勇猛强壮的小伙子，搂肩搭臂喝一碗"同心酒"，手持锋利的竹矛梭镖，边舞边向"牛"腋部刺去，直到将"牛"刺死倒下……

人们不用为这头"独龙牛"惋惜，这是一具模型。卡雀哇节上的"剽牛"仪式，早已按照老县长的建议改为用模型代替活牛。

传统的剽牛舞会是古代狩猎生活的缩影，也是捕获归来，庆祝胜利仪式的再现。如今，剽牛习俗已经改进，取而代之的是独特的民族歌舞活动——"锅庄舞"。

"锅庄舞"罢，人们喜笑颜开地分吃牛肉，但牛肉还是真的。这是老县长掏钱买来的，他说他要表达对乡亲们的敬意和祝福。

此后的几天里，独龙族人家家门前挂起彩色披毯；清晨，人们在木屋前挂上旗幡，燃起松枝，敲起锣，唱起歌，欢庆一年一度的卡雀哇节。入夜，在各自的家中备办酒肉膳食等用品，举家喝酒唱歌，表达丰收的喜悦，祈祝来年幸福；年轻人则聚集起来到各家轮流跳舞对歌，相互祝贺，通宵方散。

卡雀哇节日中之所以保留着"木刻"传信的古老方式，因为它是研究没有文字族群的社会组织机制的珍贵样本。卡雀哇节还是独龙族对传统文化加以系统整合和传承的重要载体，彰显了独龙族敬畏自然的理念和人生顺达的美好愿望。2006 年 5 月 20 日，卡雀哇节经国务院批准列入第一批国家级非物质文化遗产名录。

"独龙江发展了，日子越过越红火。我们应该把这个好消息告诉总书记。"卡雀哇节上，群众纷纷提议，给习近平总书记写信，报告独龙族全面脱贫、实现小康的喜讯。

根据群众的一致要求，独龙江乡党委给总书记汇报的喜讯，飞向了北京。

独龙族人民在信中汇报了独龙乡率先实现整族脱贫的好消息，表达了继续坚定信心跟党走，为建设好家乡、守好边疆同心奋斗的决心。

"花开月"飞来报春鸟

四月的云岭，处处芳菲。

清晨，太阳从东方升起，万道霞光给天空的白云嵌了一层金边，也给七彩大地送来一片温暖。

云南省委机要局的一辆越野车欢快地驶出省委大院，沿着昆明市福广路向西飞驰而去。

此刻，独龙江畔原始森林百鸟鸣啭、朝霞灿烂。在一幢竹篾房里，一位年过花甲的老人像往常一样，早早起来，打开电视，边吃老伴为他做的一碗苞谷炒面，边看新闻。然后，他穿上彩虹般条纹的独龙褂，外面罩上一件左侧别着一枚党徽的灰色西装，背上他的行头，健步如飞地走出家门。

他就是怒江州委独龙江帮扶领导小组副组长、"老县长"高德荣。

高德荣抬头望了一眼天空，天气终于放晴了。虽然太阳被顶着皑皑白雪的高黎贡山挡在山外，天空却像独龙江水一样，碧绿如翠。五一小长假即将到来，"秘境"独龙江的有限开放将首次迎来它的高光时刻。大杜鹃枝头的几只报春鸟欢快跳跃，啁啾婉转，不停地鸣唱。老县长也情不自禁地轻轻地唱起来：

> 美丽的独龙江哟，我可爱的家乡；
> 处处鲜花开放，沐浴着温暖的阳光。
> 美丽的独龙江哟，我可爱的家乡；
> 插上了高飞的翅膀，靠的是伟大的共产党。
> ……

高德荣突然收住歌声。几天来连降大雨，建成不久的独龙江公路发生了泥石流，不知是否已经抢通。

老县长放心不下，边走边给交警中队打电话，电话无法接通。他又给"移动互联网＋项目公司"经理马春海打电话，手机里还是默默无声……

那辆省委机要局的越野车沐浴着灿烂阳光，很快驶出昆明市区，沿着昆大（昆明至大理）高速继续西行。车里坐着两位省委机要局的干部——他们是来自北京的"特别信使"，当天必须赶到独龙江乡，要完成一项特殊使命。

这一天，无论对高德荣还是对独龙族的每一个人来说，都是一个再平常不过的日子。但这一天，却永远铭刻在独龙族的历史记忆里——

2019年4月10日，农历三月初六，星期三。

按照独龙族的传统历法，正是"花开月"。高黎贡山冰雪消融，山谷里云雾缭绕；五彩斑斓的杜鹃花竞相绽放；清碧如玉的独龙江水卷起雪白的波浪。在老县长眼里，这是"一江流动的翡翠"，令人神往，令人陶醉，也令人流泪。想到这儿，高德荣不禁笑起来。

几天前，有人告诉他，一位甘肃女游客，伏在江边，一边掬着江水品尝，一边流泪。导游问她："哭个么子？"她说："你们这儿太浪费了，这么好的水在我们那儿见都见不到。"

如今，美丽的独龙江大峡谷格外壮美，"贫困孤岛"的时代早已一去不复返。

然而，高德荣打不通马春海的电话，双眉紧蹙。看来通信线路又出了问题。这个小马总呵，又"掉线"了。

高德荣步履匆匆地向乡政府大院斜对过的"移动互联网＋项目办公室"快步走去。

如今的独龙江两岸，一幢幢别墅式的独龙族安居新房连成一个个美丽乡村，平整的马路通向各村寨。优雅宁静的乡村小镇，充满时代感的独龙族博物馆，雕梁画栋的民族小楼，宽敞整洁、民族风情浓郁的街道；巍巍的高黎贡山与担当力卡山牵手相拥，彼此呼应；蓝天白云，绿水青山。这一切，同现代化场景和独龙族人民的幸福生活交相辉映，美轮美奂，如梦如幻……

其实，高德荣心里也清楚，马春海和交警中队的新一代年轻人已经成长起来，无论通信还是交通出现意外情况，他们都能及时处置，用不着他再过问。但是，他已经形成习惯了。独龙江的山山水水、一草一木，都占据在他的心头，哪里有点症状，都牵动着他的神经末梢，让他寝食难安呐！

独龙江的交通、通信一旦中断，乡里的各项工作运行立马受阻，独龙江犹如陷入与世隔绝的一座"孤岛"，恍若回到七十年前的"原始"时代。何况，独龙江这片"人间最后的秘境"将对外开放旅游，成为颜值颇高的网红打卡地。交通、通信不畅就是个"大梗"，怎能不着急？

高德荣走过卡雀哇文化广场，手机响了。马春海兴奋地告诉他，昨天泥石流冲倒了路边的树木，把通信电缆砸断了。经过紧急抢修，现已恢复。

"小马总啊！关键时候不能'掉链子'啊！"高德荣用他的幽默对马春海说，"你想想，游客一进独龙江就失联了，可笑话我们呐！"

这时，交警中队的电话又打进来，告诉他，两台挖掘机正从两端分头作业，下午就可清理出路面，恢复正常通行。

高德荣反复叮嘱："你们要注意安全呐！"

"老县长，您放心。我们一直在现场盯着呢。"

高德荣长嘘了一口气，轻快地向他的"秘密基地"走去。"秘密基地"是当年高德荣在独龙江边开发的一片草果、重楼、羊肚菌等种植试验田。如今，已成为独龙江特色种植产业培育推广基地。

春风习习，白云悠悠，温暖的阳光铺满山峦，春天以急切的脚步行走在云岭高原。

高德荣打算先去迪政当村查看通往西藏的乡村跨境公路施工情况，争取在雨季来临之前能够通车。然后，回来到"秘密基地"看看重楼、黄精等中药材生长状况，准备举办一期培训班，让乡亲们掌握中草药的种植技术，赶在开春时节，继续扩大种植面积。高德荣矫健的身影很快消失在江峡的深处。

省委机要局的越野车一路疾驰，越过大理，直奔怒江傈僳族自治州。行走在云岭高原，随处可见一个个巨大的宣传牌，上写："全面实现小康，一个民族都不能少""撸起袖子加油干，打赢脱贫攻坚战……"

中午时分，一身征尘的越野车穿过怒江傈僳族自治州所在地六库城区，沿着被称为"世界第二大峡谷"的怒江溯流而上。这条沿江公路是从六库至贡山县丙中洛乡的交通"大动脉"——正在建设中的怒江"美丽公路"，也是怒江州脱贫攻坚的重大工程，全长二百八十八点三千米。怒江沿线车水马龙，正在紧张施工，一派热气腾腾的鏖战景象。

尽管越野车在高低不平的路面上颠簸得很厉害，司机还是加大了油门，一刻不停地沿着江边公路疾速行驶。"特别信使"不由自主地抱紧了那个棕色的机要保密包……

傍晚时分，独龙江乡党委书记余金成接到县委办公室的电话，省委机要局的同志要连夜翻越高黎贡山赶往独龙江乡，送达一封来自中央办公厅的重要信函。

中央办公厅？直接发给独龙江乡，会是什么信函呢？

但余金成懂得机要信函意义。他随即与乡长孔玉才取得联系。正在外地出差的孔玉才，听到这个讯息，立即乘车返回。

此时，高德荣正与参加培训的村民围坐在火塘边，分享种植各种中草药的方法。他听到这个消息，欣慰地笑了，情不自禁地带着大伙围着火塘，又一次唱起了他心中的那首歌：

> 高黎贡山高哟，独龙江水长，
> 共产党的恩情比山高哟比水长，
> 哟哟哩，哟哟……

晚上十时许，省委机要局的两名"特别信使"赶到独龙江乡政府，把一封机要信函郑重交给了乡党委书记余金成。

牛皮纸公用信笺上面写着：云南省贡山独龙族怒族自治县独龙江乡党委收；落款为：中共中央办公厅。上面有醒目的红色印封。

老县长高德荣和乡长孔玉才也赶来了。高德荣双手捧着机要信函，激动地微微颤抖。

"总书记给我们回信了。"老县长惊喜地说，"这是我们独龙族开天辟地的大喜事啊！"

他们没有急于拆封，决定把信放到保险柜里保存好，第二天一早，把乡里的党员、干部和独龙族群众，还有扶贫工作队的同志们，全都集中在卡雀哇文化广场，和大家一起分享这一喜悦。听听总书记对咱独龙族说了啥。

夜深了，高德荣没有睡。他坐在那幢竹篾房里的火塘边，历史的云烟像火苗一样，忽明忽暗，在他眼前不停地跳动着。

千百年来，这里的氏族部落刀耕火种、结绳记事、住茅草房，女子纹面，山外人称其为"俅人"；封建土司欺凌，外国侵略者袭扰，反动统治者压迫，世世代代在苦难中挣扎。谁能想到今天的好日子……

春天，北京来信

这是全国二十八个特少民族之一的独龙族群众最幸福、最激动的时刻。秘境独龙江乡云开雾散，阳光明媚，景色更加迷人。

"总书记回信了！"

2019年4月11日，总书记回信的消息迅速传遍了独龙江畔，一大早，几百名独龙江乡的干部群众和学生，身穿彩虹般的民族服装，载歌载舞聚集到卡雀哇文化广场。

高黎贡山冰雪消融、草果飘香、百花绽放，清碧如翠的独龙江水扬起雪白的波浪，唱着欢乐的歌、幸福的歌。迷人的独龙江大峡谷犹如美丽的人间天堂。整个独龙江乡沸腾了。

只见身着独龙褂的余金成，双手捧信郑重地举起来，高声宣布："乡亲们！总书记来信了，现在我们一起学习总书记的回信。"

随后，他和乡长孔玉才两个人怀着激动的心情、一起小心翼翼地把信打开。余金成向大家宣读了总书记的回信。接着，孔玉才又用独龙语进行宣读。总书记回信写道：

独龙悠歌

云南贡山县独龙江乡的乡亲们：

你们好！你们乡党委来信说，去年独龙族实现了整族脱贫，乡亲们日子越过越好。得知这个消息，我很高兴，向你们表示衷心的祝贺！

让各族群众都过上好日子，是我一直以来的心愿，也是我们共同奋斗的目标。新中国成立后，独龙族告别了刀耕火种的原始生活。进入新时代，独龙族摆脱了长期存在的贫困状况。这生动说明，有党的坚强领导，有广大人民群众的团结奋斗，人民追求幸福生活的梦想一定能够实现。

脱贫只是第一步，更好的日子还在后头。希望乡亲们再接再厉、奋发图强，同心协力建设好家乡、守护好边疆，努力创造独龙族更加美好的明天！

习近平

2019 年 4 月 10 日

掌声经久不息，许多人激动地流下眼泪。高德荣眼含热泪，激动地说："乡亲们，独龙族取得的发展离不开党中央、国务院，特别是总书记的关怀。总书记说了，脱贫只是第一步，更好的日子还在后头。我们要永远听党的话，感党的恩，跟着党走。"

高德荣平静了一下心情，又语重心长地对大家说："我们独龙人富裕了，不要忘记报答国家。我们身处边疆，责任重大。要固边守疆，保护好、建设好边疆。让党放心，让祖国放心！"

高德荣带着大家又一次唱起了他心爱的那首歌：

丁香花儿开，满山牛羊壮；

独龙腊卡的日子，比蜜甜来比花香；

高黎贡山高，独龙江水长；

共产党的恩情，比山高来比水长。

……

幸福的独龙江

一封来自北京的回信，饱含着习近平总书记对独龙族群众的深切厚爱与浓浓牵挂，见证了独龙族同胞摆脱贫困、步入全面小康的辉煌历程，更彰显出中国特色社会主义制度的巨大优越性。

今天的独龙江乡，特色产业发展、基础设施夯实、人居环境改善、社会事业改观、素质能力提升、绿水青山显现，呈现出一派欣欣向荣的美好景象！

习近平总书记指出："脱贫只是第一步，更好的日子还在后头。"让幸福的独龙族人备受鼓舞、斗志昂扬，对未来的好日子信心满满。

"独龙族人民真是幸福啊！总书记日理万机，对独龙族一次批示、一次接见、一次回信，这在历史上是没有过的。"回想起当时的情景，余金成仍显得很激动。他说，"宣读完总书记的回信后，乡里的几位干部分成五个工作组分头到各村各点去宣讲，传达总书记的来信。群众激情高涨，建设家乡、守好边疆的劲头更足了。"

是的，独龙族人民是幸福的。独龙族人民一直在习近平总书记心中。

2014 年元旦前夕，习近平总书记收到独龙族乡亲们来信后立即作出重要批示，祝贺高黎贡山独龙江公路隧道即将贯通，希望独龙族群众"加快脱贫致富步伐，早日实现与全国其他兄弟民族一道过上小康生活的美好梦想"。

独龙悠歌

　　2015 年 1 月，习近平总书记在昆明亲切会见贡山独龙族怒族自治县少数民族干部群众代表，特别指出："全面实现小康，一个民族都不能少。"

　　如今，又是一个春意盎然的时节。习近平总书记在给独龙江乡群众的回信中深情地说："让各族群众都过上好日子，是我一直以来的心愿，也是我们共同奋斗的目标。"对独龙族率先整族脱贫"表示衷心的祝贺！"并在信中鼓励乡亲们："脱贫只是第一步，更好的日子还在后头。"

　　独龙族最后的纹面女李文仕，听了总书记的来信，热泪盈眶。这位七十八岁的老人想起自己二十二岁那年，第一次走出独龙江峡谷的情景。她在人马驿道上走了十四天，背回了一袋救济粮。

　　她动情地说："以前我们住山洞、睡草屋，吃不饱、穿不暖，那个时候怎么会想得到，我们独龙族人也有不再受穷的这一天啊！共产党是我们的大救星，我们独龙人怎能不感恩啊！"

　　如今的独龙江乡，"贫困孤岛"的时代早已一去不复返，乡村小镇优雅宁静、古朴靓丽：充满时代感的独龙族博物馆，雕梁画栋的民族小楼，宽敞整洁、民族风情浓郁的街道；蓝天白云，绿水青山，同现代化场景和幸福生活交相辉映……

　　春天，见证了独龙族人民七十年实现三次历史性大跨越的动人时刻。

　　——七十年前的春天，一封山外来信带来了希望。独龙江解放了！独龙族迈开了"直过"的脚步。独龙族"一夜千年"！

　　——二十年前，独龙江公路通车，随后高黎贡山隧道打通。独龙族"一跨千年"！

　　——如今，独龙族整族率先脱贫，全面实现小康。独龙族"一跃千年"啊！

304

沿着独龙江走，独龙江再长也有尽头；

顺着高黎贡山走，高黎贡山再大也有边；

跟着中国共产党走，独龙江人民幸福万年长。

……

独龙族人民发自肺腑的感恩之歌，唱响独龙江大峡谷。

鲜艳的五星红旗映红了独龙江大峡谷。

更好的日子还在后头

独龙江乡已成为一个集观光、科考、探险、旅游为一体的独具特色的边境旅游风景区。独有的民族文化和保存完整的生态系统构成了独龙江丰富的旅游产品，成为云南旅游最后的一片秘境。

2016 年 5 月 16 日，云南省政府发布了关于建立独龙江国家公园和怒江大峡谷国家公园的批复。独龙江旅游迅速成为热点，仅每年春节期间，就有近两万游客到独龙江乡旅游。

如今，独龙族群众的市场观念、商品意识、积累意识在不断增强，融入现代文明的步伐在不断加快，独龙族群众已经从封闭、保守、落后的民族"直过"区走进了开放、包容、发展的新天地，充分展现出独龙族同胞自强不息、人心思富、蓬勃向上、永记党恩的民族精神风貌，正阔步奔向更加美好的幸福生活！

2019 年 6 月，怒江州委独龙江乡帮扶领导小组组长、州委书记纳云德专门来到独龙江乡调研，并召开了"独龙乡'乡村振兴'推进会"，安排部署下一步的扶持工作。

州委驻独龙江乡工作组常务副组长、驻村工作队大队长高松是在总书记来信的第二天被州委派驻到独龙江的。他说："独龙族虽然脱贫了，但是，如何在小康路上走得稳、走得更踏实，还需要继续扶下去。"

目前，独龙江乡围绕"六大工程"建设，新一轮巩固提升计划已开始，其中产业培育和素质提升被提到了重要位置。高松说，他们州扶贫工作队正在组织对农家乐经营户和旅游从业人员进行专业培训。工作队还建立了三十多户加入的"农家乐微信群"，及时通报信息，交流经验；开展评比活动，促进旅游业服务质量整体提升。

"没想到搞旅游接待还有这么多讲究。"在上级扶贫工作队组织的旅游培训课堂上，普卡旺村村民木荣华正在认真记录。他说，培训都是免费的，包吃包住每天还有三十元补贴。为期六天的培训，共有一百人踊跃参加。

乡土旅游人才培训、乡村医生培训、农业科技人员培训、驾驶员培训、文明生活培训……接连不断的各种培训，充实着独龙江人的头脑。

贡山县委常委茶凌云也带着扶贫干部来到挂联的孔当村，逐个走访已经出列的建档立卡户，了解情况，和乡亲们一起制订巩固提高的发展计划。

2019 年 12 月中旬，即将结束在独龙江的深入生活，离开的头天晚上，老县长在他的竹篾房里的火塘边用他自酿的苞谷酒为我饯行。

老县长说，独龙江下一步要吃"旅游饭"，到西藏的公路明年就可打通，独龙江的旅游将加入滇西旅游大环线。上级扶贫工作队的同志和独龙江乡党委政府的领导班子，正在集中精力抓旅游接待人员的培训和服务设施的提升。

老县长还说："独龙族走到今天这一步，是在党中央和地方一级级党委政府的关怀领导下取得的，是一批批扶贫干部和兄弟民族同胞帮扶起来的，是一届届独龙江乡党委政府带领着打拼出来的，也是一代代独龙人艰苦奋斗出来的。"

老县长还表示，要积极响应、贯彻习近平总书记关于"构建人类命运共同体"的理念，加强与缅甸方面的合作发展。

他说："我们与缅甸日旺族都是独龙族，独龙族十万多人，大多分布在东南亚。我们高氏家族就有几个分支在印度和马来西亚等国家。我们是一条江相连、一根血脉相承。"

前几天，他和怒江州边境管理局的同志会同缅甸一方兵站站长松旺和葡萄县地方官员，考察了马库四十一号界碑附近交通状况。会商决定，双方加强合作，尽快修通独龙江至葡萄县木克嘎村的公路，实现互联互通，方便两国边民的交往，促进边贸经济发展，推动我国"一带一路"倡议在中缅边境落地，让缅甸群众也尽快富起来，过上好日子。

老县长一再强调："独龙族人富起来了，独龙族人民和子孙后代，要懂得感恩。要永远跟着共产党走，永远不变心。"

2019年9月29日上午十时，中华人民共和国国家勋章和国家荣誉称号颁授仪式在人民大会堂隆重举行。

高德荣荣获"人民楷模"国家荣誉称号。颁奖词：

　　高德荣，人民楷模，少数民族脱贫攻坚的带头人，30多年来为实现独龙族整族脱贫和当地经济社会跨越式发展作出重大贡献。

在雄壮激昂的《向祖国致敬》乐曲声中，习近平总书记为国家勋章和国家荣誉称号获得者颁授勋章奖章。

高德荣又一次和习近平总书记的手紧紧地握在一起，从电视屏幕上看到他们之间有所交流。

在暖融融的火塘边，大家问高德荣和总书记说了啥。他说："总书记亲切地问：'乡亲们都好吧？'我说，乡亲们都好。盼望着您到独龙族去做客呐！"

总书记微笑着给他戴上"人民楷模"共和国荣誉勋章。

"当时什么感觉？"大家又问。

"肩上沉甸甸地，像梦。"高德荣笑眯眯地抬起目光，"总书记讲了：脱贫只是第一步，更好的日子还在后头！"

……

此刻，伴随着清晨的第一缕阳光，江畔传来悠扬而深情的歌唱：

> 高黎贡山高哟，悠悠江水长，
> 这是我祖祖辈辈生长的地方；
> 阿爸的箭囊装满了传奇，
> 阿妈的火塘飘荡着热望；
> 是那个春天的来信，
> 融化了千年的冰霜；
> 是那次亲切的握手，
> 记住了你的模样；
> 是一个名称的尊严，
> 挺起了同胞的胸堂。
> 跟着你，我们的脚步势如江河，
> 热爱你，我们的信念坚定如钢；
>
> 高黎贡山高哟，悠悠江水长，
> 这是独龙儿女热爱的故乡；
> 马帮的脚步穿过雪山密林，
> 玉带彩虹连接未来的希望；
> 一声召唤，两个百年，

小康路上汇聚磅礴的力量。
跟着你，我们的脚步势如江河，
热爱你，我们的信念坚定如钢；

高黎贡山高哟，悠悠江水长，
这是独龙儿女守望的边疆；
又一个花开月的春天，
您的来信沸腾了村寨山乡；
更好的日子还在后头，
暖心的话儿在心间激荡。
跟着你，我们的脚步势如江河，
热爱你，我们的信念坚定如钢；
五十六个民族像石榴籽紧紧拥抱，
迎来中华民族复兴的辉煌。
……

后　记

　　2019年5月第一次前往独龙江，有许多疑问在我脑海里盘旋：

　　中华民族泱泱五千年，文明的薪火为什么迟迟没有照进这片江峡，直到新中国诞生才由原始社会末期开始"直过"？

　　"直过"后的独龙族还有多少"原始"遗存？他们又是怎样走进"现代"的？

　　独龙族少女"纹面"的背后到底是什么？

　　"老县长"高德荣的人生逆袭究竟出于怎样的动念？

　　这些疑问让我意识到，我面对的不是一般性的事件和人物的创作，而是一个民族的沧桑史话。

　　独龙族整族脱贫，率先实现小康，是五十六个民族像"石榴籽一样紧紧拥抱"的结果，是中华民族命运共同体的伟大见证。无论从哪个角度看都具有超越时空的历史价值、时代意义和鲜明的未来指向。

　　因此，我被一种强烈的责任感所驱使，被那片"秘境"的魅力所吸引。遗憾的是，因独龙江乡政府所在地历史上发生过两次火灾，一个民族的文字记载大多已在灰烬中化为那些独龙老人火塘边的回忆。

　　我必须打捞被尘封在历史褶皱里的过往，于是，三次打卡独龙江。关于那些疑问的答案，随着我在独龙江的一次次沉浸式行走而渐渐浮出水面，并努力呈现在我的笔端。

　　在马库村的"哈滂人家"农家乐，安建云和他的妻子布玉梅用悠扬的独龙族"门竹"歌颂生活的巨变，让我难以忘怀；

在冷木当村冻得睡不着的那个夜晚，陈荣全兄弟家火塘边那香喷喷的烧烤就着一个个美丽的传说，让我回味久久；

独龙族几岁的娃娃见到我这个陌生人，举起小手敬礼并用标准的普通话问候"您好！"让我至今难忘；

最难忘的，还是与"老县长"高德荣相处的时光。起初，他对我的贴近式采访有些抗拒，最终给予了理解和支持。这位精致的奋斗主义者，睿智、勤奋并快乐。他和妻子马秀英待人热情、真诚和善良。他们夫妻收养一个年幼的孤儿直到去年上学才被人所知。他的故事令人动容。

……

在独龙江的难忘有许多，如今已成为永驻心间的最美记忆。

几年来，我的目光没有离开独龙江。目前，新一届乡党委领导班子正以新的姿态带领独龙族同胞，把独龙江乡生态旅游建成"大滇西旅游环线"怒江州龙头示范区，实现"乡村振兴"，往"更好的日子"奔。每每看到独龙族的好消息，备感欣慰。而整个怒江喜报频传——全州所有贫困县不仅如期脱贫，而且所有市县全部成为国家生态文明建设示范市县。

怒江州作为全国"三区三州"深度贫困地区重中之重、贫中之贫、难中之难的典型代表，其中三十二万"直过民族"占全州总人口的百分之六十，脱贫之艰，世所罕见。怒江州摆脱千年贫困，全面实现小康，创造了我国精准扶贫事业"一跃千年"的奇迹，在人类减贫史上留下了浓墨重彩的"怒江篇章"。

如今，"美丽公路"和一座座跨江大桥，不仅改善了怒江两岸三十多万各族群众的出行条件，也极大地提升了怒江内连外通的"快递"能力。怒江正积极发挥自身优势，加快融入云南省主要城市群、滇川藏国家精品旅游带、中国大香格里拉生态旅游区。怒江，迎来大西南发展新格局。

那片曾让人望而却步的"横断山脉"，已成为人人向往的"人间天堂""童话世界"。

每一个选题的创作，对作者来说都是一次弥足珍贵的成长经历，并得益于多方的助力。在此，衷心感谢云南省委宣传部、怒江州委宣传部、贡山县委宣传部及福贡县委宣传部等单位给予的关心和支持！感谢人民出版社政治编辑一部副主任刘敬文同志的精心策划！

云南省委宣传部文艺创作中心（省志愿服务促进中心）主任字开春同志，为我赴独龙江乡挂职深入生活积极协调、周到安排，深表谢意！感谢本书责任编辑池溢、王新明付出的辛苦！怒江州委宣传部何李华、怒江报社王靖生等朋友提供了许多帮助，在此一并致谢！

王鸿鹏

2021 年 6 月 19 日于济宁

策划编辑：刘敬文

责任编辑：池　溢　王新明

封面设计：胡欣欣

图书在版编目（CIP）数据

独龙悠歌／王鸿鹏 著 . —北京：人民出版社，2022.5

ISBN 978－7－01－024669－7

I.①独… II.①王… III.①纪实文学－中国－当代 IV.① I25

中国版本图书馆 CIP 数据核字（2022）第 054560 号

独龙悠歌
DULONG YOUGE

王鸿鹏　著

人民出版社 出版发行

（100706　北京市东城区隆福寺街 99 号）

中煤（北京）印务有限公司印刷　新华书店经销

2022 年 5 月第 1 版　2022 年 5 月北京第 1 次印刷

开本：710 毫米 ×1000 毫米 1/16　印张：20　插页：3

字数：256 千字

ISBN 978－7－01－024669－7　定价：58.00 元

邮购地址 100706　北京市东城区隆福寺街 99 号

人民东方图书销售中心　电话（010）65250042　65289539